Anna Maria Ortese

Iguana

Anna Maria Ortese

IGUANA

Ein romantisches Märchen

Aus dem Italienischen
von Sigrid Vagt

Verlag Klaus Wagenbach
Berlin

Die Originalausgabe erschien 1986
unter dem Titel *L'Iguana* bei Adelphi in Mailand.

Wagenbachs Taschenbuch 372

Lizenzausgabe mit freundlicher Genehmigung des
Carl Hanser Verlags, München / Wien

Umschlaggestaltung Groothuis & Consorten unter
Verwendung des Photos *Das Handschuhballett* von Regina Relang
Autorenphoto von Giovanni Giovannetti, Effigie
Das Karnickel auf Seite 1 zeichnete Horst Rudolph
Gesetzt aus der Erhardt. Gedruckt auf chlor- und säurefreiem Papier
und gebunden von Pustet, Regensburg. Printed in Germany

ISBN 3 8031 2372 0

DER INSELKÄUFER

I

DER SPAZIERGANG IN DER VIA MANZONI

Daddo

Wie du weißt, lieber Leser, reisen die Mailänder alljährlich, wenn es Frühling wird, in die Welt hinaus auf der Suche nach Ländereien, die sie kaufen könnten. Um dort Häuser und natürlich Hotels und später vielleicht sogar Sozialwohnungen zu bauen; vor allem aber suchen sie nach noch unbeschädigten Ausdrucksformen der »Natur«, dessen, was sie unter Natur verstehen: eine Mischung aus Freiheit und Leidenschaft mit nicht geringer Sinnlichkeit und einem Hauch von Wahnsinn, woran sie auf Grund der Rigorosität des modernen Lebens in Mailand offenbar Mangel leiden. Begegnungen mit den Eingeborenen und dem verschlossenen Adel dieser oder jener Insel gehören zu den begehrtesten Gefühlserregungen, und wenn dich dünkt, Gefühlserregung sei ein den weitreichenden Möglichkeiten des Geldes wenig angemessenes Ziel, so bedenke, wie eng wirtschaftliche Größe und Schwächlichkeit der Sinne miteinander zusammenhängen, weshalb ein Höchstmaß an Kaufkraft mit einer merkwürdigen Abstumpfung und einem allgemeinen Mangel an Unterscheidungsvermögen und Genußfähigkeit einhergeht; und dem, der heutzutage alles mögliche speisen könnte, schmeckt nur noch wenig oder gar nichts mehr. So jagt er einigen starken Genüssen nach (die am Ende keineswegs stark, sondern ganz gewöhnlich sind) und würde sein Leben dafür geben. Vielleicht gilt das nicht für die Mehrheit der Mailänder, die, durch das Geschäftsleben eingeengt, noch keine Reisen gemacht, noch nichts gesehen haben und außerdem auch nur begrenzt neugierig sind; gewiß aber trifft es für eine Minderheit zu, nämlich für jene, die die Zierde ihrer Stadt sind, und dennoch sollte man nicht meinen, daß es unter ihnen nicht auch arglose, reine, vernünftige Menschen gäbe, kurz, das Beste der alten Lombardei. Im Gegenteil.

Don Carlo Ludovico Aleardo di Grees aus dem Geschlecht der Herzöge von Estremadura-Aleardi und Graf von Mailand, einer Familie entstammend, die allem Anschein nach zu zwei Dritteln schweizerisch-iberischer Herkunft war, und gleichwohl der heiterste und gutherzigste Lombarde, den man sich nur vorstellen kann, war einer von diesen. Mittlerweile um die Dreißig, aber noch ausgesprochen jugendlich, einziger Sohn und durch den Tod seines Vaters Besitzer eines umfangreichen Vermögens, welches die Gräfin, seine Mutter, umsichtig verwaltete, verband der gute Graf Aleardi Segelleidenschaft und einen vom Vater geerbten vagen Idealismus mit einer weniger vagen, wenngleich unfreiwilligen Berücksichtigung der präzisen und komplizierten Interessen der Mutter, die für den jungen Mann während der folgenden Jahre eine immer rascher fortschreitende Vermehrung jener Besitztümer (in Form von Häusern und Grundstücken) im Auge hatte; und deshalb machte er sich jedes Frühjahr auf die Suche nach Grundstücken, auf denen er, der Architekt war, später Villen und Jachtclubs für die gute Gesellschaft der Mailänder Sommerfrischler bauen wollte. Sie hatten bereits viel gekauft und hatten vor (das heißt, die Gräfinmutter hatte es vor), noch mehr zu kaufen. Dem Daddo – so wurde der Graf genannt – schien allerdings nicht besonders viel daran zu liegen. Von irgendwoher hatte er eine christliche Unbekümmertheit im Blut, die ihn im Grunde gleichgültig gegen alle Besitztümer machte, so als sei der Sinn der Dinge ein anderer. Welcher, das wußte er nicht und würde es bei seiner bescheidenen Intelligenz vielleicht auch niemals wissen; berühmt aber war selbst damals, als Mailand noch nicht so trostlos war, sein frisches und doch verhaltenes Lachen, das sich stets bei dem geringsten Anlaß auf seinem Kindermund ausbreitete, als ob ihm ein den anderen verborgenes Fest, eine Musik hinter einer Mauer oder eine geheimnisvolle Gewißheit innerer Ruhe und Seligkeit, unabhängig von Jugend, Besitz und Namen und allzeit verfügbar, Sicherheit gäben. Er hatte noch nicht geheiratet und wollte es auch, trotz des Drängens der Gräfinmutter, die schon einige angesehene Schweizer Familien besucht hatte, noch nicht tun, weil ihm schien, das würde ihn einschränken... worin eigentlich, weiß man nicht. Er führte das einfachste Leben, das man sich nur denken kann, ein wahres, geradezu eintöniges Einsiedlerleben; den ganzen Tag saß er in seinem Büro und zeichnete Häuser wie ein Kind, während abends seine einzige Zerstreuung darin bestand, sich mit Boro Adelchi zu treffen, einem jungen Verleger der Nouvelle vague, überaus ehrgeizig und noch nicht aus den Anfangsschwierigkeiten heraus, dem der Daddo, nebenbei bemerkt, ständig hinter dem Rücken der Mutter eine Menge Geld zukommen ließ.

Und ebendieser Adelchi war es, der an einem jener Aprilabende, wenn Mailand über und über grün und ganz zart ist und die Via Manzoni gar kein Ende zu nehmen scheint, den Anstoß zu jenem Abenteuer gab, das wir erzählen wollen.

Boro Adelchi also sagte ein wenig nachdenklich: »Ja, die Dinge stehen nicht schlecht... aber wir müßten etwas noch nie Dagewesenes, etwas Außergewöhnliches finden. Die Konkurrenz ist stark... Wenn du auf Reisen gehst, Daddo, warum solltest du mir nicht etwas ganz Ursprüngliches, vielleicht sogar Abartiges beschaffen? Es ist schon alles entdeckt, aber man weiß ja nie... alles ist möglich...«

»Am besten die Konfessionen irgendeines Verrückten, der womöglich in ein Leguanweibchen verliebt ist«, antwortete der Daddo scherzend; wer weiß, wie er darauf kam. Aber er schwieg sofort, beschämt, daß er mit Krankheit und Tiernatur sein Spiel trieb, zwei Dingen, denen er, wie viele Lombarden, obwohl er keinerlei Erfahrung damit hatte, tiefstes Mitgefühl entgegenbrachte.

»Ich weiß nicht«, entgegnete Adelchi, der den Scherz gar nicht bemerkt hatte, »ich würde eher sagen, irgendein Gedicht, einen *canto*, in dem die Auflehnung des Unterdrückten zum Ausdruck kommt ...« Und er schwieg ebenfalls, aber nur weil seine diesbezüglichen Vorstellungen nicht ganz klar waren und er sich schämte, den Grafen dies merken zu lassen, der andererseits genausowenig auf dem laufenden war wie er.

Und an dieser Stelle ist es angebracht, auf eine eigenartige Verwirrung hinzuweisen, die zu der Zeit die lombardische Kultur beherrschte und deshalb auch das Verlagswesen beeinflußte, nämlich hinsichtlich dessen, was unter Unterdrükkung und daraus folgender Auflehnung zu verstehen sei. Beides erschien den Lombarden, vermutlich im Widerstreit mit der bedrohlichen marxistischen Ideologie, lediglich als eine Sache der Gefühle und der Freiheit, diese zu äußern, wobei sie vergaßen, daß es (auf Grund der althergebrachten Traditionen in dieser Welt) dort, wo kein Geld ist oder wo man mit Geld alles kaufen kann, wo Not und große Unwissenheit herrschen, auch keine Gefühle gibt oder keine Lust, sie zu äußern; kurz, die Lombarden waren sich dessen sicher, daß eine unterdrückte Welt etwas zu sagen habe, während doch, wenn die Unterdrückung alt und echt ist, das Unterdrückte nicht einmal existiert oder kein Bewußtsein seiner Unterdrückung mehr hat, sondern existent, wenn auch ohne wahres Bewußtsein, ist einzig und allein der Unterdrücker, der manchmal aus Gewohnheit die Formen nachahmt, die von Rechts wegen dem Opfer zustünden, wenn es noch existierte. Aber solche Spitzfindigkeiten und Spinnereien konnte man natürlich unmöglich den Verlegern anbieten, die gierig nach etwas verlangten, was den flauen Appetit des Publikums anzuregen vermochte. Derartige Überlegungen hätten den Ablauf der Produktion gefährdet, bei der statt dessen die Wendung des genannten Konflikts in eindeutig traditionelle und deshalb beruhigende Formen, wie sie damals sehr in Mode waren, Zustimmung, Begeisterung, Wohlwollen und somit Verkauf und somit – da capo! – das liebe Geld garantierte.

Um auf unsere beiden jungen Leute zurückzukommen, während sie heiter durch die Via Manzoni spazierten, und vor allem auf den Daddo, bei dem wir bald sehen werden, daß er nicht ernstlich durch seine Unwissenheit gefesselt und so großmütig und reinen Herzens war, daß er deinen Respekt verdient, lieber Leser; Daddo also sagte: »Wir werden sehen ... ich will es versuchen. Ich habe eine Ahnung, daß es jenseits von Gibraltar etwas Unrechtmäßiges und deshalb auch Leidendes geben muß ... Ich werde in den Bibliotheken nachforschen und mir Karten besorgen ... Du aber, Boro, versprich mir, das Ganze ohne viel Aufhebens zu veröffentlichen ... einzig und allein zu dem Zweck, die geistige Entwicklung der Mailänder zu fördern ... Sonst nicht«, schloß er mit einem Lächeln, das weniger scherzhaft gemeint war, als es den Anschein hatte, und neigte dabei leicht den edlen Kopf vornüber, den ein wahrer Silberhelm umschloß – so früh und ohne jeden Grund ergrauten die Aleardi –, was dem feinen Gesicht bisweilen eine mittelalterliche Würde verlieh.

»Das verspreche ich dir ... keine Sorge«, log aufgeregt Adelchi, der bereits bei sich mit größtem Vergnügen an die Sitzung des nächsten Tages dachte und daran, wie er das Werk in einigen Monaten oben auf dem Turm vorstellen würde. Er wollte ihm einen aufsehenerregenden Titel geben, wie zum Beispiel »Die Nächte eines Verrückten« oder »Die Hexe« oder besser noch »Verbrennt sie alle!«. Übersetzungen und Preise würden die Verkaufsziffern in den Himmel treiben. In Wirklichkeit würde er das Buch dann nicht einmal lesen, da er ein Mann ohne jede ungesunde Neugier war, ein einfacher Mensch, der nur nach einem fieberte, nämlich danach, Geld zu machen.

Unterdessen waren sie an jener Stelle der Via Manzoni angelangt, wo, wer von der Scala kommt, zu seiner Linken die Giardini, zu seiner Rechten die gleichnamige Galerie und vor sich den schönsten Platz Mailands liegen sieht mit einem aufgelockerten Park im Hintergrund, den der Nebel auch im April in einen sanften Schleier hüllt. Und wie stets überkam den Daddo bei diesem Anblick eine liebevolle Wehmut, fast schon eine Bewußtseinstrübung; er vergaß die verrückten Reden darüber, wie der Langeweile der Menschen abzuhelfen sei, und ließ den ruhigen Blick rings umherschweifen wie jemand, der im Traum ein Bitten und Flehen vernimmt, welches als wirklich zu betrachten das Tageslicht verbietet, ein heimliches Klagen von Verlorenen hinter aller Stille.

»Wie du dir vorstellen kannst . . .« fuhr Adelchi fort.

Doch der Graf hörte ihm schon nicht mehr zu.

II

OCAÑA

Auf hoher See. Eine hornförmige Insel

Vierzehn Tage später übergab Daddo das Büro in der Via Bigli zwei Sekretärinnen (von denen eine, die Bisi, geradezu verrückt nach ihm war, weil Daddo unter anderem ein Prachtexemplar jener ellenlangen, heiteren Erscheinungen darstellte, wie sie in der lombardischen Ebene gelegentlich noch anzutreffen sind), verabschiedete sich von der Gräfinmutter, die ihm einen großen Smaragd mitgab, damit er ihn in Sevilla bei einem Juwelier ihres Vertrauens einfassen ließe, ging in Genua an Bord der *Luisa*, eines Schiffes, das mindestens achtzig Millionen Lire wert war, und nahm Kurs auf das untere Mittelmeer.

Wie Adelchi beim Thema »Unterdrückung« und die Gräfinmutter hinsichtlich von Lebensinhalten, so hatte Daddo leider in Sachen Grundstückskauf – vielleicht, weil er diesem nicht wirklich Bedeutung beimaß – keine sehr klaren Vorstellungen und folglich auch keine entsprechenden Vorlieben. Er kannte das Mittelmeer wie seine eigene Hosentasche, und obwohl praktisch alles zum Verkauf stand, zögerte er ständig. Bald aus irgendeiner Rücksicht auf Sardinien, als litte es noch und bedürfte eher einer Heilung als einer Teilung; bald aus irgendeiner Nachsicht gegenüber den umliegenden Inselchen und Klippen, als wären sie noch zu klein, um sich von ihrer Mutter zu entfernen (was einfach lächerlich war, und wenn wir um das brüderliche Empfinden des Grafen noch nicht wüßten, könnten wir ihm frömmelnde Schwärmerei vorwerfen); bald, wie zum Beispiel vor bestimmten wunderschönen Landstrichen Spaniens, als ob Gott dort all seine Tränen vergösse und man nicht die lärmenden Touristen dorthin bringen dürfte. Und auch die Achtung schließlich, jenes feine und ein wenig schmerzliche Gefühl für die Würde des anderen, das einst die Ritter im Hinblick auf die Frau zu so vielen bewundernswerten Unternehmungen inspirierte und das der edle Lombarde, ohne es zu wissen, der Erde insgesamt entgegenbrachte, erschwerte ihm jedesmal jene doch so einfache Handlung, die sich käuflicher Erwerb nennt. Diesmal jedoch, wer weiß warum, in sehr viel schärferer Weise. Aber bei seinem fröhlichen und ausgeglichenen Wesen nahm er sich das nicht weiter zu Herzen, und im Vertrauen auf die Geschicklichkeit des Salvato – das war der Matrose auf der *Luisa* – hatte er schon daran gedacht, sobald sie Gibraltar hinter sich gelassen und das Kap San Vincenzo umschifft hätten, ganz langsam die portugiesische Küste hinaufzusegeln, womöglich gar bis zum Golf von Biscaya. Dort würde man vielleicht eine Insel sichten, die niemandem gehörte, und sie zu kaufen würde keine Beleidigung bedeuten. Über die Proteste der Gräfinmutter machte er sich in seiner Einfalt nicht weiter Gedanken.

Das Wetter war gut, das Meer ruhig, der Frühling hauchte seinen warmen Atem bis aufs Meer hinaus, und es gab einen Augenblick, als Daddo an der Mündung des Rio Tinto die *Luisa* verließ und sich nach Sevilla begab, um jenen Juwelier aufzusuchen, da hätte man den Himmel in Scheiben schneiden können, so blau war er. Und es herrschte eine Ruhe, eine Stille – die reinste Lebenslust! Herr Santos, der Juwelier, war zu einem kleinen Familienfest nach Granada gefahren und also nicht zu Hause, und Daddo tröstete sich damit, in den weißen Gassen umherzuschlendern und nutzlosen Krimskrams zu kaufen, den jedoch seine Mutter und die beiden Sekretärinnen, insbesondere Bisi, nicht als solchen ansehen würden; darunter einen wunderschönen, ganz und gar golddurchwirkten weißen Seidenschal und eine Halskette aus blaugrünen Steinen für Salvatos Frau, damit auch sie bei der Rückkehr ihres Mannes eine Freude hätte. Dann kaufte er noch zwei Kisten Malaga, über die der liebe Adelchi sich bestimmt freuen würde, und für sich selbst Ansichtskarten und Pfeifentabak. Bei Sonnenuntergang war er wieder in Palos, und die Seefahrt ging weiter.

Sie dauerte etliche Tage, weil Salvato offenbar absichtlich jedesmal, wenn ein leichter Wind wehte, das Segel einholte und der Graf ihn, teils aus Höflichkeit, teils weil ihm Verzögerungen nichts ausmachten, gewähren ließ. So vergingen die Tage: Salvato streckte sich, sobald es möglich war, einen Arm über die Stirn gelegt, zum Schlafen aus, und Daddo ging, wenn er ihn nicht vertreten mußte, auf der Brücke auf und ab, stopfte seine Pfeife, betrachtete die Wellen, die flüssigen Türkisen glichen, lächelte und dachte, wie schön doch im Grunde, trotz des ewigen Problems zwischen Rußland und Amerika, die Welt und wie lieblich der Kosmos sei.

Als sie Lissabon erreichten, war es der 5. Mai, und man feierte gerade irgendein religiöses Fest. Die Glocken der Kathedralen läuteten, das Volk schwärmte fröhlich durch die Straßen und blieb vor dem einen oder anderen der erleuchteten Stände stehen, um Erdnüsse, Rosinen, gebratenes Spanferkel, kleine Heiligenfiguren aus Gips, Spielzeugtrompeten und eine bestimmte Sorte kleiner Wägelchen aus gelbem und grünem Holz mit rotgezäumten weißen Pferdchen zu kaufen, das Ganze für wenige *centavos*, wie es bei jedem Volksfest so üblich ist, und die Portugiesen bildeten da keine Ausnahme. Sie erschienen dem Daddo bei dieser Gelegenheit als treffliche Menschen, die kaum etwas für ungut nahmen, und er bedauerte es, sie verlassen zu müssen. Ein weiterer Halt war, wenn sie nicht vorher noch irgendwo Land sichteten, mindestens bis Coruña nicht mehr vorgesehen, und dort würden sie sich wieder auf spanischem Territorium befinden.

Tags darauf, am 6. Mai, segelten sie erneut auf hoher See dahin, fern von der Westküste der Iberischen Halbinsel, dem letzten Zipfel Europas sozusagen, als sich etwas veränderte. Das Wetter war immer noch gut, aber es fehlte jenes strahlende Azurblau, jene Sonne; vielmehr wirkte das Licht leicht verschleiert, als seien Wölkchen am Himmel, was aber nicht der Fall war. Und das Meer leuchtete nicht mehr türkisfarben; es hatte die Färbung von poliertem Silber angenommen, einem Fischrücken gleich, und an Stelle der Schuppen hatte es lauter kleine Wellen ... die eine der anderen nacheilten. Es herrschte eine große Ruhe, nicht größer vielleicht als im Mittelmeer, denn das Meer ist überall gleich, aber es schien so wegen der blassen Farben, in denen die Sonne eingeschlummert war, und wegen der Karwochentrübsal, die in der Luft lag, obwohl Ostern in dem Jahr sehr früh gewesen war und inzwischen bereits der Sommer vor der Tür stand ... Eine bernsteingelbe Helligkeit war alles, was sich am Horizont zeigte, während man zur Rechten noch die flache, nackte Küste Portugals ahnte, bis sie wie ein Schatten endgültig verschwand. Dann mischte sich in das rosarote Licht ein fahles Grün, und die Wellen wurden, auch ohne sich zu überschlagen, größer. Es war ein Uhr am 7. Mai, und während der Nacht und des Vormittags waren weitere Meilen vorübergezogen, ohne daß sich deshalb die Szenerie geändert hätte, als sich dem Kinderblick Daddos, der ein wenig gedankenverloren auf der Brücke stand, ganz in der Ferne in jener Helligkeit ein grünbrauner Punkt von der Form eines Hornes oder eines zerbrochenen Kringels darbot, der auf der Karte nicht auszumachen war. Er fragte den Matrosen, um was es sich handeln könne (im ersten Moment hatte er an eine Herde Wale gedacht, da jener Punkt, so klein er auch war, Höcker aufwies), und Salvato antwortete, er könne sich irren, aber das sehe ganz nach der Insel Ocaña aus; und bei diesen Worten machte er nicht den Eindruck (wie übrigens auch sonst nie, und das hing mit seiner Trägheit zusammen), als brenne er vor Neugier und halte es für reizvoll, sie stillen zu können. Im Gegenteil!

»Ocaña! Was für ein schöner Name!« bemerkte, die Pfeife aus dem Mund nehmend, der Graf; und er sagte dies, gerade weil in jenem Namen etwas leicht Unangenehmes, Bitteres lag, und das erweckte sein Mitleid. Dann setzte er in leicht fragendem Ton hinzu: »Wie ich sehe, ist sie auf der Karte nicht eingezeichnet.«

»Nein, sie ist nicht eingezeichnet«, erwiderte trocken Salvato, »weil«, und dabei versuchte er, irgendwohin zu sehen, wo der Blick nicht der armen Insel Ocaña begegnete, »weil, Gott sei Dank, diejenigen, die die Karten zeichnen, Christenmenschen sind und nicht beachten, was des Teufels ist.«

»Fahren wir, mein Lieber«, antwortete mit einem gütigen Lächeln der Graf, »es ziemt sich nicht, von Unglücklichen so zu reden. Wenn es den Teufel gibt, ist der Herr ihm eher wohlgesonnen als dir und mir, da kannst du sicher sein. Und außerdem, warum sollte sie dem Teufel gehören?«

Ihm war der Gedanke gekommen, daß, wenn jene Klippe von irgendeiner schlimmen Legende umwittert sei, der Preis vermutlich niedrig wäre, und alles in allem mißfiel ihm das nicht. Das lombardische Gemüt hat stets einen praktischen Unterbau, der in gewisser Weise ebenfalls aus Gutherzigkeit besteht.

Auf diese Frage hin brummte der Matrose irgend etwas; und es wurde deutlich, daß die Legende mehr eine Erfindung seiner Trägheit als historisch fundiert war. Aber dadurch verstärkte sich ein Eindruck, der, wie der Graf später erkennen mußte, der Wirklichkeit sehr nahe kam, nämlich daß es sich nicht um eine gewöhnliche Insel handelte, sonst wäre sie, Teufel hin, Teufel her, auf den Karten verzeichnet gewesen, sondern eher um ein aus dem Meer ragendes, halb verbranntes ödes Felshorn. Vermutlich gab es dort nur Wurzeln und Schlangen.

»Wir werden sehen«, schloß er.

Es war keine glückliche Idee, aber das kam bei dem Daddo gelegentlich vor; etwas in seinem Wesen ließ sich mir nichts, dir nichts verzaubern und trieb ihn, sich Schwierigkeiten zu suchen. Um es noch deutlicher zu sagen: gewisse Einsamkeiten und Schrecken übten, gerade weil er das Gegenteil liebte, eine Anziehung auf ihn aus, als erhöben sich von dorther klägliche Hilferufe. Ohne Rücksicht auf die Ersprießlichkeit der Sache sagte er deshalb dem Salvato, er solle in jene Richtung steuern, ein Befehl, dem der junge Mann nur sehr widerwillig gehorchte.

Es verging noch eine halbe Stunde. Wie durch eine gelbliche oder durch ein wenig Rauch gelb gefärbte Linse sah man jetzt einige Eichen, einen kleinen Acker und ein Haus. Sie fuhren noch näher heran, und im Schatten einer der Eichen saßen einige Herren und eine Alte (so schien es), die mit Strikken beschäftigt war.

Sie hatten das luxuriöse Schiff des Grafen bemerkt, wandten sich aber kaum um. Einer von ihnen, der jüngste, mit weißgoldenem Haupt, las im Schutz des großen Baumes etwas vor. Die anderen hörten schweigend zu.

Daddo machte einige allgemeine Begrüßungsgesten, auf die keinerlei Antwort kam. Daraufhin bat er Salvato, in dem flachen Grund Anker zu werfen, ließ sich in ein anderes kleines Boot, die *Luisina*, hinab und legte rudernd die hundert Meter zurück, die ihn vom Strand trennten.

Es kam ihm vor, weiß der Himmel warum, als wären die Menschen versteinert.

III

BEGEGNUNG AM BRUNNEN

Der gute Marquis. Das Tier. Wirkungen eines Halstuchs

»Grüß Gott!« rief er. »Brauchen Sie nicht irgend etwas?«

Ihm wurde bewußt – und sofort war er wegen seiner Tolpatschigkeit verlegen –, daß das Schweigen dieser Leute nicht durch Verblüffung oder Mißbehagen bedingt war, sondern höchstwahrscheinlich durch die Tatsache, daß er sich in reinem Lombardisch geäußert hatte, einer Sprache, die dort unbekannt sein mußte; aber dies zusammen mit dem, gelinde gesagt, seltsamen und traurigen Anblick dieser Menschen und der sonderbaren Beschäftigung, der sie sich hinzugeben schienen, während der Ozean ruhig dalag und von allen Seiten her leuchtete – nämlich der Lektüre oder dem Anhören eines Gedichts oder Romans –, löste einen Augenblick lang eine vage Furcht in ihm aus. Es sei noch hinzugefügt, daß die Insel sich, wie unmerklich auch immer, zu bewegen schien, und das war zweifellos die Folge der langen Seefahrt wie auch – das ist nicht ausgeschlossen – der Tatsache, daß der Graf rudernd einen Punkt erreicht hatte, von dem aus die *Luisa* nicht mehr zu sehen war, so daß das Meer sich hinter ihm wie eine ewige Mauer schloß.

Unterdessen aber – so sehr aus dem Nichts gegriffen sind

manche Empfindungen, und so unbegründet erscheinen am Ende Erschrecken und Schlußfolgerungen – hatte der jüngste der Männer, eben derjenige, um den die anderen im Kreis saßen, die Verlegenheit des Besuchers begriffen und eilte ihm, nachdem er leichtfüßig sein natürliches Podium verlassen hatte und während die Alte wieder ins Haus ging, lächelnd entgegen.

Er mochte höchstens achtzehn Jahre alt sein, und alles an ihm zeugte von echter, aber bereits hinfälliger Schönheit. Groß und feingliedrig war er wie ein Kranich, hatte das lange schmale Gesicht der Iberer, aber helle Augen und farbloses Haar wie ein Brite und trug wie die anderen armselige bunte Kleider in der Machart einer weit zurückliegenden Zeit; doch während die der anderen zu Dunkelgrün und Blau tendierten mit einer Gesamtwirkung von Violett, waren seine sehr hell: eine gelbe Samtweste, hellblaue, ebenfalls samtene Hosen, rote Strümpfe und schließlich ein reich besticktes, aber abgetragenes grünes Leinenhemd. Und an den Füßen schäbige Latschen. Gesicht und Hände, die aus den von Motten durchlöcherten und mit den Jahren und durch das offenbar ständige Tragen vielfältig zerknitterten und schadhaft gewordenen prächtigen Stoffen hervorschauten, waren ebenso wie diese fein und abgenutzt, dabei aber zugleich arglos, schüchtern, verstört und bei aller welken Blässe doch auch fröhlich. Während er näher kam, hellte sich sein Gesicht immer mehr auf wie ein armseliges, von Nebelschwaden bedecktes Ufer in der Sonne, und der Graf sah, daß die durchsichtige Haut seines Gesichts ganz und gar von feinen kleinen Fältchen durchzogen war, ähnlich der Äderung mancher Blütenblätter, was einen für sein Alter ziemlich merkwürdigen Effekt von Hinfälligkeit und Resignation erzeugte. Er blieb wenige Schritte vor Daddo stehen, und leicht den Kopf neigend und in äußerst sanfter, nahezu femininer Weise ein altes Portugiesisch sprechend, stellte er sich vor als Don Ilario Jimenez aus dem Geschlecht der Marquis von Segovia, Graf von Guzman und, zusammen mit seinen Brüdern, einziger Bewohner der Insel.

Die Überstürzung, mit der er der üblichen Pflicht des Fremden, sich als erster vorzustellen, zuvorgekommen war – sei es aus jugendlicher Natürlichkeit, sei es, weil Aleardo in seiner Überraschung kein Wort herausbrachte –, rührte den Grafen, der sich nun mit einer Verbeugung seinerseits vorstellte und in Portugiesisch – einer Sprache, die er sehr gut kannte, da er mehrfach in Brasilien gewesen war – für soviel Liebenswürdigkeit dankte; und er erzählte, daß er seit etlichen Tagen unterwegs sei mit dem Ziel, auf einen unbekannten Ort zu treffen, worauf er jedoch in Anbetracht der heutigen Entwicklung der Nautik schon nicht mehr gehofft habe. Nun aber sei ihm das Glück zu Hilfe gekommen.

»Es ist sehr liebenswürdig, *o senhor*, daß Ihr Euch uns gegenüber so ausdrückt«, antwortete, nachdem er ihn angehört hatte, mit seinem reinen Lächeln Don Ilario; und melancholisch setzte er hinzu: »Unser teures Stückchen Erde ist nicht einmal auf einer Karte verzeichnet, so klein ist es, und es kann auch keinerlei Fahne schwenken. Doch fühlen wir uns immer noch als Portugiesen. Portugiesisch jedenfalls war unsere Familie, als sie im siebzehnten Jahrhundert hierher übersiedelte. Aber wollt Ihr mir nicht folgen?«

Mit diesen Worten führte er ihn zum Haus hin, einem grauen, düsteren, eingeschossigen Bau, den auf einer Seite ein Türmchen zierte; und fast – da seit kurzem das Sonnenlicht offenbar noch schwächer geworden war, wie im Frühling, wenn es regnen will – erschien es dem Grafen eher als Andeutung eines Hauses, wie man sie aus dem modernen Theater kennt, denn als wirkliche Behausung, und er war dadurch verunsichert. Als sich dann die Brüder zu seiner Begrüßung erhoben, fiel dem Grafen auf, wie groß und lang sie waren und wie sehr sie sich von dem jüngsten unterschieden, als wären sie von einer anderen Mutter geboren, und aus der Starre und Melancholie ihrer Gesichter glaubte er zu verstehen, warum das Leben sich für den guten Marquis nicht in allzu leuchtenden Farben darstellte.

Die beiden Männer – die ihrer ganzen Erscheinung nach eher den Eindruck von Hirten oder Knechten als von Adligen machten – nahmen, nachdem sie sich als Hipolito und Felipe Avaredo-Guzman, Söhne einer ersten asturischen Frau des verstorbenen Marquis, vorgestellt hatten, ihre apathische Haltung wieder ein, die gleiche, in der sie beim Vorlesen des Buches zugehört hatten; und das erklärte sich für Aleardo bald nicht nur als Folge ihrer derben, schweigsamen Wesensart und infolgedessen einer langsamen, trägen Vorstellungskraft, sondern auch durch die ökonomisch bedingte Verzweiflung, in der sie sich offenbar befanden und die bei ihnen nicht wie bei dem naiven Ilario durch die Ausübung irgendwelcher literarischen Fähigkeiten gemildert wurde.

Sie schienen sich in einem solchen Maße der Öde und Hinfälligkeit, der sie ausgesetzt waren, bewußt zu sein wie auch der Tatsache, daß es keinerlei Ausweg für sie gab, daß die Aufmerksamkeit, die sie dem Lesen des Bruders zuwandten, sicherlich so zu deuten war wie die Unfähigkeit eines Sterbenden, eine Fliege zu verscheuchen, und nicht wirklich als Aufmerksamkeit. Und sobald er das verstanden hatte, dachte Daddo angestrengt darüber nach, wie er seine Reichtümer über die Insel ergießen könnte, damit jene wie Pflanzen wieder erblühten, und wie es möglich wäre, dem sensiblen Ilario zu einem würdigeren Publikum und, wenn er es verdiente, zu Ruhm und Ehren zu verhelfen. Und er dankte dem Himmel, daß er ihn zum Grafen von Mailand gemacht, und seiner Mutter, daß sie ihn mit ihrem unerschöpflichen Ehrgeiz zu diesem armseligen Stück Land hingetrieben hatte.

Unterdessen schien sich Don Ilario, sei es wegen der Jugend, die er mit dem edlen Lombarden gemein hatte, sei es wegen der Gutherzigkeit und Sanftheit, die in ihnen beiden steckten, immer mehr über des Fremden Besuch zu freuen und beinah schon nach einer Möglichkeit zu suchen, wie er sich verlängern ließe. Dazu bot sich ihm Gelegenheit, als er den Fremden bei der Besichtigung der Insel begleitete.

Gleich hinter dem Haus zog sich ein kleiner Hügel hin, als Weide angelegt oder besser, als solche im Naturzustand belassen und von jenen Eichen umstanden, die vom Meer aus wie Wale ausgesehen hatten und die einsamen Bewohner gegen den Ansturm des Seewinds schützten. Dort waren ein paar Schafe zu sehen, einige ins Gras gekauert, andere mit gesenktem Kopf weidend und, wie alle Schafe, vielleicht an gar nichts denkend. Weiter nach rechts, in einer Art Talmulde, in die Wind und Sonne einfielen, den Silberglanz und die musikalische Natur einiger Olivenbäume hervorhebend, die vor dem blendenden Streifen des hier erneut sichtbar werdenden Meeres leicht hin und her schwankten, gab es einen Brunnen, und neben diesem mühte sich die »Alte« ab, die kurz zuvor, als sie gesehen hatte, daß Besuch kam, ins Haus zurückgegangen war und dann auf der anderen Seite wieder herausgekommen sein mußte.

Groß war in diesem Augenblick Daddos Überraschung, als er gewahr wurde, daß diejenige, die er für eine Alte gehalten hatte, nichts anderes war als ein ganz und gar grünes Tier, so groß wie ein Kind, das unverkennbar wie eine riesige Eidechse aussah, aber als Frau gekleidet war mit einem dunklen Röckchen, einem sichtlich alten und zerschlissenen weißen Mieder und einem Schürzchen in verschiedenen Farben, da es anscheinend aus den Lumpen der ganzen Familie zusammengesetzt war. Um den Kopf gebunden, so daß es das harmlose weißgrüne Maul verbarg, trug die Magd ein ebenfalls dunkles Stückchen Stoff. Sie war barfuß. Und obwohl diese Kleidung, die sich einer puritanischen Gesinnung ihrer Herrschaft verdankte, sie nicht wenig behinderte, schien sie in der Lage, alle Arbeiten mit einer gewissen Behendigkeit zu erledigen.

In diesem Augenblick aber schaffte sie es offenbar wirklich

nicht. An dem einen ihrer grünen Händchen hatte sie einen Verband, und mit dem anderen mühte sie sich unter heftigem Stöhnen vergeblich, einen großen Eimer aus dem Brunnen hochzuziehen.

Daddo in seinem Sinn für Ritterlichkeit, der ihn so liebenswürdig machte, stürzte, ohne sich lange zu fragen, wie die Religion, zu der er sich bekannte, es erfordert hätte, ob jene Kreatur christlich oder (wie es eher den Anschein hatte) heidnisch sei, sofort zu dem Tier hin, das zwei flehende, schwärmerische Äuglein zu ihm aufhob und, während der Graf ihm den Eimer abnahm, murmelte: »Danke, *o senhor*! Danke!«

»Keine Ursache, Mütterchen!«

»Ja, der Haken ist abgebrochen«, bemerkte Don Ilario, der durchaus nicht besorgt zu sein schien, welchen Eindruck wohl eine solche Magd auf den Fremden machen könnte. Und dieser von Verlegenheit oder Besorgnis absolut freie, ruhige Tonfall genügte, um Daddo davon zu überzeugen, daß an der kleinen »Alten« nichts Verwunderliches sei; oder falls zufällig doch, dann gehörte es eben zur Normalität der Welt, die ja selbst (da es sie erst nicht gab, dann aber gab, und man nicht erkennt, wer oder was sie hervorgebracht hat) rätselhaft genug war. Dabei kam ihm sein überschwengliches Gemüt sehr zustatten, das im Ablauf der Natur überall eine ebenbürtige Seele entdeckte und einen Appell an die eigene Brüderlichkeit vernahm. Es sei hinzugefügt, daß das Geschöpf tatsächlich etwas Demütiges, Sorgenvolles an sich hatte.

Während er es vermied, sie neugierig zu betrachten, damit sie nicht in Verlegenheit geriete, zog Daddo geschwind den anderen Eimer hoch, und während der Marquis sich in Dankesbezeigungen erging, sagte er, der abgebrochene Haken sei eine Kleinigkeit und er könne das wieder in Ordnung bringen: er müsse nur an Bord zurückkehren, um das Notwendige zu holen.

Wenige Minuten später war er wieder auf der *Luisa*. Und

sich wohl hütend, dem Salvato mit seiner blühenden Phantasie zu erzählen, was er gesehen hatte, lud er zusammen mit dem Werkzeug soviel wie nur möglich ins Boot: eine Kiste Malaga, italienische Romane, die er Don Ilario schenken wollte, und das golddurchwirkte Seidentuch, ein wahrlich verrücktes Geschenk für die arme Alte. In seiner Unschuld sagte er sich, daß jene Kreatur schließlich ein weibliches Wesen sei und ein wenig Eitelkeit ihr in ihrem armseligen Leben doch wohl geblieben sein müsse. Er täuschte sich nicht.

Als die Echse, denn es war wirklich eine Echse, eine Iguana*, jenes reine Symbol der europäischen Kultur auf dem riesigen Küchenherd ausgebreitet sah, gab sie einen schrillen Schrei von sich, der in einem Klagelaut endete; ihre Händchen, deren eines, wie sich der Leser erinnern wird, mit einem Verband umwickelt war, legten sich zu einer Geste herzzerreißender, stummer Bewunderung zusammen; dann lief aus den kaum sichtbaren, sanften Äuglein, die ständig hinter faltigen Lidern verborgen waren, eine Träne herab, beziehungsweise sie stieg herauf insofern, als die Lider der Echsen sich ausschließlich von oben öffnen. Sie murmelte etwas Unverständliches, aus dem jedoch herauszuhören war: *»Nâo para mim . . . Nâo para mim . . .«***

»Doch, es ist wirklich für Euch, Mütterchen«, erwiderte Daddo, während Don Ilario seinem neuen Freund entzückt zulächelte. »Schaut nur, ob Ihr nicht ausseht wie ein Mädchen und ob es Euch nicht ausgesprochen gut steht.«

Und bei diesen Worten – wie es gelegentlich geschieht, wenn Worte, ohne eine genaue Absicht gesprochen, wie Blitze aus dem Unbewußten eine Wahrheit enthüllen, die dem schwerfälligen Verstand entgangen ist – wurde dem jungen Mann zu seiner Verblüffung bewußt, daß die Kreatur, die er

* Ital. *iguana* (lat. iguana iguana): Grüner Leguan (Anm. d. Übers.)

** Nicht für mich

»Mütterchen« genannt hatte, in Wirklichkeit noch nicht einmal ein Mädchen war, sondern ein armes Echslein von höchstens sieben oder acht Jahren, das nur durch das runzlige Aussehen seiner Spezies so zerknittert und verdüstert wirkte und auch weil es ziemlich heruntergekommen war, was sich auf verschiedene Ursachen zurückführen ließ, wie schweres Tragen, fleißiges Dienen und wer weiß was für eine grausame Verlassenheit, die auch für die Kindheit eines Tieres zu schwer gewesen war. Die Freude, die es jetzt ganz und gar erfüllte, deutete darauf hin.

Mit einigen zierlichen kleinen Bewegungen, die jedem anderen Zuschauer als dem zartfühlenden Grafen grotesk, um nicht zu sagen haarsträubend erschienen wären, zog sich die Kreatur das Tuch auf dem Kopf zurecht und neigte, während sie die Enden zusammenknotete, das längliche, scheue Köpfchen bald zur einen, bald zur anderen Seite, geradeso wie eine kleine Dame vor dem Spiegel; und als sie nichts sah, worin sie sich hätte betrachten können, lief sie vor einen riesigen Kupferkessel, den sie selbst mit ihren grünen Händen blankgeputzt hatte, und beugte sich dort hinunter, ein Hinterbein einknickend, so wie der Graf es bei den schönen Fräulein der oberen Gesellschaft gesehen hatte, wenn sie irgendeinen kostspieligen Fetzen geschenkt bekamen, und wandte ihm ihr strahlendes und dennoch demütiges Gesicht zu, so daß dem Grafen die Tränen kamen. Und er drehte sich zu dem Marquis um in der Hoffnung, auf dessen schönem runzligen Gesicht das gleiche Gefühl der Zuneigung zu sehen, das er empfand; aber statt dessen gewahrte er ein gleichsam gezwungenes und distanziertes Wohlwollen, als ob die seltsamen Gebärden der Kreatur den Marquis verlegen machten und er sich eher vornähme, sie, sobald sie allein wären, zu tadeln.

»Genug jetzt, Estrellita! Geh auf dein Zimmer. Der Graf und ich haben etwas zu besprechen«, sagte mit Güte, aber auch Härte, Don Ilario.

»*Nâo... Nâo... Nâo*«* und andere wirre Ausrufe in der Sprache des Camões bekamen im Gestammel dieses Wesens etwas Winselndes und jetzt auch Erschrockenes; dabei entstand eine solche Verwirrung in und unter dem weißen Tuch, und gleichzeitig hörte man einen so silberhellen, untröstlichen Glockenton, daß der Graf sich umwandte, um zu sehen, was das sei... aber die Echse war nicht mehr da. Durch eine Falltür neben dem Herd war sie schnell in ihr »Zimmer« geschlüpft, einen Raum – vielleicht der Holzschuppen – unter der Küche; und die Falltür hatte sich wieder geschlossen. Aber nicht so fest, als daß nicht ein noch zitternder Spalt zwischen Brett und Backsteinfußboden eine so totale Finsternis hätte sichtbar werden lassen, daß man sich fragte, ob das wirklich ein Zimmer sei und nicht vielmehr ein gänzlich abgeschlossener Brunnenschacht. Und von dorther kamen immer noch, wenn auch erstickt, einige »*nâo... nâo... nâo*«, Laute eines vielleicht chronischen Ungehorsams, die nicht weit vom Weinen entfernt waren und bei einem so jungen Geschöpf zusätzliche Nachsicht erfordert hätten. Aber von Nachsicht, um nicht zu sagen Mitleid, war in dem blassen Gesicht des Marquis keine Spur. Vielmehr zerfranste sein Wohlwollen sich jetzt in sonderbar stumme und grausame Undurchdringlichkeit, die sich wiederum in ein etwas unechtes Lächeln auflöste, während er mit sanfter Stimme sagte: »Ja, ich gebe zu, unsere Iguana ist ein bißchen nervös... Ich erzähle dir später, wo wir sie gekauft haben. Davon abgesehen aber, glaube mir, ist sie sehr tüchtig, und ich weiß nicht, was aus uns und diesem Haus geworden wäre ohne die Hilfe ihrer alten Hände...«

»Ihr habt sie gekauft...?« fragte der Graf. Er hatte nicht einmal jenes so menschliche »du« bemerkt. Und er hielt inne, denn seine Stimme und seine klaren Augen waren von einem solchen Elan erfüllt, daß jeder, ganz zu schweigen ein Mensch

* Nicht

von solch feiner Sensibilität wie Don Ilario, erahnt hätte, woran seine Seele, ohne daß es seinem Verstand bewußt war, dachte, nämlich die arme Echse seinerseits zu kaufen, um ihr mit der Freiheit alle Träume ihrer kleinen Tierseele zurückzugeben. Aber auf diese Frage gab der Marquis, als hätte er nur einen leichten Wind oder das gelegentliche Rauschen des Meeres gehört, keine Antwort mehr.

IV

DAS ARMSELIGE HAUS

Eine Diskussion über das Universum. »Hilf mir!«

Sie verließen die Küche und besichtigten nun das Haus, das sich bei aller Trostlosigkeit von innen viel größer und schöner erwies, als man von außen erkennen konnte.

Längs eines Korridors gab es viele weitere Räume, darunter auch das Empfangszimmer. Diese Räume – der Marquis zeigte sie nur flüchtig durch die halb offenstehenden kleinen Türen – waren in einem Zustand unbeschreiblicher, tiefer Verwahrlosung, und auf den hohen weißen Wänden zeichneten sich, gefiltert durch die Glasstruktur kleiner Fenster, alle Bewegungen im Laubwerk einiger Bäume ab, die draußen in Wind und Sonne leise hin und her schwankten. Zum Trocknen aufgehängte rote Tomatenbündel, verstaubte Bücher, stehengebliebene Uhren, das eine oder andere Ahnenbild, grüne Schränke mit aus den Angeln gerissenen Türen – alles, was gewöhnlich in verwahrlosten alten Häusern zu sehen ist, gab es dort zuhauf, und das stand in einem seltsamen Gegensatz zu der Behauptung des Marquis, die Iguana sorge für alles und halte Ordnung. Nein, Ordnung herrschte hier nicht; irgend etwas machte es unmöglich, und nur zum Schein war dies die Aufgabe der Echse. Und immer mehr fragte sich der Graf angesichts dieser Widersprüche, die nach und nach eine recht finstere Bedeutung annahmen, welches wohl das Geheimnis dieses Hauses sein mochte und ob die Armut wirklich sein einziges oder schlimmstes Übel sei.

Am Ende des Korridors angelangt, wo ein schmales Fenster, wie alle anderen ohne Vorhänge, in diesem Augenblick im hellen Licht der Sonne glänzte, die aus den Wolken hervorgekommen war, sah man, daß der Korridor einen Knick machte und ganz um die rechte Seite des Hauses herumlief, wo er dann vor einer kleinen Steintreppe endete. Diese führte zu einem Türmchen hinauf, das, von außen gesehen, wie ein hohler Zahn das Haus zierte. Auch hier Staub, zerbrochene Stufen und dazu noch ein herber Geruch nach seit Jahren aufgehäuftem Papier und vermoderter Tinte, der dem Grafen in Verbindung mit der Szene, die er bei seiner Ankunft gesehen hatte, und auch weil er ihm in gewisser Weise vertraut war, verriet, welches die eigentliche Beschäftigung des jungen Segovia war. Dieser Geruch besagte, daß der junge Mann, zwischen Papieren geboren, zwischen ihnen lebte und immer leben würde. Er war ein Literat, ein Bibliophile vielleicht, jedenfalls ein ewig in Phantastereien versunkener Mensch. Und sich erinnernd, worum Adelchi ihn in Mailand gebeten hatte, beschloß er, den Marquis so bald wie möglich zu fragen, ob er nicht irgendein interessantes Werk fertig hätte.

»Sieh mal«, sagte unterdessen Don Ilario, »dort oben ist meine Bibliothek ...«, und er zeigte mit seiner überaus durchsichtigen Hand in die Richtung. »Ich werde sie dir später zeigen ... denn jetzt ist sie ein wenig in Unordnung. Du bleibst doch heute abend bei uns, nicht? Und vielleicht auch morgen noch? Wie ich mich freue! Wie ich dir danke, Daddo! Aber jetzt wirst du müde sein. Komm, ich bringe dich zu deinem Zimmer ...«

Und in jedem dieser Worte lagen eine gewisse Schwäche und Wehrlosigkeit, aber auch Begeisterung; als ob er plötzlich alles Schlimme, allen Schrecken oder Ärger vergäße und sein

Geist sich durch die wohltuende Gegenwart des Grafen öffnete für wer weiß welch versunkene und jetzt wiederaufblühende geliebte und unvergängliche Hoffnung.

Nachdem er sich etwa eine halbe Stunde in seinem Zimmer ausgeruht hatte – wenn Ruhe in der Ruhe möglich ist, denn noch nie hatte sich der Graf entspannter gefühlt als so, in dieser Art Halbschlaf, wie wenn der April beginnt, und alles, obwohl es ihn beunruhigte, wiegte ihn auch in Schlummer –, war Daddo froh, als er sich auf ein leises Türklopfen hin erheben und sich bei Tisch wieder mit seinen Gastgebern zusammenfinden konnte. Sie aßen im Salon, bedient von einer sich sehr von der vorherigen unterscheidenden Echse, denn obwohl es dieselbe Estrellita war, die angesichts des Tuches so viel unvergleichliche Glückseligkeit gezeigt hatte und plötzlich geradezu jugendlich erblüht war, schien es jetzt so, als hätte eine uralte Erniedrigung – deren Geheimnis vielleicht in dem Tadel Don Ilarios zu suchen war – sich erneut wie ein Schleier auf ihr kummervolles Gemüt gelegt und als sei sie fest entschlossen, keinesfalls, auch nicht dem Grafen zuliebe, aus den Abgründen einer völlig apathischen Unterwerfung und schläfrigen inneren Trägheit mehr aufzutauchen. Mit fast schon unhöflicher Teilnahmslosigkeit, wie der Graf sie des öfteren bei unglücklichen Kindern beobachtet hatte, trug sie das Essen auf und kauerte sich danach sogleich wie gelangweilt unter den Tisch. Dorthin warf Don Ilario ihr hin und wieder einen Knochen oder einige Stückchen Haut von dem Huhn, das Felipe zu Ehren des Gastes zubereitet hatte. Es gab auch eine fade Suppe aus Kartoffeln mitsamt der Schalen, aber da der Graf verstand, daß der grobe Felipe es nicht besser konnte, lobte er sie sehr und sagte, eine solche Suppe habe er noch nie gegessen (was stimmte) und er wolle sie demnächst einmal in Mailand bestellen. Nichts hätte also zur Heiterkeit, wenn nicht gar zu einer echten Fröhlichkeit des Grafen gefehlt, wenn nur jene edlen Inselbewohner dem Dienstmädchentier erlaubt hätten, sich mit an den Tisch zu setzen, und der Kummer, den er unter der armen Stirn entdeckte, gestillt worden wäre; was aber, wie man sich leicht denken kann, nicht möglich war. Doch da die Kreatur sich ausgerechnet in der Höhe seines Stuhles hingekauert hatte und er hin und wieder ein grünes Händchen sah, das unter dem Tisch hervorgestreckt wurde, um ein Stückchen Brot zu erbetteln, ging es dem Grafen schlecht. Sie hatte rote Äuglein und schien sehr durcheinander; auf ihr zartes, langgestrecktes Mäulchen hatte sich ein Schatten gelegt, der es jetzt im Schmerz oder in der Resignation, was immer es war, gänzlich ausdruckslos werden ließ, so daß man für Momente, ihrer Erschlaffung wegen, hätte meinen können, die Kreatur schlafe.

Mit Hilfe seiner guten Erziehung zwang sich der Graf, die Grausamkeit der Guzmans, die sein Herz so quälte, zu ignorieren, und brachte das Gespräch auf den Nebenzweck seiner Reise unter Verschweigung des Hauptzwecks, der ja darin bestand, für die Gräfinmutter Inseln zu kaufen, was das Feingefühl dieser Armen hätte verletzen können. Er sprach also über die großartige Entwicklung des lombardischen Verlagswesens und den Mangel an Werken, der zu einem bestimmten Zeitpunkt den gesamten Apparat dieses Industriezweigs zusammenbrechen zu lassen drohte. Er sagte viel Gutes, nachdem er nebenbei auch die anderen Verleger gelobt hatte, über Adelchi, dem man leicht, so seine Worte, auf Grund seiner glänzenden und unerschöpflichen Begabung als Käufer von Talenten eine leuchtende Zukunft vorhersagen könne; und zum Abschluß berichtete er von der Bitte, die eines Abends in der Via Manzoni, bevor er sich auf die Reise machte, an ihn herangetragen worden war, nämlich irgendein unveröffentlichtes Manuskript nach Mailand mitzubringen, Romane oder *cantos*, Portugal betreffend. Er verzichtete jedoch darauf, das von der Mode nahegelegte Sujet – Elend, Unterdrükkung und nach Möglichkeit irgendeine pikante Liebesgeschichte – anzudeuten, denn in diesem Haus, das zu den beiden ersten Themen Stoff im Überfluß bot, von dem dritten aber, und sei es in noch so blasser und gewöhnlicher Form, nicht die geringste Spur erkennen ließ, wäre ihm das wenig taktvoll erschienen, und so beschränkte er sich auf den Hinweis, daß ein Werk des Hausherrn willkommen wäre.

Don Ilario hatte bei diesen Worten erneut jenen Ausdruck der Freude in den traurigen blauen Augen, jenen Hoffnungsschimmer, der dem Grafen schon aufgefallen war, als sie im Korridor miteinander gesprochen hatten; aber als ob er in seinem verwirrten Geist (denn dahin führt eine fortgesetzte, niemals unterbrochene Einsamkeit und vielleicht sogar, wie wir noch sehen werden, zu echten, unter tödlichem Schweigen verschlossenen Delirien), als ob er nicht wagte, bei einer solchen Möglichkeit zu verweilen, griff er die Andeutung nicht auf. Vielleicht zog er es vor – schloß daraus der Graf –, das Gespräch auf einen Augenblick zu verschieben, da sein Interesse an der Sache sich zufällig zeigen könnte, und das nicht etwa aus Berechnung, sondern aus jenem inneren Schamgefühl heraus, das hochstehende Geister vor jeglicher Anspielung auf das Nützliche empfinden. Und wie um den Grund zu legen für eine Neugier, die geeignet wäre, Vorschlag und Antwort zu verbinden, ohne den Anstand zu verletzen, bat er Estrellita, aus dem Zimmer jene Romane zu holen, die der Graf ihm geschenkt hatte, und anschließend den Kaffee servieren zu wollen, worauf die kleine Magd mit ganz verdüsterter Miene unter dem Tisch hervor auftauchte und wie verzaubert gehorchte. Sie ging und kam zurück; doch nicht so schnell, daß der Graf nicht inzwischen Gelegenheit gehabt hätte, als er das Gespräch wiederaufnahm und, wenn auch vorsichtig, Don Ilario darüber befragte, wie es denn tatsächlich um die portugiesische Kultur bestellt sei, im Zusammenhang mit dem Wort Kultur bei dem Jungen eine Einstellung zu entdecken, die ihn nicht wenig überraschte, und zwar durchaus nicht in positivem Sinne.

Der Marquis also sagte, auch unter Berücksichtigung der unterschiedlichen ökonomischen Strukturen, die beide Länder trennten und das eine sozusagen in die vorderste Reihe, das andere aber um einiges weiter nach hinten verwiesen, hänge seines Erachtens – er könne sich irren, hoffe es aber nicht – die Verzögerung eines künstlerisch-literarischen (und somit verlegerischen) Erwachens in Portugal nicht damit zusammen, sondern mit der Tatsache, daß sich der portugiesische Geist bei aller Verschlafenheit sehr schmerzlich des der Schöpfung zugrunde liegenden Dualismus bewußt sei und in der Gewißheit lebe, mit dem Anwachsen des Guten nehme auch das Böse zu, und dieses mache sich stärker als ersteres jedes Werk, jede Tat, jeden Fortschritt des Guten zunutze, um sein Feuer zu entzünden, wie man an dem gegenwärtigen Zustand der Völker erkennen könne. Mit anderen Worten, da jegliches Gute ein Anreiz zum Bösen sei und dieses ermutige, seinen grauenhaften kleinen Kopf hervorzustrecken, erscheine es als höchste Frömmigkeit, sich alles Guten zu enthalten, damit sich das Leben insgesamt in seiner Einheit von Gut und Böse von Mal zu Mal nur wenig verschlechtere und schließlich der oder diejenigen, die den ersten Fehltritt begangen hätten, nach der Lösung des Lebensknotens aus ihrer dann gewonnenen Einsicht ihre Gewohnheit ändern und eine neue Welt schaffen könnten, die vollständig frei von allem Bösen wäre. Wenn sich dies als das wahre Ziel der Zivilisation erweise – nämlich das Zum-Stocken-Bringen des Lebens und die Verbreitung des Grundsatzes, daß das Leben durch eine Rückkehr zu der ursprünglichen Leere neu geschaffen werden muß –, dann liege offensichtlich der richtige Weg, die wahre Aufgabe eines jeden rechtschaffenen Menschen oder dichterischen Genius darin, den eigenen Atem auf ein Minimum zu reduzieren oder wenigstens verborgen zu halten, um nicht ins Feuer einer Schöpfung zu blasen, die böse sei und prallvoll von Verbrechen und unbeschreiblichem Lug und Trug.

Während der Marquis so sprach und sich den Anschein

gab, als lenke er durch eine halb scherzhafte, halb verrückte Vorbemerkung oder ein mystisches Paradox das Gespräch an einen Punkt, an dem er sich dann offen auf ein realeres Terrain stürzen könne, verriet etwas in seinen Augen, daß diese Sicht der Welt und die Schrecken des Bösen für ihn etwas Ernsteres waren, als er in seinem Gefühl für Schicklichkeit zugeben mochte, und daß sie sich auch in diesem Augenblick, wie vielleicht schon seit Jahren, bei ihrer bloßen Erwähnung von hinten an ihn herangeschlichen hatten und ihn erschreckten, wie es boshafte Gespenster mit wehrlosen kleinen Kindern zu tun pflegen. Er errötete tief, dann wich die Farbe aus seinem Gesicht, und in seinen Augen blieb eine seltsam grausige, steinerne Starre. Und es war schmerzlich mit anzusehen, wie allein er in dieser trübsinnigen Verzweiflung war; denn die Avaredos zu beiden Seiten des Tisches aßen unterdessen weiter, als wenn nichts wäre, wechselten vielmehr Blicke der Befriedigung über die fade Suppe, die sie bald mit einer abgebrochenen Gabel im ganzen Teller herumzogen, damit sie die hineingebrockten Brotstückchen bedeckte, bald, die wolligen Köpfe vorbeugend, zum Munde führten, wobei sie in der herrschenden Stille ein gieriges Geräusch produzierten.

»Verzeih, Ilario«, sagte in diesem Augenblick der Graf, als käme er nach einer kurzen Reise in sein Inneres wieder zu sich, »aber so gesehen, würdest du, wenn ich mich nicht täusche, der Entwicklung der Schöpfung, ja, selbst ihrer Entstehung, eine Zielsetzung absprechen, die, wie auch immer, durch Liebe bestimmt ist?«

»Nicht ganz«, antwortete der Marquis, »aber ich würde sagen, daß Gott oder das, was wir Gott nennen, nicht der einzige Ursprung der Dinge ist, die, wie wir in der Natur selbst sehen, in jedem Fall das unglückliche Ergebnis zweier miteinander verbundener Elemente sind – das eine aktiv, das andere passiv, oder, wenn du so willst, das eine positiv, das andere negativ ...«

»Darin vermag ich nichts Böses zu erkennen.«

»Du erkennst nichts Böses in dem, was das Leben und das lautere Streben nach Identifikation mit dem Höchsten behindert und das Dasein auf eine Mausefalle reduziert?«

»Aus meiner Sicht nicht«, sagte der Graf, »wenn gerade dieses Böse dem lieben Leben ermöglicht, sich zu offenbaren. Offensichtlich«, räumte er ruhig ein, »hat das Weltgebäude, das uns umgibt und nie aufhört, sich auszudehnen, insofern etwas Merkwürdiges an sich, als du, nebenbei bemerkt, keinerlei Fundamente erkennen kannst... aber das ist auch alles. Glaub mir, mein Lieber, dieses Bauwerk besteht aus grenzenloser Güte, und der Schmerz, den du dort verbreitet siehst, ist lediglich eine Folgeerscheinung des Bauens...«

»Dann bin *ich* also der Träumer!« bemerkte Don Ilario mit bitterer Ironie. »Ich habe es nur geträumt, daß das Böse existiert und uns unterdrückt!« Und mit einem sonderbaren, aus Wut und Entsetzen gemischten Gesichtsausdruck fügte er hinzu: »Entschuldige, aber ich finde es schrecklich heiß hier... und gleichzeitig kalt, um ehrlich zu sein«, und er lokkerte sich mit zitternden Händen den Hemdkragen.

»*Porqué o tempo está mutando*«*, kommentierte mit scherzhafter Miene Hipolito.

Ergriffen von dem Leiden des jungen Mannes, aber mehr noch von jenen Gedanken, die ihn von jeher interessiert hatten, aber über die man in Mailand nicht mehr reden konnte, nämlich den Vorstellungen von Gut und Böse und vom Sinn des Universums, streckte er eine Hand aus, um die kalte Hand des Marquis zu fassen und zu drücken, und sagte: »Mein Lieber, solche Gedanken sind durchaus nicht überflüssig, im Gegenteil, ich danke dir, daß du mich für würdig erachtet hast, sie anzuhören. Aber du wirst sehen, einmal kommt der Tag, an dem auch für dich bestimmte Befürchtungen nur noch ein Grund zum Lachen sein werden; nämlich dann, wenn du auf irgendeine Weise aus all dieser Einsamkeit

* Weil das Wetter umschlägt

herausgekommen sein und festgestellt haben wirst: Die Welt, wenn sie nicht krank ist, ist gut, und wenn sie nicht gut ist, braucht sie zur Heilung, da sie nur krank ist, unsere ganze verstehende Liebe.«

Die Hand, die in der seinen lag, gab sich ihm einen Moment lang hin mit einem Vertrauen, das den Besucher erschütterte, während die Augen ihn mit der Verzauberung eines Neugeborenen fixierten, das seine verloren geglaubte Mutter kommen sieht und dabei zwischen Lachen und Weinen schwankt.

»Wäre es doch so!« flüsterte er, »wäre es doch, wie du sagst, daß es das Böse nicht gibt!«

»Jedenfalls nicht personifiziert, nicht vorsätzlich, sondern höchstens als ein Moment im Werden, das praktische Moment sozusagen.«

Einige Minuten lang herrschte tiefe Stille, in der es dem Grafen so vorkam, als befinde er sich im Zentrum einer Aufmerksamkeit oder eines Dreiecks von Aufmerksamkeit, dessen obere Spitze vielleicht nicht im Salon lag. Anders gesagt, er nahm um die eigenen Worte herum eine Dunkelheit wahr, die bald aus verwirrter Bewunderung bestand (Don Ilario), bald ganz deutlich (von seiten der Avaredos) aus einfältiger Belustigung, bald (aber er wußte nicht, von wem her, ahnte es nur) aus angstvollem Fragen. Und das hinderte ihn, die Hand des jungen Mannes loszulassen, so als suche auch er, der fröhliche Lombarde, eine Spur Solidarität.

»*O senhor* scherzen«, warf schließlich mit derbem Lächeln Hipolito ein. »Vor nicht länger als sechs Jahren tauchte *o demonio* auf dieser Insel auf in Gestalt eines kleinen Vogels, dann verwandelte er sich in eine Schlange und machte noch viele weitere Verwandlungen durch. Und er ist auch jetzt noch hier.«

»Ja, und schließlich forderte er sogar die *mesada** und droh-

* Monatslohn

te damit, sich an die freien Gewerkschaften zu wenden. Sagt man so, *o senhor*?« grinste Felipe.

Diese Bemerkungen, die sich auf eine Person bezogen, die nicht genannt zu werden braucht, bewirkten mit ihrem ruhigen Sarkasmus, daß der Graf unversehens errötete; und während er sich sagte, daß der von den Avaredos an den Tag gelegte Realitätssinn auf seine Weise tröstlich sei, konnte er doch nicht umhin, sich Sorgen zu machen wegen der unaufhebbaren Einsamkeit, in die er jenen eingeschlossen sah, den sie doch hätten beschützen sollen, so daß der jugendliche Geist offenbar tatsächlich von Dämonen – und zwar solchen, die alles andere waren als materiell – in tiefen, unnatürlichen Zuständen von Niedergeschlagenheit festgehalten wurde, was vielleicht nicht die geringste Ursache seines vorzeitigen Alterns war. Und wie stets in derlei Zwangslagen versuchte er, den rettenden Hafen auf dem Schiffchen des Praktischen zu erreichen. Gerade wollte er, um das Gespräch wieder auf konkrete Dinge zu lenken, den Marquis fragen, zu welchem Werk eine solche Philosophie des Schreckens ihn inspiriert habe oder noch inspiriere – immer mit dem Gedanken, es dem Adelchi-Verlag vorzuschlagen – und wie viele Kapitel es habe . . . als das gleiche Gefühl wie kurz zuvor, daß jemand ihm heimlich mit erregter Neugier zuhöre, zur Gewißheit wurde. Jemand horchte unsichtbar . . . Er hörte tiefe, schmerzliche Seufzer, wie sie Kinder in innerster Verzweiflung ausstoßen, und hinter einem Vorhang sah er die Äuglein der Iguana glänzen!

Sie hatte alles mit angehört! Und sie schien um so begieriger zu lauschen, als sie wußte, daß sie der ungenannte Gegenstand des Gesprächs war. Eine so intensive Aufmerksamkeit stand in ihren Äuglein zu lesen, daß sie nicht mehr auf den Packen Bücher achtgab, den sie an die Brust gedrückt hielt, und schon fiel eines mit plötzlichem Gepolter herunter und verriet ihre Anwesenheit. Daraufhin betrat die Unglückliche, als wenn nichts wäre, das Eßzimmer.

Mit einer Fröhlichkeit, deren Grund er sich nicht erklären konnte und die vielleicht nicht mit den Gefühlen seiner Gastgeber übereinstimmte, aber unfähig, sich anders zu verhalten, erhob der Graf sich rasch und ging, wie er es schon am Vormittag getan, auf die Kreatur zu. Während er ihr die Last von den Ärmchen nahm und das heruntergefallene Buch aufhob, fand er Gelegenheit, ihr flüchtig über das ängstliche Köpfchen zu streichen, woraufhin die Echse nichts antwortete, sondern abermals ihre sanften, leidenschaftlichen Äuglein, die von einer unendlichen Traurigkeit sprachen, zu dem Lombarden aufhob, als wolle sie ihm sagen: »Hilf mir!« Dann ging sie schweigend hinaus.

V

EINE UNFREIWILLIGE INDISKRETION

Ein Verrückter. Hypothesen

Ein Wind war aufgekommen, der sich jedoch wenig später vollständig legte, und statt wie gewöhnlich unter der Eiche ihren Kaffee zu trinken, verzichteten die Avaredos darauf, um sich statt dessen eine kurze Mittagsruhe in ihren Zimmern zu gönnen, während der Marquis mit den Tassen, die er selbst aus der Küche geholt hatte (die Iguana schien verschwunden), seinem Gast voran in die Bibliothek im oberen Stockwerk hinaufstieg.

Dieser Raum machte auf den Grafen, vielleicht weil der Himmel sich leicht verdunkelt hatte und ringsumher, da selbst das Meer ruhig war, vollkommene nachmittägliche Stille herrschte, keinen sehr heiteren Eindruck. Hoch, sehr hoch und schmal, mit einer kuppelförmigen Decke, erhielt er Licht nur durch ein einziges, schießschartenartig tief in die Mauer eingelassenes Fenster, das über drei Schieferstufen erreichbar und durch drei bemalte Glasscheiben nicht nur verschlossen, sondern geradezu versiegelt war. Schräg vor diesem Fenster stand eine dunkle Schulbank, der Tisch des Literaten.

Das spärliche Licht, das durch eine Gruppe strenger, verzauberter portugiesischer Könige hindurch bis dorthin gelangte, hatte etwas Kaltes, wie aus einer anderen Welt; und wie es sich so über den Kinderschreibtisch ergoß, der, mit verstaubten Papierbögen, Federhaltern und zerbrochenen oder eingetrockneten Tintenfässern übersät, keine Spuren von Arbeit aus jüngster Zeit aufwies, schien es zu flüstern, daß sich unter diesen Blättern nichts, aber auch absolut gar nichts finde, was gelesen, gedruckt, gerühmt zu werden verdiene, und das wirkte beängstigend. Dann kletterte das Licht die Seitenwand hinauf an einem mindestens zwei Meter hohen ovalen Gemälde empor, auf dem eine Dame, offenbar um die dreißig Jahre alt, sanft, schön und leicht farblos wie der Marquis, der ganz offensichtlich von ihr abzustammen schien, eine winzig kleine, dunkle Kreatur auf den Schultern trug, die ihr gerade mit einem Pfötchen (das Mäulchen sah man nicht) eine blaßblonde Locke aus der Stirn strich. Die sanften Züge der Dame täuschten bei aller ihnen eigenen seelischen Anmut nicht darüber hinweg, daß hinter dieser Stirn Jahrhunderte des Befehlens und eines resoluten Willens lagen, Interesse an der Welt und gleichzeitig ein unüberwindlicher Abscheu angesichts ihrer Schrecken; alles Gefühle, die dann der Grund dafür gewesen sein mochten, daß das unbefriedigte Herz sich in eine zumindest dem Anschein nach so feste Beziehung zu dem geliebten kleinen Tier geflüchtet hatte. Hinter dem einen Arm der Dame, der ebenso wie der eingeschnürte Oberkörper von hellblauem Tüll bedeckt war, erahnte man mehr, als daß man sie sah, eine grünlich dunkle, fremde Landschaft, die auf Grund der Verdorbenheit des Gemäldes nur noch das auf weniger als einen Strich reduzierte Glitzern eines Sees zeigte, die schwache Antwort auf eine letzte Aufheiterung des Himmels nach einem Tag, der voller Sturm und Gewitter gewesen sein mußte. Unter dem Bild stand in goldenen Lettern geschrieben: ICH HABE DAS NICHTS GEWÄHLT, ein Satz, den man auf die Bevorzugung des stummen Lebewesens gegenüber dem sprechenden beziehen konnte wie auch einfach auf eine Hinneigung zum Mystizismus, für den die Schöne sich vielleicht auf einmal begonnen hatte zu interessieren.

Als Don Ilario sah, wie aufmerksam sein neuer Freund das Gemälde betrachtete, schien ein sanftes, freilich flüchtiges Lächeln in seinen Augen auf, und er erklärte, jene Dame sei seine Mutter, vor einigen Jahren verstorben, eine Hamilton, zu der Zeit, als sie noch mit dem Marquis in Tortuga auf den Antillen lebte, wo er selbst geboren sei und die Zeit bis zu seinem dreizehnten Lebensjahr verbracht habe, denn erst vor sechs Jahren sei er zu seinen Brüdern nach Ocaña gekommen. Und jenes Äffchen (»*ein Äffchen* ist es also«, sagte sich der Graf, eben noch, wenn auch grundlos, davon überzeugt, es handle sich um einen Vogel), jenes Äffchen mit Namen Perdita sei seinen Eltern sehr lieb und teuer gewesen und wie eine Schwester mit ihm zusammen aufgewachsen. Sie hätten zu jener Zeit das Haus voller Tiere gehabt, darunter auch gefährliche, und von ihnen mit Zärtlichkeit und unbegrenzter Nachsicht jegliche Unbill erduldet. Er habe in gewisser Weise wenn auch nicht den Reichtum der Seinen (oder besser den seiner Mutter, denn die Segovias seien arm gewesen), so doch den gleichen Hang zur Kultivierung der Einsamkeit geerbt, der man auf tausenderlei närrische und absonderliche Weisen jene Geschöpfe sich hingeben sehe, die frei von Sünden seien und Tiere genannt würden. Nicht alle natürlich, setzte er hinzu, seien so unschuldig und treu, aber die meisten . . .

Da dies nach der Erfahrung in den vorangegangenen Stunden nicht mit dem Eindruck des Grafen zusammenstimmte und ihn, weil er es für eine Lüge hielt, verlegen machte, zugleich aber noch stärker auf die Gestörtheit, um nicht zu sagen den Wahn jenes Gemüts hinwies und sein Mitleid für den jungen Mann weckte, der sich mit soviel Finsternis oder Triumph des Zwiespältigen herumschlug, ließ der Lombarde den Blick über die nackten Wände gleiten und über die Bücherstapel, die statt dessen einige wuchtige Stühle besetzt hielten oder auf dem Boden herumlagen. Diese Unordnung war offenbar das Ergebnis kürzlich erfolgter Vorbereitungen zu einer Ordnung anderer Art, wenn nicht gar zu einer in diesem Fall aber gänzlich unvorstellbaren Flucht von der armseligen Insel Ocaña. Und seine Stirn war leicht umwölkt, als sein Blick auf ein vergilbtes kleines Heft fiel, neben dem noch ein weiteres lag, dieses offenbar jüngeren Datums, und er auf dem ersten wie auf dem zweiten, mit grüner Tinte geschrieben, las: »PORTUGAL« und dann »PENOSA«, *»das o marques Ilario Jimenez di Segovia, conte di Guzman«*.*

»Von dir? Erlaubst du?« fragte er mit plötzlichem Interesse. Und als er zum Zeichen der Zustimmung ein mattes Lächeln bekam, streckte er die Hand aus, um sie aufzuheben.

Dem Leser wird es gelegentlich auch schon so oder ähnlich ergangen sein, daß er als Gast im Hause von Freunden auf die zerstreute Aufforderung des Hausherrn hin eine Zimmertür geöffnet und eine peinliche Szene vor sich gesehen hat, bei der sowohl das weitere Hineingehen wie auch der Rückzug einem feinfühligen Gemüt gleichermaßen unmöglich erscheinen und einem unterdessen der kalte Schweiß auf die Stirn tritt. So weit ging es bei Don Carlo Ludovico Aleardo di Grees nicht, da es in dem einem einsamen Nordwind ausgesetzten Arbeitszimmer des Marquis obendrein auch noch ziemlich kalt war, aber seine Seele verschloß sich gewissermaßen vollständig, und er starrte mit einem Gefühl von Schmerz auf den Brief, der *Portugal* als Widmung vorangestellt war. Dabei las er, mechanisch und wie im Traum.

Und zwar, werter Leser, das Folgende:

* Von dem Marquis Ilario Jimenez von Segovia, Graf von Guzman

Ocaña, den 37. Oktober
Gegenwärtiges Jahrhundert

»Meine Liebe, Stern meiner Seele, ehrenwerte *Senhora*, Perdita!

Vor Ihnen kniend wage ich, Ihnen diese meine erste Dichtung zu widmen!

Wenn alle Gestirne, die Erzengel und Cherubim ganz gewiß über die Balustrade des Universums halten, damit ein schwacher Lichtschein unser Geheimnis erhellt, ich meine, wenn alle bekannteren Gestirne und auch andere, die nicht mehr leuchten, aber gewiß noch gegenwärtig sind insofern, als die Zeit, *o Senhora*, nur eine Entfernung ist und Vergangenheit und Zukunft gemeinsam über den leidenschaftserfüllten, aufblitzenden Augenblick herrschen (wenn sie nicht gar, wie man durchaus annehmen darf, als Gefangene in der Karosse des Nichts umherirren), nun gut, wenn alle diese Gestirne, sowohl Melancholien als auch Kometen der Freude, gemeinsam mit denen anderer Welten, mit all den silbernen Früchten, die sich auf den Ästen des Weltenbaums vermehren (alles Orte und Ereignisse, die die Enge unseres beschädigten Denkens kaum zusammenphantasieren kann, da es keinesfalls über die lachhafteste Vermutung hinausgeht), wenn also alle diese Gestirne, diese Milchstraßen, diese Sternennebel, kurz alles, was die Nacht, die sich wie ein Ozean um unser Bewußtsein ausbreitet, in sich birgt, wenn . . .« – es folgten an die zwanzig weitere Satzperioden, gleichermaßen überladen in der Form bis hin zum ins äußerste getriebenen Barock und gänzlich unverständlich, die der Graf übersprang –, »wenn sie«, fuhr der Schreiber fort und gelangte damit zu einem scheinbaren Schluß, »sich einfallen ließen, alle gleichzeitig zu leuchten und so in der unendlichen Menge aufzugehen, kämen sie doch nicht im entferntesten dem Feuer gleich, das in meinem Innern brennt, seit ich Sie, Geliebte, als meine Braut betrachten darf.

Sie haben geruht, sich zu mir herabzulassen, Sie, das kleine

Tiergeschöpf und als solches Trägerin aller himmlischen Werte und Vollkommenheiten. Und so werde ich mich bemühen, zu Ihnen aufzusteigen. Als würdiger Sohn Albions werde ich Sie allezeit mit leidenschaftlichster Hingabe lieben, *o Senhora*! Als Nachkomme eines Hidalgogeschlechts werde ich Ihnen unser Schwert, auch wenn es seit langem seinen alten Glanz verloren hat, zu Füßen legen. Ihr Name wird, von mir besungen, den Neid der berühmtesten Schönheiten hervorrufen, und ich werde, mit Ihrem Namen bewaffnet, ausziehen, um in diesem jeden Ideals verlustig gegangenen Zeitalter jene wieder zum Leben zu erwecken, die – unglückliche Geister – eine so klägliche Nachkommenschaft hatten. Ich, Don Ilario Jimenez aus dem Geschlecht der Marquis von Segovia, Graf von Guzman, oder vielmehr, der ich dies durch meine Tugenden zu werden hoffe, werde dies vollbringen. Doch verachten Sie mich unterdessen nicht, vertreiben Sie mich nicht aus Ihrer Nähe, *o Senhora*, wenn Sie nicht wollen, daß ein jäher Tod auf ein durchaus gerechtes Urteil folgt.«

Mit weiteren Worten, die besagte Perdita mit einer spanischen Jasminblüte oder auch mit dem ruhelosen Rosenkranz des Meeres in einer Aprilnacht verglichen und den Marquis mit einem Wurm, einem Nichts, wenn nicht geradezu mit der noch im gasförmigen Zustand befindlichen Seite des Universums, endete die unglaubliche Widmung, die, wie gesagt, das schlichte Datum »Gegenwärtiges Jahrhundert« trug.

Unten auf der Seite lag wie vergessen und in einem Gegensatz, der dem Grafen im ersten Moment gar nicht in seiner vollen Dramatik deutlich wurde, ein Briefchen der Lady Hamilton, welches – ein echtes Briefchen einer Mutter an ihren pflichtvergessenen Sohn – in ganz gewöhnlichem, betrübten Ton besagte, daß sie seit November nichts von ihm und der lieben Perdita gehört habe; sie erinnerte ihn daran, daß das Futter für die *menina** aus Obst und Milch bestehe, entspre-

* Die Kleine

chend über den Tag verteilt, aber ein paar Haselnüsse, schön geröstet, könnten auch nicht schaden. Sie teilte ihm mit, das Urteil des Gerichts in Caracas stehe im Gegensatz zu ihrer »Auffassung« und deshalb müsse trotz der Fürsprache des Erzbischofs nicht nur der Besitz Tortuga, sondern auch Ocaña, das letzte Gut der Segovias, als verloren betrachtet werden; er solle Hipolito bitten, die Besitzurkunden bereitzuhalten, die sich im Schrank in der dritten Schublade links befänden, denn der Makler einer Lissaboner Immobilienfirma werde kommen, um die Insel zu besichtigen. Sein Vater, Don Gonzalo, habe einen weiteren und noch schwereren Asthmaanfall gehabt und brenne darauf, nach Abschluß dieser traurigen Angelegenheit nach Havanna überzusiedeln. Dort hofften sie, ihn, zusammen mit seinen Brüdern, bald wieder in die Arme schließen zu können. Auf jeden Fall vertrauten sie auf den Herrn, und auch wenn Er zur Zeit die Hopins habe erhöhen wollen und ihre Würde dabei mit Füßen trete, so sei doch nicht gesagt, daß Er sie – und darin denke sie wie der Erzbischof – für allezeit aus seinem Gedächtnis getilgt habe. Zwei Bibelverse voll gequälter Geduld und resignierter Hoffnung – »Du, Herr, gibst mir das Erbe und reichst mir den Kelch. Du erhältst mir mein Erbteil.« – bildeten den Abschluß dieses demütigen Briefes, und einige vergilbte Kleckse zeugten davon, daß die edle Dame, als sie dieses schrieb, weniger ausgesprochen hatte, als ihrer Trübsal angemessen gewesen wäre.

Wenngleich die Phantasie des Grafen alles andere als hochfliegend war, er die Tatsachen nicht anders als in numerischer Reihenfolge zu sehen vermochte und es ihm, wie vielen Lombarden, an der Fähigkeit zur Synthese mangelte, so glaubte er doch zum ersten Mal in seinem Leben mehr zu verstehen, als die Ereignisse hergeben wollten. Indem er die Widmung und den anschließenden Brief mit dem Schweigen, ja, mehr noch, mit der Verwahrlosung des Hauses, des kleinen Besitzes und jetzt auch des Arbeitszimmers von Don Ilario in Verbindung brachte, begriff er oder glaubte er zu begreifen, daß alles, was er bis dahin über den Marquis und die Brüder und allgemein über ihre Grausamkeit gedacht hatte, seinem eigenen, noch bornierten Auffassungsvermögen anzulasten war. Und wenn es – von den Stiefbrüdern, die er im übrigen nicht kannte, einmal abgesehen – auf der Welt einen Menschen gab, der in entsetzlichem Maße ebenso gut wie schwach, ebenso zart wie unglücklich war, dann stand dieser dort vor ihm. Und wenn er verrückt geworden war, so lag das an ebenjener Schwäche und Gutherzigkeit, Einbildungskraft und mangelndem praktischen Sinn, die ihn wehrlos machten. Es war nicht schwer, daraus die Schlußfolgerung zu ziehen, dachte er – während der Marquis, damit beschäftigt, unter der Bank einige aus einer kleinen Schachtel herausgerutschte Schreibfedern aufzusammeln, seinem Schmerz freien Lauf ließ –, es war nicht schwer, daraus folgenden Schluß zu ziehen: Nachdem die Eltern unvorhergesehenerweise (durch ein Auto- oder Flugzeugunglück oder durch eine von der Angst ausgelöste Krankheit) aus Havanna, wenn sie denn jemals dort angelangt waren, und von dieser Welt im allgemeinen verschwunden waren, hatten die Hopins sich die Besitzung Tortuga angeeignet; Ocaña hingegen war noch nicht verkauft und entweder von Hypotheken und anderen Übeln bedroht oder im letzten Moment von dem im Brief erwähnten Erzbischof gerettet worden. Jedenfalls waren somit die Guzmans, wenn sie ihre wenigen Felsen retten wollten, gezwungen, sich nicht mehr auf dem Festland blicken zu lassen und zu hoffen, der Himmel habe den Makler aus Lissabon die Spuren ihrer Klippen verlieren lassen oder das Herz der Hopins berührt, so daß diese sie vergessen hätten. Der Wahnsinn hatte sich bei dem Marquis eben in dieser Atmosphäre von Angst und Isolation herausgebildet, ging aber, wie aus dem Brief ersichtlich, auf früher zurück, als er das ihm von der Frau Mutter anvertraute Äffchen mit irgendeiner hochstehenden kleinen Dame verwechselt hatte. Wahrscheinlich war das Äffchen gestorben, oder die Avaredos hatten es an der Küste verkauft; und von seiner schwärmerischen Vernarrtheit war nur ein vager, diffuser Abscheu gegenüber den niederen Kreaturen im allgemeinen übriggeblieben, der sich unglücklicherweise über der Echse entladen hatte. Wahrscheinlich waren, wie in der Mehrzahl solcher Fälle, die Störungen im Zusammenhang mit dem schwierigen Alter aufgetreten, mit der Entwicklung des Kindes zum Mann oder zum werdenden jungen Mann. Alles in allem eine Neurose wie jede andere, die zu ihrer Heilung eines wirklichen Eintritts in die Welt, der Nähe eines Freundes, liebenswürdiger Frauen und bestimmter politischer Diskussionen bedurft hätte, ganz zu schweigen von ein wenig Geld. Diese Dinge, dafür hatte der Graf Beweise, wirkten Wunder, und deshalb gab er die Hoffnung nicht auf, Don Ilario einer völligen Zerrüttung entziehen zu können. Und so nahm sein schönes Gesicht einen heiter-ernsten und zugleich respektvoll aufmerksamen Ausdruck an, als er den Blick von den Seiten hob, dem Marquis, der seine ungesund glänzenden Augen nicht von ihm abwandte, ins Gesicht sah und sagte, die Lektüre scheine ihm sehr interessant und er würde, wenn jener nichts dagegen habe, die beiden Manuskripte gern mit auf sein Zimmer nehmen. Dann, so tuend, als wolle er sich noch lebhafter für die ursprüngliche, schlichte Ausgabe interessieren, bückte er sich neben die Bank hinunter und vertauschte, da er auf dem Boden das zweite Exemplar von *Portugal*, das keine Widmung trug, gefunden hatte, dieses rasch mit dem seinen. Ilario wirkte plötzlich so glücklich, schien Leid und Sorgen so völlig vergessen zu haben und dem Grafen für seine Güte so dankbar zu sein, daß Daddos anfängliche Beunruhigung, wenn sie auch nicht völlig überwunden war, sich doch legte; und beide zusammen begannen sie von Mailand zu reden und von den Chancen (immer vorausgesetzt, Don Ilario ließe sich überreden, seine Position im Universum für eine Weile zu vergessen), welche derartige kleine Werke hätten, die Gunst des großen Publikums zu erlangen, das begierig nach Neuem sei, vielleicht nicht allzu anspruchsvoll und deshalb freigebig mit seinem neuerworbenen Geld.

»Ich weiß nicht ... das überlasse ich dir ... das mußt du sehen ... Allerdings habe ich diese Büchlein schon als Elfjähriger geschrieben ... und ich habe seitdem nichts mehr daran geändert«, sagte Don Ilario, ein wenig beschämt über seinen neuen Gemütszustand angesichts der Aussicht auf eine soziale wie ökonomische Verwertung seiner Gedanken, aber im Vertrauen auf das Feingefühl des Freundes, damit seine Zustimmung nicht Anlaß zu einem tatsächlichen Mißverständnis gäbe, wo doch seine Motivation dabei vor allem (so sagte er) gefühlsmäßiger Art sei. Doch war er offenbar selber von seiner eigenen Nachgiebigkeit überrascht, und auch die Widmung vom 37. Oktober, gegenwärtiges Jahrhundert, schien ihm nicht plötzlich einzufallen, geschweige denn ihn verlegen zu machen.

VI

DIE STEINE

Bei Kerzenschein. Die Natur im Alarmzustand

Nachdem der Graf sich in sein Zimmer zurückgezogen hatte, wurde es im Nu dunkel, aber er fand keine Ruhe. Eine nach der anderen blätterte er die Seiten von *Portugal* und *Penosa* um, doch ohne sie zu verstehen; wobei er diese Schwierigkeit bald auf seine unvollkommene Sprachkenntnis, bald auf die spärliche Beleuchtung des Zimmers schieben wollte, denn sein Freundesherz weigerte sich zuzugeben, daß jene Welt nichts anderes war als das traurige Echo sehr viel bedeutenderer und zu Recht berühmter Dichtungen, mit denen der Marquis sich von Kindheit an genährt haben mußte. Und alle zusammen hatten in Einklang mit dem verbrauchten Blut, das in seinen Adern floß, seinem Gemüt jene verwirrende Überspanntheit eingegeben. Bald sprach er von »adamitischen« Sonnenuntergängen, bald von versunkenen Schonern, bald von zwei Erzengeln, die, wütenden Hähnen gleich, im Schatten eines Kaktus in der Morgensonne kämpften. Bald sah er Mädchen mit Pfirsichwangen und »diamantenen« Seelen wie Wolken gekleidet in einem Glas tanzen. Bald hörte er überaus süße Stimmen und sah grüne Augen aus den Tiefen der Yucatán-Straße auftauchen, die ihn in »Paradiese der Tränen« einluden, und dergleichen Zwiespältigkeiten mehr. Vielleicht war auch etwas Gutes dabei, und wer weiß, ob es sich nicht letztlich um Symbolismus handelte, um eine ebenso sibyllinische wie wortreiche Maske zu dem Zweck, das berühmte Problem der Unterdrückung anzuprangern. Alles war möglich. Jedenfalls oblag es weder ihm noch Adelchi und vielleicht nicht einmal den Kritikern, darüber zu befinden; die beiden Dichtungen schienen so, wie sie waren, in ihrer absoluten Unverständlichkeit wie geschaffen, jene Verwirrung und Langeweile hervorzurufen, die eine sichere Verkaufsgarantie darstellen. (Solcher Art, werter Leser, war, wie du siehst, die Mentalität des Daddo, der von Büchern, wie es das Jahrhundert wollte, nichts oder fast nichts verstand, und wir können ihm dies nur bedingt zum Vorwurf machen.)

Nicht das also war es, was ihn keine Ruhe finden ließ, auch nicht die Gesundheit seines Freundes, die – daran hatte er keinen Zweifel – der Erfolg und ein wenig Geld alsbald wiederhergestellt haben würden, als vielmehr ein bestimmtes Aussehen des Himmels, der sich wieder mit der gleichen düsteren Schwere und blaßgoldenen Mattigkeit überzog wie am Morgen. Das Meer, das man durch den abgeblätterten Fensterrahmen erblickte, glich einer endlosen braunen Schotterstraße, über der sich auf der einen Seite, unbeweglich, ein Vorhang aus grauem Samt erhob. Eine Diesigkeit, die sicher in einem leichten Nebel, der aus den Eichen aufstieg, oder im Frühling selbst ihren Ursprung hatte, schien die Welt einzuhüllen. Alles war still und ruhig, aber irgendwie quälend, als wiederholte in einem Winkel der Szenerie jemand auf einer Okulele ständig eine sehr süße musikalische Weise. Einen Augenblick lang hörte er auch das Geräusch einer Hacke, vielleicht waren die Brüder Avaredo bei der Gartenarbeit; dann der Schrei eines Seevogels, ein nasaler, wie besorgt klingender Schrei, der ihn zusammenfahren ließ; und danach war die Stille so groß, daß er zwangsläufig wieder an die Iguana denken und sich fragen mußte, wo jenes ängstliche, kindliche Geschöpf abgeblieben sein mochte. Und auf diese Frage folgte ein ungutes Gefühl, als gäbe es auf der Welt etwas Niederträchtiges, als läge etwas dem Glück und dem Guten Widerstrebendes in der Luft, dessen Schrecken sogar von Estrellita in ihrer Dummheit wahrgenommen wurde. Er hatte sich hingelegt und setzte sich nun auf, legte die beiden kleinen Dichtungen beiseite und sah sich um.

Sein Zimmer war, wie alle anderen auch, sehr armselig eingerichtet, um nicht zu sagen, das völlige Fehlen von Einrichtung wurde durch einigen schadhaften Hausrat kaschiert. Ein großer, mit Laub gefüllter Sack auf zwei Brettern, die ihrerseits mit roh gezimmerten Hockern abgestützt waren, und eine nicht gerade weiße und völlig zerschlissene Decke, die auch als Laken diente, bildeten das Bett. Außerdem gab es einen wackligen Tisch, eine Waschschüssel und einen riesigen Kleiderschrank. Sei es nun, weil ein Türflügel des Schrankes in der Form eines Rundschilds einen Spaltbreit offenzustehen schien, was er, soweit er sich erinnerte, beim Betreten des Zimmers nicht bemerkt hatte, sei es, weil die Stille zu dieser Stunde alle Dinge eigentümlich lebendig werden ließ, der Graf empfand eine Unruhe, die ihn drängte, sich zu erheben, geradewegs auf den Schrank zuzugehen und ihn zu öffnen, um zu sehen, ob nicht (mittlerweile hätte er sich über nichts mehr gewundert) irgendein angeketteter Vogel oder ein kleiner Tiger, der sich gerade kämmte, darin verborgen war ... aber nichts dergleichen, und fast hätte er darüber gelacht, wenn sein schweres Herz es ihm erlaubt hätte. Was es gab, waren altmodische Gewänder und Mäntel, etwas traurige Haufen von rosa und grünem Tüll, Sachen aus der Karibik, aus Caracas, Riohacha und noch weiter im Westen liegenden Orten und ... Das hatte er nicht erwartet! Unter den raschelnden und wie Vogelgefieder glänzenden Gewändern vergangener Zeiten ein Holzgriff, nein, zwei! Das obere Ende einer Sprossenleiter! Eine Falltür!

Als er sich darüberbeugte, nachdem er vorsichtig in den Schrank hineingestiegen war, der übrigens von seiner Tiefe her ein ganzes Zimmer hätte aufnehmen können, sah er unten nicht den geringsten Lichtschimmer, noch drang auch nur das leiseste Geräusch zu ihm herauf. Ihm fiel ein, daß sein Zimmer hinter der Küche lag, durch einen einfachen Korridor davon getrennt, und daß sich unter der Küche der Raum öffnete, wohinein Estrellita verschwunden war, und verblüfft über diese architektonische Vertracktheit, die er sich niemals hätte zuschulden kommen lassen, folgerte er daraus, daß unter seinem Zimmer das der Dienstmagd lag; und nicht daß ihm dies mißfallen hätte, aber er war irritiert über die phantastische und auch irgendwie düstere Mentalität des Architekten, der es für notwendig erachtet hatte, eine beliebige Kreatur lebendig zu begraben. Wahrscheinlich, so sagte er sich, hatte aber der Raum irgendein Fenster zu ebener Erde, das jetzt geschlossen war, weil das Tier vielleicht aus großer Müdigkeit oder über den Tränen eingeschlafen war.

Diese Überlegungen, die zu erzählen zwangsläufig eine gewisse Zeit in Anspruch nimmt, stellte Aleardo mit traumartiger Geschwindigkeit an, und unterdessen war er bereits auf der Treppe. Eine Taschenlampe, die er am Morgen von Bord der *Luisa* mitgenommen hatte, warf ein hüpfendes Licht voraus . . . ein Licht, das sich verwirrt zurückziehen und bei seinem Besitzer Schutz suchen zu wollen schien.

Noch nie, auch nicht bei der Besichtigung gewisser Kellergeschosse in Mailand, hatte der Graf eine derartige Höhle gesehen. Es war eine Art Fuchsbau, der in eine sehr niedrige Ecke auslief, und dort hinein war ein Bett gequetscht, wenn man einen Haufen schmutziger Säcke so nennen kann, mit einem Stück Stoff darüber. Dies war der Ort, an dem die kleine Magd in völliger Finsternis zu schlafen pflegte. Weiter vorn, wo der Raum breiter wurde, stand in einer Kiste mit leeren Flaschen in einer Ecke eine Pappschachtel, in der wohlgeordnet einige Kopftücher lagen und, in Seidenpapier eingewickelt, zusammen mit einigen bunten Steinchen, das Halstuch, das die Iguana vom Grafen geschenkt bekommen hatte. Die Sorgfalt, mit der es zusammengelegt war, als sollte es nie wieder entfaltet werden, erschien dem Grafen sehr vielsagend, wohingegen er nicht begriff, was jene Steinchen bedeuten mochten, nur daß sie dem armen kleinen Tier sehr teuer sein mußten. Als er das flackernde weiße Licht seiner widerstrebenden Lampe weiter rundum schwenkte, kamen aus der Finsternis noch andere Gegenstände oder Symbole von Gegenständen hervor; eine Zeitung zum Beispiel, die auf dem Boden ausgebreitet und trotz des weit zurückliegenden Datums (mit Meldungen über eine *revoluçao* in Mexiko) noch ziemlich sauber war, diente als Tisch und präsentierte in schöner Ordnung eine Spiegelscherbe, einen angeschlagenen, aber sauberen kleinen Teller mit ein paar Knöchelchen und gerösteten Kernen und ... weiter nichts. Aber daneben, in einer runden Vertiefung in der Wand – die regelrechte Andeutung eines Brunnens – war eine Reihe kleiner Röllchen zu sehen, alle von unterschiedlicher Größe, wie sie in Banken gebräuchlich sind, um Münzen einzuwickeln, und jedes mit einem Bindfaden verschnürt. Der Graf wollte gerade näher herangehen, um zu sehen, was sie enthielten, als ein schwaches Geräusch von oben es ihm angeraten erscheinen ließ, augenblicklich die Lampe auszuknipsen. Das Tier kam, von seiner Anwesenheit nichts ahnend, durch die Küchenluke zurück... Kurz darauf hörte er die kleinen Schritte, und gleichzeitig konnte er, selber unsichtbar, etwas erkennen, da das trübe Abendlicht jetzt von der Küche her bis dort hineinfiel.

Wie Kinder am Strand mit Schaufel und einem winzigen Eimerchen ausgerüstet, ging die Echse, ohne sich auch nur das Tuch vom Kopf zu nehmen, auf die Stelle zu, wo die Röllchen lagen, und öffnete dort eines, wie um zu kontrollieren, und der Graf sah, daß es flache, runde Steinchen enthielt, alle von der gleichen Größe. Sie betrachtete sie, nicht mit Habgier, sondern mit einer Art Besorgnis, als sinne sie über die geeignetste Art und Weise nach, sie zu schützen und zu bewachen, da sie wohl ihren gesamten Reichtum ausmachten, und gleichzeitig schaute sie sich suchend um ... Nachdem sie dann ein weiteres Stück Papier und einen Bindfaden aus der Ablage genommen hatte, schüttete sie den Inhalt des Eimerchens, nämlich weitere, erheblich größere Steine, auf das Papier, und während sie dies tat, liefen ihr, unvermittelt und schrecklich in ihrer Lautlosigkeit, Tränen aus den Augen. Sie blieb einen Augenblick stehen und betrachtete die Steine, als sei ihr an den Gütern der Erde durchaus nichts gelegen, und dabei wurde ihr Mäulchen selbst wie zu Stein. Dann bückte sie sich und sammelte alle Kiesel ungeordnet in dem Stück Papier zusammen, das sie mit dem Bindfaden kreuzweise verschnürte. In wilder Eile grub sie eine Kuhle und fing an, das Ganze sorgfältig darin zu verstecken.

Der Graf hatte diese Prozedur in Mailand zu oft gesehen, um sich nicht darüber klar zu sein, daß die Röllchen für die arme kleine Magd Geld darstellten oder ihr als solches gegeben worden waren und von ihr dafür gehalten wurden. Und bei der Erinnerung an Felipes Worte bei Tisch über die Forderungen der Magd wurde ihm klar, daß dies die Währung war, in der sie sie bezahlten. Daher rührte wahrscheinlich die große Unzufriedenheit des Tieres wie auch seine Nervosität. Doch wenn es, dachte er, Bescheid wußte, daß die Steine keinerlei Handelswert besaßen, warum bewahrte es sie dann mit solcher Sorgfalt auf? Und er gelangte zu der Überzeugung, daß die Kreatur den Betrug, dessen Opfer sie geworden war, nicht ahnte, und dies fand er nicht schön von den Guzmans. Aber Elend und Not verleiten zu mancherlei; selbstverständlich wußte der Marquis auf Grund seines Geisteszustands mit Sicherheit nichts davon. Früher oder später jedoch würde es nötig sein, mit ihm darüber zu reden.

Der Daddo wäre jetzt gern fortgegangen, um die Kreatur

nicht zu erschrecken, aber er wußte nicht, wie er es anstellen sollte. Doch da wurden oben wieder Schritte hörbar, kräftige Menschenschritte diesmal, und gleich darauf rief Felipes Stimme:

»Iguana, wo bist du?«

»Hier, *o senhor*! Ich komme gleich, *o senhor*!« war die hastige Antwort.

»Trag das Essen auf, es ist spät. Und dann marsch zurück in den Hühnerstall!«

Der Graf hörte die harten Schritte sich entfernen; er wartete, bis auch die Kreatur, die eine Weile wie leblos wirkte, hinausging, und stieg dann wieder nach oben. Der Himmel sah jetzt ganz grau aus wie bei Tagesanbruch, und das Haus schien wie ausgestorben. Wenig später klopfte jemand, wie bereits am Vormittag, an seine Tür. Und das war das Zeichen, daß sie ihn im Eßzimmer erwarteten. Er ging hin.

Der Tisch war genauso gedeckt wie mittags, jetzt aber von zwei Kerzen beleuchtet. Einige Flaschen standen darauf, die der Graf von Bord mitgebracht, und ein Auflauf, auch dieser wieder von Felipe zubereitet, und zwar aus folgenden Zutaten: gekochtes Getreide, Eier und darüber einige geröstete Teigstreifen, die in ihrer Form – lauter mit Pfefferkörnern durchsetzte Kreuzchen – die Tischgenossen an das Mysterium der Passion und des Todes Christi erinnern sollten. Statt einer Suppe gab es, nur mit Essig angemacht, Zwiebeln und Radicchio.

Auch wenn die Kerzen nicht sehr hoch waren, so war das Licht doch, wie Kerzenlicht stets, obwohl es nahezu keinerlei Luftstrom oder Durchzug gab (vielmehr schien die Luft völlig unbewegt), ziemlich lebendig, und der warme rötliche Schimmer, der über die Gesichter der drei Männer lief, erlaubte es dem Grafen, dort, wo nichts anderes war als Reglosigkeit, einen Anschein von Belebung wahrzunehmen, wie unmerklich auch immer; als ob (absurde Hypothese) während des Nachmittags, den er in bestürzter Traurigkeit verbracht hatte, dieselbe Traurigkeit durch geheime Umstände verleitet worden wäre, sich aus dem Gemüt der Guzmans zu entfernen. Da nun aber der Graf aus Erfahrung wußte, daß die Hoffnung keinen Schritt ohne ihre Schwester Traurigkeit zu tun pflegt, schloß er daraus, daß, da letztere ihn heimgesucht und auch jetzt noch bei ihm war, die andere den Gastgebern gut zuredete; und gern war er diesen Unglücklichen zuliebe bereit, sich mit jener zu unterhalten. Ein Gemütszustand, dem, wie sich sehr bald herausstellte, die ungerechte Annahme zugrunde lag, daß diese Männer, wenn sie die Iguana so behandelten, wie sie es taten, dabei durchaus zufrieden und nicht etwa durch Elend und Trübsinn dazu gebracht worden seien. Nun, da er sah, wie sehr eine Spur Lebendigkeit ihre länglichen Gesichter verschönerte, ja sogar verjüngte, wurde er noch mehr in seiner ursprünglichen Überzeugung bestärkt, daß nur die Armut und der daraus entstehende Kummer Ursache jener Härte und Grausamkeit gegenüber der Echse sein konnten, und er beschloß, im Laufe des Abends gründlich darüber nachzudenken, wie sich mit irgendeinem Vorschlag ein Ausweg aus einer derart verderblichen Situation finden ließe.

Unterdessen hatte er mehrmals in den tiefliegenden Augen der beiden Avaredos ein gewisses verständnisinniges Aufblitzen bemerkt, das am Ende gar irgendeiner törichten Begutachtung seiner Kleidung zuzuschreiben war, die diesen ungeschlachten Männern seltsam, wenn nicht lächerlich vorkommen mußte, wo doch eigentlich eher der Graf berechtigt gewesen wäre, derartige Bewertungen vorzunehmen. Dann aber beunruhigte ihn durch die Art und Weise, wie sie mehrfach einen Ring, den er am Finger trug, und seine mit kleinen Brillanten besetzte und von einer Saphirkuppel gekrönte Armbanduhr fixierten, ein noch schlimmerer Gedanke, der sich aber glücklicherweise sofort verflüchtigte. Nämlich als sie ihn fragten, ob seine Uhr richtig gehe und wie spät es sei.

»Acht«, antwortete der Graf.

Daraufhin wechselten sie ein paar Worte in einem so wilden Portugiesisch, daß der Graf daraus lediglich entnahm – aber es war wie beiläufig gesagt, ohne daß ihm irgendeine Bedeutung beigemessen wurde –, um diese Zeit *sei schon Flut*.

Die Belebung der Gesichter schien ganz ohne ihr Zutun in einem eher freundlichen Ausdruck zur Ruhe zu kommen, in einem auch den finstersten Gemütern nicht unbekannten Gefühl von Gelassenheit, wenn ringsum alles still ist, wie es tatsächlich in dieser Stunde auf der Insel der Fall war, bis auf – aber vielleicht ließ nur seine erregte Phantasie ihn dies hören – ein undeutliches, in Abständen wiederkehrendes Hühnergegacker.

Unterdessen fragte der Marquis den Grafen Aleardo, ob er einen Blick in die kleinen Dichtungen geworfen habe, was er davon halte und ob sie in Mailand Interesse finden könnten.

»Gewiß, mein Lieber. Soweit ich sehen konnte, ist es eine Dichtung, die unmittelbar an die elegische Tradition anknüpft. Es ist nicht gerade das, was gegenwärtig in Mailand oder in London gut ankommt, aber es gibt stets Kenner, die das Alte zu schätzen wissen. Um nicht zu sagen, daß, gut lanciert, auch traditionelle Werke sehr gut gehen.«

»Kann es denn eine Kunst geben«, fragte der Marquis zögernd, »die außerhalb der Tradition steht? Das behauptest du doch wohl, wenn ich recht verstanden habe?«

»Du hast recht«, erwiderte der Graf. »Es dürfte eigentlich keine geben, da ja die Kunst nicht außerhalb des Lebens existiert, welches, wenn es nicht die Tradition von gestern, so doch die von morgen ist, aber bisweilen kommt es zu einer Kunst ohne Leben, und das heißt ohne innere Notwendigkeit, nämlich dann, wenn die Maschinerie der Kulturindustrie im Leerlauf betrieben wird.«

»Zu welchem Zweck?« fragte der Marquis.

Der Graf wußte in diesem Augenblick nicht, was er sagen sollte, denn er nahm an, daß die Beschreibung der Tatsachen in ihrer Realität den jungen Mann enttäuschen und in der Richtigkeit seines Entschlusses, sich abseits zu halten, bestärken würde. Was aber, aufs Ganze gesehen, nicht gut war.

»Zu dem Zweck«, antwortete er deshalb, »die Produktion zu ermutigen und damit die klugen Geister in Bewegung zu bringen, so daß sie nach und nach unzählige geistig-ideologische Konflikte überwinden können.«

»Der Sinn all dessen«, kommentierte nach einer nachdenklichen Pause der Marquis, »ist sicherlich, das wird mir nun klar, die Liebe zum Leben, zur Hoffnung. Ach, schön ist das alles, mein lieber Daddo. In eurem Gesellschaftssystem sind die jungen Menschen also nicht isoliert?«

»Nicht gänzlich.«

»Ich habe von Realismus reden hören. Was bedeutet das?«

»Realismus«, antwortete der Graf leicht verlegen, »sollte eine Kunst sein, die die Wirklichkeit erhellt. Leider wird dabei außer acht gelassen, daß die Wirklichkeit vielschichtig ist und die Schöpfung insgesamt, wenn man dahin gelangt, sie bis zur letzten Schicht zu analysieren, sich durchaus nicht als real erweist, sondern als reine, tiefe Imagination.«

»Das hatte ich in meiner Einsamkeit schon vermutet!« rief der junge Mann mit einem Ausdruck der Freude, der den Grafen seltsam anmutete und fast, obwohl er es verstehen konnte, Mitleid in ihm weckte. »Und das Ergebnis – nicht wahr, Daddo? – kann eine Überwindung der alten Vorstellungen von Natur und Geist, imaginär und wirklich sein, nicht wahr?«

»Zweifellos.«

Der Marquis stieß einen Seufzer aus und sagte: »Wie man in der Einsamkeit verzweifeln kann, das ist unbeschreiblich! Bis hin zum Wahnsinn. Und all das, weil die Seele das Verstreichen der Zeit, weil sie, gewissermaßen, den Pendelschlag des Ewigen wahrnimmt ... doch das, lieber Daddo, wird auf den Inseln für Dummheit oder für eine fixe Idee gehalten. So war ich also in gewisser Weise im Recht mit meiner

Vorstellung, daß die Natur keineswegs so gefühllos ist, wie manch einer«, und die Anspielung auf die Brüder war deutlich, »zu glauben vorgibt. Nein, sie ist keineswegs ruhig, die Natur; wie eine Mutter, deren Kind, notgedrungen, im Begriff ist, sie zu verlassen, verzehrt sie sich in der Finsternis ... sie ist voller Unruhe und hält ihr Ohr an jede Auffälligkeit in der Atmosphäre ... Und viele eigenartige Geräusche, die wir auf das Knarren eines Astes oder das harmlose Niedersinken eines Blattes auf den Fenstersims zurückführen, sind nichts anderes als ihr Scharren an der Tür unserer für sie verschlossenen Überlegungen, um zu verhindern, daß wir sie verlassen ... denn es wird schwierig für sie sein, ohne uns zu leben.«

Eine der beiden Kerzen fiel, weil Felipe mit einer plötzlichen Bewegung nach der Weinflasche gegriffen hatte, um und erlosch, und so bekam der Graf nichts mit von der heftigen Gemütsbewegung, die nach diesen Worten die Gesichter der Tischgenossen beherrschte. Ein schierer Ausbruch von Liebe und Schrecken bei dem Marquis und eine Art Niedergeschlagenheit, eine nahezu verständnisvolle Grimasse in den Gesichtern der Brüder. Er, der Graf, stellte lediglich und nicht ohne Freude fest, daß die Fähigkeit, zartere Empfindungen zu hegen, und sei es auch nur für ein Blatt oder einen Baum, nicht oder nicht für immer aus den Herzen seiner Gastgeber verbannt war. Und während er wie am Vormittag die rechte Hand ausstreckte, um die des jungen Mannes zu ergreifen, sagte er: »Nichts, mein Lieber, zwingt uns, diese Natur zu verlassen, die keine Natur ist, sondern ein Teil unsrer selbst. Im übrigen sei unverzagt: Sie ist sehr selbstgenügsam. Gott hat es so gewollt, als er sie schuf, denn er wußte sehr wohl, daß der Mensch sie früher oder später verlassen würde und daß sie dann allein würde leben müssen.«

Und er erzählte in diesem Zusammenhang zur Bekräftigung seiner Überzeugung von einem Rosenstock, den er aus nachträglich sehr bedauertem Versehen in seinem Haus in

Bellagio gänzlich ohne Wasser zurückgelassen und bei seiner Heimkehr in eine Sonnenblume verwandelt vorgefunden habe. Die Natur selbst in ihrer unendlichen Liebenswürdigkeit habe die Metamorphose bewirkt, da ja bekanntlich die Korbblütler zum Glück nur sehr wenig Wasser brauchten.

»Du bist ein guter Mensch, Daddo!« rief der junge Mann aus und hob dabei ein tränenüberströmtes und dennoch von strahlendem Lächeln erhelltes Gesicht zu ihm auf. »Wenn es doch so wäre! Ich jedenfalls, glaub mir, wäre wahnsinnig froh, wenn ich wüßte, daß sie nicht auf uns angewiesen ist.«

Da die Unterhaltung auch auf Grund dieser Tränen ein unnatürliches Ausmaß an Verzweiflung erreichte, erzählte er, um diese zu rechtfertigen, daß er seit einiger Zeit wegen der literarischen Arbeit das liebe Ocaña ein wenig sich selbst überlassen habe. Außerdem gebe es fast gar kein Wasser, die Winde peitschten es von allen Seiten, und das Meer, das nicht immer so ruhig sei wie in diesen Tagen, nehme einem den Mut zu den notwendigen Arbeiten. Ganz zu schweigen davon, daß auf der Insel alle zweckmäßigen Gerätschaften für eine vernünftige Feldarbeit fehlten und er sich, offen gesagt, nicht imstande fühle, seinen Brüdern in dieser verzweifelten Lage zur Seite zu stehen.

»Wenn es weiter nichts ist, mein Lieber«, erwiderte der Graf, nachdem er dem Himmel gedankt, daß er ihn bisher davon abgehalten hatte, auf einen möglichen Verkauf Ocañas anzuspielen, »dann gestatte mir, daß ich mich darum kümmere und persönlich dafür sorge, sobald ich wieder in Mailand bin. Ich werde dir von dort alles Erforderliche schikken.«

»Du ... würdest das tun, Daddo?«

»Wenn deine Brüder es erlauben.«

»*O senhor* Graf machen sich zu viele Umstände ... So dürfen Sie nicht reden«, schalteten sich wie aus einem Munde in gutmütigem Tonfall, dem aber der boshafte Blick widersprach, die beiden Avaredos ein. Was den Marquis anging, so zogen sich seine Freude und seine Begeisterung, nachdem sie einen Augenblick auf seinem Gesicht verweilt hatten, wie Vorboten des Frühlings, die ein unerwarteter Frost verschreckt, erneut zurück, und abermals verlor sich sein Gesicht hinter einem Schleier aus Unwahrheit, durch den gestammelte Worte drangen wie: »Danke ... danke ... Aber ich weiß nicht ... Es ist schon spät, zu spät, fürchte ich ...«

Sei es, weil man erneut ziemlich deutlich die Hühner spektakeln hörte, sei es, weil sich jetzt bei dem Klagen des Literaten auf dem Gesicht der Avaredos ein Ausdruck von Ärger abzeichnete und die stirnrunzelnde Verschlossenheit vom Nachmittag wiederkehrte, in der Unterhaltung entstand ein unglückliches Vakuum, und der Graf hatte reichlich Gelegenheit, darüber nachzudenken, wobei sich sein offenes Gesicht verfinsterte, daß Feingefühl und Respekt ihm offensichtlich nicht beigestanden hatten und die reizbare Sensibilität dieser Menschen gewiß von irgendeinem groben Schnitzer, wie ihn nur die Lombarden in ihrer Plumpheit fertigbringen, verletzt worden war. Und den Kopf senkend, murmelte er müde: »Du b-brauchst mir ... für nichts ... zu danken. An deine Werke ... hast du wohl, an deine Werke ... nicht ... ge-dacht.«

Dieses Stottern, das in der glatten, ruhigen Sprache des Grafen nur selten auftrat (nach einer Kindheit, in der er allerdings daran gelitten hatte), war, einhergehend mit einem leichten Stirnrunzeln und einem starr werdenden Blick, eines der ganz wenigen Anzeichen, daß er innerlich verzagt war; und eine solche Verzagtheit trat bei seiner Gutherzigkeit nur auf, wenn er überzeugt war, jemanden gekränkt zu haben, sei es Mensch oder Tier. Dann verlor dieses Gesicht seine ganze Fröhlichkeit, und selbst das fühlloseste Herz war versucht, ihm aufmunternde Worte zu sagen.

Etwas, wozu auch Don Ilario tatsächlich bereit war trotz der Verwirrung, die immer noch in seinem Innern herrschte.

»Daddo, hör zu ... Nicht aus Stolz muß ich deine Hilfe zurückweisen. Immer wäre ich, wenn der Boden einen Ertrag abwerfen könnte, daraufhin in der Lage, meine Schulden zu begleichen ... Nicht aus Stolz ...«

»Warum also dann?«

»Ich werde es dir erklären ...« murmelte Ilario, ohne allerdings noch irgend etwas hinzuzufügen. Und mit eindringlichem Blick betrachtete er den Freund, als sähe er ihn zum ersten Mal. Bei dieser prüfenden Betrachtung schien er aber nicht ganz bei sich zu sein. Doch das entging dem Lombarden.

»Aber ... das Geld ... was würdest du denn mit dem Geld machen, das dir deine Dichtungen einbrächten?« insistierte der Graf, während er, wieder munterer werdend, in seinem Innersten beschloß, daß die gesamte antiquierte Produktion des Jungen sich in Geld umsetzen sollte, so schnell wie möglich, und sei es um den Preis, daß er selbst, sobald er wieder in Mailand wäre, einen neuen Verlag gründen müßte. »Es wird nicht wenig sein ...« schloß er.

Der Marquis machte wieder ein nachdenkliches Gesicht. »Meinst du? ... Sagst du das nicht nur, um mich zu ermutigen? ... Stimmt es wirklich?«

»Ja, wirklich ... Man kann reichlich verdienen ... Wie ich dir schon sagte ...«

Und da es, wie auch immer es geschehen mochte, die Wahrheit war und ein Wiederaufleben Ilarios bedeuten würde, schämte er sich dessen nicht.

»Nun gut ... ich würde den gesamten Erlös dem Zirkus Cole in London schenken«, war die unerwartete Antwort.

Mit dem ruhigen Gleichmut und dem komplizenhaften Lächeln, die sie jedesmal zu zeigen pflegten, wenn sie eine Äußerung des jüngeren Bruders aufgriffen, erklärten die Avaredos, der Zirkus Cole sei der verstorbenen Gräfin lieb und teuer gewesen; jetzt aber, da durch die industrielle Erwerbstätigkeit die Gemüter alt und grau würden, gehe es deutlich mit ihm bergab, er sei in ernste finanzielle Schwierigkeiten geraten und drauf und dran, für immer seine Zelte abzubrechen. Während sie sprachen, hatte sich das Gesicht des Marquis sanft verdüstert, wie wenn Wolken nach einem langen Tag der Ungewißheit herabsinken und die Sonne endgültig verhüllen, so daß ihr gequältes Antlitz wenigstens beim bevorstehenden Sonnenuntergang noch den Schein des Sichfügens annimmt. Aber der Graf folgte, warum auch immer, diesen kindischen Erklärungen nicht mehr und war offenbar statt dessen, wie es ihm oft widerfuhr, im Geiste zu einem anderen Punkt der Unterhaltung zurückgekehrt. Er erinnerte sich daran, wie Ilario bei der Erwähnung eines möglichen Wiederaufblühens der Landwirtschaft auf der Insel gestrahlt, gleich danach aber Zweifel und unglaubliche Verwirrung zum Ausdruck gebracht und jede Hilfe abgelehnt hatte. Warum?

»Zirkus Cole ... warum?« murmelte er.

Aber er erhielt darauf – vielleicht weil sein Murmeln nicht gehört worden war – keinerlei Antwort.

Verdrossen über diese Einzelheiten, die erneut die Situation umkehrten insofern, als sie eine tiefe Verzweiflung erkennen ließen, aus der es keinen Ausweg gab oder für die man vielleicht gar keinen Ausweg finden wollte, überließ sich der Graf einen Augenblick lang jenen Befürchtungen oder vielleicht auch feindseligen Empfindungen, die ihn kurz zuvor bei seinem Besuch im Keller beherrscht hatten. Und ganz offen gestand er sich ein, daß Adelswürde und auch poetische Träumereien oder Recht auf Angst eine Sache seien, aber die Pflicht, für Untergebene zu sorgen, insbesondere wenn es sich um Kinder und Tiere, also schwache, machtlose und schutzbedürftige Wesen handelte, eine andere. Während er so, ganz ohne es zu wollen, nur kraft der Logik zu der Feststellung gelangte, daß die Nachlässigkeit des Marquis ein Vergehen sei, beeilte sich sein Freundesherz schon, sich Geduld aufzuerlegen und Erklärungen zu mutmaßen, die, wenn sie am folgenden Tag kämen, jenen rehabilitieren würden. Aber dies kostete ihn eine nicht geringe Anstrengung, zu der noch, hervorgerufen durch den abwechslungsreichen, vollen Tag, ein Gefühl der Schläfrigkeit hinzukam.

Abermals war in der stillen Nacht das Hühnergegacker zu hören, wie von Tieren, die durch ein fremdes Element in ihrer Ruhe gestört werden, und da der Graf sich daran erinnerte, daß die Iguana sich, Felipes Anweisungen zufolge, zu dieser Stunde im Hühnerstall befinden mußte (ob zur nächtlichen Fortsetzung ihrer so schlecht bezahlten häuslichen Dienste oder einfach zur Abbüßung irgendeiner Strafe, die sie sich eingehandelt hatte, das wußte er nicht), folgerte er daraus, daß die unglückliche kleine Kreatur wahrscheinlich wie alle Unterdrückten mit dem Quälen anderer reagierte. Und er beschloß, am nächsten Tag um jeden Preis den Marquis zu bitten, ihn die Magd mit nach Mailand nehmen zu lassen, wo irgendeine religiöse Einrichtung sich ihrer Erziehung annehmen könnte und er sie oft besuchen würde. Während der Reise oder sonntags in der Sprechstunde könnte er sie dann befragen und aus den Worten der kleinen Iguana das Leiden Don Ilarios besser verstehen, wie auch erkennen, was man tun könne, um ihn zu heilen.

Und während Daddo so dachte, sah jener ihn erneut starr an, mit einem traurigen Blick und wie im Traum, und sagte: »Wenn du müde bist, Daddo, dann ziere dich bitte nicht. Jetzt zieht sich jeder in sein Zimmer zurück. Die Nacht hier ist nicht kurz.«

»*Porqué a lua está calando*«*, quäkte Hipolitos Stimme, voll von einer Spöttelei, die aber das Gemüt des Grafen in seiner neuen Melancholie gar nicht erreichte.

Ohne sich anmerken zu lassen, ob er es gehört hatte, nahm der Marquis die zuvor umgefallene und wieder angezündete

* Weil der Mond abnimmt

Kerze, und schweigend, ohne von den Brüdern Notiz zu nehmen, aus deren länglichen Gesichtern ihnen funkelnde Blicke folgten, begleitete er den Reisenden in dem unheilvoll angewachsenen Halbdunkel bis an die Schwelle seines Zimmers und wünschte ihm eine gute Nacht. Dort drückten die beiden jungen Männer sich lächelnd die Hand; aber als die Zimmertür sich wieder geschlossen hatte, wußte der Graf bereits, daß der Schlaf für diese Nacht als entschwunden anzusehen war.

VII

DER HUT MIT DEN SCHARLACHROTEN FEDERN

Ein sanftes Erröten. Auf zum Hühnerstall!

Allein geblieben, dachte er in der Tat nicht daran, sich auszuziehen, sondern setzte sich auf das Bett und blickte im Dunkeln (die Kerze hatte der Marquis wieder mitgenommen) auf das offenstehende Fenster.

Seit seiner Kindheit in Bellagio im Haus seiner Großmutter, die, was ihre Aufwendungen für das Haus anging, nicht im Ruf übermäßiger Großzügigkeit stand, war er nicht mehr nachts im Dunkeln in einem solchen Zimmer gewesen. Er empfand im Zusammenhang mit der Armseligkeit des Hauses keine besondere Bitterkeit, wohl aber eine ungewöhnliche Melancholie, deren unmittelbarste Ursache (wie er glauben wollte) in dem starken Mondlicht lag.

Das ganze Universum schien auf der Reise zu sein. Ein Meer heller Kräuselwellen bedeckte, Papierschnipseln gleich, den Himmel, an dem sich von unten her wie Freudenröte ein ruhiges, warmes Licht ausbreitete, ein Vorbote wohl des langsam hinter einigen Inselkuppen heraufziehenden Gestirns; auf den Grafen aber wirkte es wie die typische Unruhe, Lebhaftigkeit und Betriebsamkeit in einem Haus, in dem ein Empfang gegeben werden soll oder wo jemand ankommt, ein sehr lieber Gast, und wieder abfährt, wer weiß. Überall war Licht, wenn auch nicht offen sichtbar, und Lebendigkeit und Geschrei, wenn auch in sanfter Stille. An einer Stelle, und zwar genau in einem Einschnitt des Hügels, der hinter dem Haus lag, sich aber seitlich so weit hinzog, daß er vom Fenster des Grafen aus zu sehen war, wurde das Licht dann noch intensiver, fast glutrot, und bestätigte so den Grafen in seiner Vermutung, daß der Aufgang des Mondes unmittelbar bevorstehen müsse. Da erkannte er auch den Hohn in Hipolitos Bemerkung über die langen Nächte in Ocaña: »*Porqué a lua está calando*«, doch das betrübte ihn nicht weiter.

Warum nur dachte der Marquis daran, falls er jemals reich werden sollte, den Zirkus Cole in London zu beschenken, wenn es doch im Haus eine Kreatur gab, die für ihre Dienste keinerlei Entschädigung genoß, vielmehr mit bloßen Steinen bezahlt wurde?

Abermals kehrte unter sanftem Erröten, das der Graf nur als Ohrenglühen wahrnahm, der Verdacht zurück, er täusche sich vielleicht. Da er wie stets angesichts irgendwelcher Schwierigkeiten oder Sorgen den Eindruck hatte, die Ursache liege in einer gewissen Schwerfälligkeit seines eigenen Geistes, der die Wirklichkeit der Dinge nicht erfasse, empfand er verstärkt jene leise Scham, jene leise Unzufriedenheit mit sich selbst als einer nutzlosen Seele, wie sie ihn nicht selten schon bei seinen Reisen durch die Welt gedemütigt hatte, und beschloß deshalb, einfacher und aktiver zu werden, als er es bis dahin gewesen war, jenes fruchtlose Spekulieren zu unterlassen und sich nur noch praktischen Hilfeleistungen zu widmen.

»Die kleine Iguana ... reden ... anbieten ... um alle freizukaufen ... eine gute Summe ... alle befreien ... Das als erstes ...« sagte er, leise mit sich selber sprechend, einen Finger an die Stirn gelegt, als echter alter Lombarde. Und ohne es gewahr zu werden, war er aufgestanden und ging im Zimmer auf und ab.

Vor dem Fenster gab es eine kleine Terrasse. Sie war unsinnig insofern, als man, um sie zu betreten, über die Fensterbank steigen mußte, was der Graf instinktiv tat, angezogen von einer hohen, klotzigen Brüstung, die ihm gewissermaßen Schutz bot vor den Strahlen des Gestirns wie auch vor ihrer makellosen Schönheit und ihm ermöglichte, im verborgenen zu bleiben, wie er es innerlich wünschte, gleichzeitig aber an dem offen sich darbietenden Zauber der Nacht teilzuhaben. Sobald er sich unten neben der Mauer ausgestreckt hatte, merkte er, daß er an nichts anderes mehr denken konnte, denn sein Geist hatte sich in eine gänzlich andere Richtung orientiert und sich abgewandt von jenem Nachforschen und Kalkulieren, das ihn noch kurz zuvor bewegt hatte. Es kam ihm vielmehr vor, als sei er wieder Kind in einer Sommernacht in seiner heimatlichen Brianza, noch nicht flügge gewissermaßen, und die wohlbekannte Stimme einer Person, die sich über sein Ohr beugte, die er jedoch nicht sah, forderte ihn immer wieder liebevoll auf: »Erzähl, Daddo, wo bist du gewesen in all den Jahren, nur zu, erzähl ...« Und sie insistierte geheimnisvoll: »Irgend etwas Schönes wirst du doch wohl gemacht haben ... ich bitte dich!« Er aber antwortete, ohne sich umzudrehen, als schiene ihm die Antwort armselig: »Häuser, *o senhor*, Häuser!« Und in diesem Augenblick vermeinte er ein sanftes Lachen zu hören und dann Schritte von bloßen Füßen, die sich entfernten.

»Ja, ich habe immer nur gebaut ...« dachte er. Und obwohl daran nichts Schlechtes war, ganz im Gegenteil, erschien es ihm als etwas Nichtiges, als ob etwas Leeres, ein Versäumnis darin läge, wie wenn jemand ein beachtliches Stück Geld bekommt und es nur zum Kauf von wertlosem Zeug verwendet; andererseits machten es doch alle so, was war daran schlecht? ... Er hätte die Stimme gern gefragt, was er denn sonst hätte tun können, doch eine solch einfache Frage zu stellen, darauf verstand er sich nicht. Er war so sehr jeder Reaktionsfähigkeit beraubt, war wie ausgepreßt, wie zu einem Schatten geworden durch das (jetzt schmerzlich offenbar werdende und darum dennoch nicht weniger närrische) Geheimnis dieser Welt, daß er einem Licht, das hinter dem benachbarten Balkon angezündet wurde, zunächst nicht weiter Beachtung schenkte. Doch nach einer Weile öffneten sich die Fenster, und dort draußen stand, mit einem kleinen Spiegel in der Hand, Don Ilario.

Der rechteckige Spiegel hatte einen Rahmen aus Altgold oder Bronze oder sonst einem glänzenden Material mit eingravierten Blättern – sicher ein Erinnerungsstück der Lady Hamilton; da er zu Aleardo hingedreht war, konnte dieser wie in einem Zauberbild das in Wirklichkeit verborgene Gesicht des Marquis darin erblicken. Und es war, wie der Graf zugeben mußte, ein Antlitz von wunderbarer Anmut und strahlendem Glanz. Die Falten und der ihnen zugrunde liegende Kummer waren völlig weggewischt und verschwunden. Glatt wie eine Kamee, aber mit rosigem Schimmer auf den länglichen Wangen sprach dieses Gesicht nur von der Jugend, der Kraft und der Blüte seiner achtzehn Jahre. Verschwunden war auch die verschlissene Kleidung; auf dem Kopf trug der Marquis einen Hut aus blauem Samt, geschmückt mit einer wahren Kaskade scharlachroter Federn, die ihm bis auf den Nacken hinunterfielen; ein kurzer Schulterüberwurf aus schwarzem Atlas verbarg kaum eine in tausend Farben leuchtende Jacke, unter der sich der gerade, kraftvoll elegante Rücken abzeichnete. Die restliche Kleidung war schwarz, ein tiefsitzender Silbergürtel hielt sie kettenartig zusammen und ließ an der Hüfte den Griff einer kostbaren, ebenfalls silbernen Waffe erkennen. Wie frisch eingefaßte Saphire glänzten seine Augen im Alabasterweiß des Gesichts fast bis zu Tränen vor Stolz und Freude. Nicht eine Spur mehr von seiner furchtbaren Greisenhaftigkeit.

Glücklich, sich so verändert zu sehen, zog er mit seiner schönen Hand den Hut noch einmal zurecht, den Kopf bald zur einen, bald zur anderen Seite neigend, wie ein Paradiesvogel. Da ließ der Graf, der bei aller Bedrücktheit den Auftritt mit ganzer Seele verfolgte und es schließlich nicht mehr aushielt, das Hochgefühl des Freundes mit Stillschweigen zu übergehen, die Stimme hören: »Mehr nach rechts, mein Lieber«, damit meinte er den Hut, »so daß die Stirn frei bleibt.«

Don Ilario antwortete nicht gleich, wie es in Träumen geschieht, wo bisweilen sogar zwei oder drei Jahre vergehen; vielmehr sah es im Spiegel so aus, als durchliefe ein Erschauern die große Glückseligkeit, aber dann gehorchte er.

»Gehst du aus?« fragte der Graf.

»Ja, ich dachte, ein paar Schritte könnten mir nicht schaden«, antwortete er, »noch dazu in dieser milden Luft.« Aber er lieferte keinerlei Erklärung für seine prächtige Verwandlung, auch nicht für die feine Kleidung oder die Jugendlichkeit seines Gesichts. Er fügte lediglich nach einer Weile hinzu: »Gibt es deiner Ansicht nach irgend etwas, das – in besonderer Weise, meine ich – ein Affront gegen die Liebe wäre?«

»Nichts«, antwortete der Graf. »Im Gegenteil, eine Feder, die in der Wirklichkeit des Geliebten sich als schief stehend erweist, bedeutet in den Augen der Liebe nur, daß alles, was nicht schief steht, schlecht gemacht ist.«

Er lachte kurz, und auch Don Ilario lächelte.

»Wie doch unser ganzes Dasein, unser Leben, das dunkle Meer, das uns umgibt, sich bis in seine Substanz hinein verändert«, sagte er, »in einem Ausmaß, daß es sich, so kann man wirklich sagen, in eine ängstlich zitternde Atmosphäre verwandelt. Und das nur, weil das Denken eine Ahnung bekam von dem fehlenden Teil des eigenen Selbst, gleichviel ob Schönheit oder Ungeheuer. Ja, es ist etwas Wahres an dem, was du vorhin behauptet hast, Daddo, nämlich daß es keine echte Grenze zwischen Wirklichem und Unwirklichem gibt. Alles wird, kaum gedacht, sogleich wirklich. Was wir brauchen, ist das, was wirklich ist; und deshalb können wir auch sterben oder anderen erlauben zu sterben. Unser Tod oder der anderer ist nicht weiter wichtig.«

»So ist es in der Tat«, stimmte der Graf zu.

Und während er das sagte, kam es ihm vor, als ändere sich die Farbe der Nacht. Einige Augenblicke lang achtete er nicht mehr auf den Marquis, denn er wurde abgelenkt durch ein noch intensiveres Licht, das sich in die Luft ergoß, bis in die kleinsten Wolken hinein, als ob Millionen roter Vögel sie durchfurchten, ein Licht, das eindeutig rot war. Der ganze Himmel über Ocaña färbte sich rot (ohne deshalb einen weißen oder opalfarbenen Schimmer hier und da einzubüßen) wie bei einem zweiten Mondaufgang. Es gab zwei Möglichkeiten, dämmerte es dem Grafen: Entweder war der erste Mond eine Erscheinung gewesen, die einem Zustand der Verwirrung in ihm selbst entsprach, während dieser eine Rückkehr seines Vertrauens, seiner Teilnahme an der Welt ankündigte, oder aber Ocaña hatte zwei Monde, was wirklich absurd war. Nein, er fühlte sich besser, alle fühlten sich besser, das war alles. Und seine Gedanken kehrten zu der düsteren Estrellita zurück. Warum zeterten die Hühner nicht mehr?

Er hörte Schritte hinter Ilarios Balkon; dann zeigten sich, ebenfalls prächtig gekleidet, die Avaredos kurz in der Türöffnung.

»Du wirst zu spät kommen, Ilario«, sagte Hipolito mit sehr gedämpfter Stimme. »Schläft *der Kerl*?« setzte er hinzu.

»Die Indiskretion in Person«, sagte Felipe.

»Nun ja, ich kann ihm nicht unrecht geben«, räumte der Graf nach einem weiteren Moment der Schwäche ein. »Ich kam ungerufen in dieses Land, und siehe da, alles erscheint vor mir in blendender Klarheit, auch wenn der Sinn dunkel bleibt. Wahrscheinlich ist es das Hervorlocken dieser Visionen, was sie mir vorwerfen, aber morgen werde ich wieder abfahren und alles vergessen.«

Es schmerzte ihn jedoch, daß der Knabe ihn nicht grüßte, als hätte er den kurzen Wortwechsel nur geträumt. Kurz darauf verließ die Gruppe den Balkon, und das Kerzenlicht verschwand aus dem Zimmer. Der Graf war aufgestanden, lehnte sich über die Brüstung und betrachtete die schwarzen, weiß umrissenen Eichen, den weißen Sand und das dunkle Meer. Dann zeichneten sich am Strand, sehr elegant und ruhig, die vorherigen Gestalten ab. Die schöne Gruppe erreichte das äußerste Ende des Strandes und entfernte sich in die Richtung, wo, vor dem Mond geschützt, der neben dem Haus sich hinziehende Hügel seine kahle, ruhige Stirn dem kalten Norden zuwandte.

Zehn Minuten später, das heißt nach der Zeitspanne, die er brauchte, um sich erneut hinzulegen in der Illusion, schlafen zu können, und dann wieder aufzustehen, weil er merkte, daß es nicht ging, war der Graf überzeugt, er habe nur geträumt. Denn er hatte einen Jüngling gesehen, der geradezu eine Verkörperung von Glück und Glanz war, etwas, das Ilario (und vielleicht war er ihm deshalb nur noch lieber gewesen) offenbar nicht einmal dem Namen nach kannte. Wo jene Schlacke der Verzweiflung, jener Abschaum des Nichts oder des jahrhundertelangen Verfalls gewesen, war ein eleganter junger Mann hervorgetreten, entrückt in einer Wolke aus friedlicher Ruhe und Träumerei, wie nur selige Unschuld und ausgedehnter Landbesitz, kurz, natürliche Anmut in Verbindung mit wirtschaftlicher Macht sie gewähren. Und obgleich es ihm mißfiel (aber es quälten ihn auch die Nachgiebigkeit und Gefühllosigkeit, mit der er sich an jener grausamen Unterhaltung beteiligt hatte), war er sicher, daß er nur geträumt hatte.

Seufzend schloß er die Augen und öffnete sie wieder. Da kam es ihm vor, als sei das Licht des Himmels weniger rot, wie wenn die Intensität der allgemeinen Erregungen sich langsam erschöpfte und alles zu einer gewissen Normalität zurückkehrte. Das Bild des kleinen Zugs in großem Pomp auf dem Weg zum äußersten Rand des Hügels, wo der Strand einen Knick machte, tauchte in diesem Augenblick erneut vor seinen Augen auf, mit der Genauigkeit eines Negativs und in solch düsterer Echtheit, daß er unversehens flüsterte: »Wohin gehen sie . . . gegangen . . .«, und darin lag etwas Trostloses. Die Sorgfalt, mit der Ilario gekleidet war, die unsinnige Gelassenheit, mit der er seine Überraschung ignorierte, ebenso wie die prunkvolle Arroganz der Brüder und die Art und Weise, wie sie sich dann später entschlossen auf den Ausläufer des Strandes zubewegten, hatten etwas Beunruhigendes, Trauriges, wie eine Vorführung, an die sie selbst am allerwenigsten glauben konnten und die sich zumindest seiner Komplizenschaft bediente. Und stärker drängte sich ihm der Gedanke an eine Krankheit des jungen Mannes auf, die die Avaredos in der ungeheuren Einsamkeit, in der sie lebten, gleichsam resigniert hinnahmen und der sie damit Vorschub leisteten. Aber was konnte man in dieser unfruchtbaren Gegend anderes tun?

Mittlerweile war der Graf wach und traurig wie noch nie in seinem Leben. Von allen Seiten war die Insel Ocaña in einen Nebel gehüllt, der sich durch das Zusammenwirken von Mondlicht und niedrigem Luftdruck kupferrot färbte. Es war schwül, und am nächsten Tag würde es wahrscheinlich regnen. Am Himmel war kein Stern zu sehen, sondern nur jene unbestimmte, trübe purpurne Helligkeit, die man, hätte es Frauen auf der Insel gegeben, was ein absurder Gedanke war, mit einem weit sich entfaltenden pfingstrosenfarbenen Ballkleid hätte vergleichen können. Im Schein dieses Lichts sah der Graf ein Stück der ausgedörrten Insel, den Bogen des Strandes, an dem das Meer, wie betäubt, sich kaum bewegte, sondern nur einige wenige ekstatische Laute von sich gab, die gelegentlich in einem matten und sogleich wieder verschwundenen Schaumweiß ihre Entsprechung fanden. Auch Sträucher waren zu sehen, die im Lichtschein der Wolken schimmerten oder auch nicht, und die *Luisa*, aber völlig dunkel, denn gewiß schlief Salvato um diese Zeit.

Einem plötzlich auftretenden Gefühl der Unruhe folgend,

die ihre triftigsten Gründe (andere waren weniger deutlich) in der krankhaften Haltung jener Männer fand, welche ihm jetzt wieder klar zum Bewußtsein kam, und in dem nie eingeschlummerten Mitleid mit der Iguana, die zu dieser Stunde wahrscheinlich mit ihren Schrecken und schmerzlichen Sorgen allein war, kümmerte der Graf sich nicht weiter darum, ob die Gastgeber, die jederzeit zurückkehren konnten, ihn sehen oder hören würden, sprang über die Brüstung, ließ sich an der nicht sehr hohen Mauer hinunter und war im Freien.

Kaum stand er draußen, fiel ihm auf, daß ein so warmes Licht in Mailand selten war, selbst in Julinächten, oder dann zumindest durch die niedrige Lage der Stadt im Verhältnis zum Horizont begründet, was man von Ocaña nicht behaupten konnte. Und gewiß war es dieses Licht, das solche Zaubereien hervorbrachte und ihn selbst dazu verleitet hatte zu behaupten, man könne aus Liebe auch töten, wo er doch in Wirklichkeit allenfalls gedacht hatte, daß man aus Liebe auch zu einem anderen Ergebnis gelangen könne als zur Wiedererweckung der Toten. Aber er befand sich seit dem kurzen Wortwechsel auf dem Balkon in einem derart hypnotischen Zustand, daß er nicht mehr auf Wahrnehmungen und Ahnungen hören konnte, die ihn zu anderen Zeiten verblüfft und dazu veranlaßt hätten, den Ursachen nachzugehen. Außerdem würde sich am Morgen oder nach einem guten Schlaf das alles wahrscheinlich wieder zurechtrücken. Jetzt war es seine Aufgabe (und dieser Gedanke war zum Glück sehr klar), den Hühnerstall zu suchen, in dem die Echse eingesperrt war, und die Kreatur mit aller Vorsicht, damit sie nicht erschrak, nach näheren Einzelheiten über die Krankheit des Marquis zu befragen oder über die Symptome, mit denen sie aufgetreten war, und ob der Unglückliche, wie er manchmal den Verdacht hegte, nicht auf Grund seines Leidens irgendeiner schändlichen Intrige der Brüder zum Opfer gefallen sei. Schließlich wollte er Estrellita fragen, ob sie außer den häuslichen Verrichtungen sonst noch etwas könne ... ob sie eine

Schulausbildung habe. Eine absurde Vorstellung! Aber das gehörte zu seiner Anteilnahme an einem so unglücklichen Leben, wie es auch ein Teil des ein wenig schmerzlichen Bewußtseins war, daß in der Hauptstadt der Lombardei die unentwickelten Wesen nicht mehr die gleichen Sympathien und Förderungen genossen wie die hochgestellten Sprößlinge, während der Graf für seinen Schützling die besten Bedingungen wünschte. Wie auch immer, am nächsten Tag wollte er darum bitten, daß man sie ihm überließe, und er zweifelte nicht daran, daß die Guzmans angesichts einer ziemlich hohen Summe nachgeben würden.

So dachte er, während er in der glühenden Luft auf den Hügel zuging. Und wenngleich Güte und Zuversicht ihn nicht verließen, so war er doch nicht froh. Denn er hatte, obwohl er sich sagte, daß die Lösung des Problems einfach sei, gleichzeitig das Gefühl, daß die Befreiung der Iguana schwierig, ja, daß sie unmöglich sein würde; und dieses Gefühl, das zurückzudrängen er sich bemühte, ließ ihn auf die Suche nach dem Tier gehen, so wie er sich zu anderer Zeit fromm einem grasbewachsenen Stein genähert hatte, unter dem irgendein Vorfahre, Knecht oder geliebter Freund schlief, den aber keine Frömmigkeit mehr wecken konnte.

VIII

DADDO IN VERWIRRUNG

»Ich habe gesehen, daß du Geld gehortet hast!«
Das Tier träumt

Der Stall, in dem die Hühner eingesperrt waren und, wie es schien, hin und wieder auch die Iguana, war nicht weit von ebenjenem Olivengrund entfernt, in dem er am Vormittag der Unglücklichen geholfen hatte, den Eimer aus dem Brunnen zu ziehen. Er ging näher heran, und im hellen, wenn auch durch die Schatten einiger Olivenbäume abgeschirmten Mondlicht sah er deutlich den Verschlag; auf der einen, der Rückseite, durch ein Tuch geschützt, das dem Federvieh den Schlaf sichern sollte, war er auf der anderen, zum Mond hin, völlig offen. Und dort hielt sich die Iguana auf. Sie war derart beschäftigt, daß – so wie eine unvermutete Wahrheit uns durch den Kopf schießt und eine zwiespältige oder zumindest schmerzliche Situation erhellt, die uns, je nachdem, Sorgen macht oder bekümmert – durch diese Beschäftigung im Geist des zartfühlenden Besuchers offenbar jeder Verdacht auf Bösartigkeit oder auch nur auf Kummer schlagartig zusammenbrach.

Die junge Estrellita (denn daß sie jung, ja geradezu noch ein Kind war, daran bestand nun kein Zweifel mehr) hatte auf dem Boden mit einem spitzen Stein ein Rechteck gezeichnet, wie es der Leser sicher oft Kinder hat zeichnen sehen und mit dem auch er selber als Kind Stunden zugebracht haben wird . . . Dieses Rechteck ist in sechs Felder unterteilt, dazu kommt noch ein siebtes an seinem oberen Ende, und zwar in Halbkreisform; und das ganze Spiel besteht darin, auf einem Bein von einem Kästchen ins nächste zu hüpfen, ohne die Trennungslinie zu berühren, und dabei ein Steinchen vor sich herzustoßen. Ein harmloses Spiel und noch tausendmal harmloser, wenn auch wunderlich, wenn es nachts von einem Geschöpf wie der Iguana gespielt wird, die er schon leiden und seufzen und Geld hatte zählen sehen mit all der Beklemmung und dem schrecklichen Schweigen einer Erwachsenen. Als ob die Nacht mit der Befreiung von der Gegenwart jener grausamen Menschen, die sie umgaben, etwas wie eine Anlage zum Glücklichsein in ihr weckte, hüpfte die Echse in kleinen Sprüngen behende von Kästchen zu Kästchen. Einige der Hühner waren aufgewacht und betrachteten sie verärgert von ihren Stangen aus; aber wie alle Kinder auf der Welt schien die Iguana dies gar nicht zu merken, und als sie ihr zartes Mäulchen dem Grafen zuwandte, konnte der junge Mann unter den Angst- und Schreckensfalten, die ihr Alltagsleben dort hinterlassen hatte, einen Schimmer der Anmut und Freude erkennen, der auch dann nicht erlosch, als der Graf seine Pfeife anzündete und sich mit einem verschüchterten und gleichwohl gewinnenden Lächeln dem Hühnerstall näherte.

»Deshalb also schliefen die Hühner nicht!« sagte er in wohlwollendem Ton. Und er dachte, daß die Iguana, in eine Schule geschickt, gewaschen und ordentlich angezogen, unter tausend anderen kleinen Geschöpfen keineswegs eine schlechte Figur machen würde.

Als ob sie innerlich wirklich geheilt und von jeder bitteren Furcht befreit wäre, lachte die Iguana, oder jedenfalls kam es dem Grafen so vor, weil sie zwei – übrigens sehr weit auseinander stehende – Zähne entblößt hatte; sie war ja gar nicht häßlich, im Gegenteil, sie erschien dem Grafen so hübsch, daß er in dem Moment glaubte, es schon immer gewußt zu haben. Auch schien ihm, daß ihre Äuglein durchaus nicht winzig waren, sondern groß und leuchtend und vor allem ruhig, als ob der volle Mond sich wie in einem Brunnen darin spiegelte. Ein Eindruck, der jedoch nur so lange anhielt, bis die Iguana sich, nachdem sie ihr Spiel abgebrochen hatte, dem Türgitter näherte und das zierliche Maul zwischen den beiden Querstangen durchsteckte. Da machten die Augen, nun wieder klein und ernst geworden, einen Eindruck von Bedrücktheit auf ihn, als hätte der Wahnsinn des Marquis jenes zarte Gemüt kaum verschont. Sie sah ihn an, nicht etwa wie ein kleines Tier, eine junge Echse ... Er wußte selbst nicht, wie sie ihn ansah, aber mit Sicherheit lagen in diesen Augen ein Ernst und ein quälendes Fragen, die nichts mit der Unterhaltung zu tun hatten, die sich folgendermaßen anließ:

IGUANA: Seid Ihr nicht müde, *o senhor?*

GRAF: Nein, Estrellita ... Und du offenbar auch nicht ... Was hast du gerade gespielt?

IGUANA: *A la semana**, *o senhor.*

GRAF: Spielt man das allein?

IGUANA: Ja, *o senhor.*

Der Graf stützte eine Hand auf das Dach des Hühnerstalls, und auf das sonderbare kleine Geschöpf hinunterschauend, fand er in den glänzenden, unverwandt blickenden Augen eine Sanftheit, wie er sie in Mailand noch in niemandes Augen gesehen hatte, und ihn überkam ein ernstes, gelassenes Gefühl für das Geheimnis des Universums und aller Abgründe, die uns umgeben, wie auch für ihre, sehr wahrscheinliche, Gutartigkeit. Und wer weiß warum, auch alle Merkwürdigkeiten und Schroffheiten der Gastgeber, selbst ihr Spaziergang über den Hügel, beunruhigten ihn nicht mehr. Aber bei

* *La semana* (bzw. *la settimana*) – »die Woche« – ist der portug. (bzw. ital.) Name für »Hinkepinke« oder »Himmel und Hölle« (Anm. d. Übers.)

aller heiteren Gelassenheit war er gleichzeitig ein wenig betrübt, als wäre er an irgend etwas schuld, woran, das wußte er nicht. Und es kam ihm vor, als läge die Antwort in jener armseligen, kleinen grünen Gestalt, die dort im Mondlicht stand.

»Hör mal, Estrellita, ich möchte dir etwas sagen . . .« sagte er nach einer Weile. »Hast du etwas dagegen, wenn ich dich Estrellita nenne?«

»Nein, *o senhor* . . . Was denn, *o senhor*?«

Er hatte nicht zu Unrecht befürchtet, daß sie beunruhigt reagieren würde.

In den Augen des Tier-Mädchens lag jetzt eine plötzliche Besorgnis, als hätte sich schlagartig die leichte Verwirrung des Grafen auf sie übertragen. Sie wiederholte, nunmehr woanders hinschauend: »Was . . . was denn?«

»Ich habe gesehen, daß du Geld gehortet hast«, sagte plötzlich der Graf. »Das ist nicht gut, verstehst du, in deinem Alter. Ich habe dich in deinem Zimmer gesehen, durch die Luke.«

Es war in Wirklichkeit nicht das, was er ihr hätte sagen wollen. Aber vielleicht konnte nur ein Tadel, grausam, gerade weil ungerechtfertigt, die schmerzlich zarten Gefühlsregungen ausdrücken, deren Ausläufer sich in seinem Kopf miteinander verquickten. Da er keinerlei Reue empfinden, noch verstehen konnte, worunter sie litt, fixierte er die Iguana mit noch größerer Strenge.

»Das war kein Geld, *o senhor*!« antwortete die Magd nach einem Moment der Überraschung, in dem sie den Grafen mit unerwarteter Schroffheit angesehen hatte.

»Ach, das war kein Geld! Was war es dann?«

»Steine.«

Einen Moment lang leuchteten die Äuglein in einem düsteren Glanz, der Aleardo weh tat, aber allmählich sanfter werdend und mit einem Ausdruck, der auf den Grafen wie verängstigtes Sichfügen wirkte, gab sie dann zu: »Es sind meine Ersparnisse, *o senhor*.«

»Und warum hast du sie vergraben?«

»Nur so. Ich weiß es nicht.«

Auf diese Erklärung hin, die hastig und wieder mit der gleichen schroffen Miene, aber auch mit einer Spur Bosheit gegeben wurde, als ob sie von der Höhe ihrer wenigen Zoll aus die Einfältigkeit des Lombarden und seine Torheit einschätzte, umwölkte sich ihr Gesicht merkwürdig, und sie gestand dem Grafen mit neuerlicher apathischer Fügsamkeit, daß sie dies tue, weil sie nicht ganz sicher sei, ob Hipolito und Felipe sich nicht in ihrer Abwesenheit das »Geld« wiederholen wollten, da sie sehr widerwillig auf ihre Forderung eingegangen seien.

»Vorher haben sie dich also nicht bezahlt?« fragte Aleardo, das Händchen betrachtend, das mit schmutzigen Nägeln vor ihm lag.

»Sie gaben mir etwas anderes, *o senhor*.«

»Was denn?«

Aus der Tatsache, daß die Iguana nicht antwortete, zog der Graf den einfachen Schluß, daß es sich abermals um eine Lüge handelte. Aber während er die kleine schmutzige Hand in die seine nahm, verwundert, wie kalt und leblos sie war, dachte er wieder, es sei vielleicht doch keine Lüge, sondern eher eine Wunschvorstellung; und schließlich, als er ihre Trübsinnigkeit, ihr Erstaunen und das rasche »etwas anderes« miteinander in Zusammenhang brachte, meinte er zu verstehen, daß dieses »andere« Zuneigung, Menschlichkeit, freundliche Sympathiebekundungen gewesen waren, die wahrscheinlich durch ein schwerwiegendes Ereignis oder eine Veränderung im Leben dieser Menschen, vielleicht aber auch ohne jede Veränderung, sondern nur durch Gleichgültigkeit, wie es im Leben eben geschieht, irgendwie aufgehört hatten. Vielleicht um diese Distanzierung und das Leiden daran durch Werte materieller Art zu kompensieren, hatte man dann beschlossen, sie zu bezahlen. Doch auch das war verworren, da ja offenbar die Iguana selbst in Ermangelung einer freundlicheren Behandlung eine regelmäßige Geldzuwendung verlangt hatte, wenn man jene schnöden Steine als Geld bezeichnen konnte.

»Du hast den Marquis gern, glaube ich«, sagte er nach einer Weile und fragte sich, in welche Tiefen die Iguana sich bei diesen Worten zurückgezogen haben mochte, denn er sah sie fast nicht mehr, und das lag teils an einer Wolke, die sich vor den Mond geschoben hatte, teils aber auch an einer plötzlichen Zerstreutheit des Grafen. Es schien ihm jetzt klar, daß diese Unterhaltung der Iguana keineswegs gefiel und in Wahrheit auch ihm selber nicht. Er mußte, fast mit Tränen in den Augen und ohne jeden Grund, daran denken, wie sehr sein Leben stets einem langen Schlaf geglichen hatte: »Häuser, *o senhor*, Häuser!«; und mit plötzlich verändertem Ausdruck, der einem zartfühlenden Freund aufgefallen wäre, aber einer so seltsamen, niedergeschlagenen armen Echse natürlich entging, und vor allem mit großer Willensanstrengung, weil ihm nichts mehr daran lag, kam er nicht mehr auf diesen unglücklichen Satz zurück und fragte: »Warum gehst du dann fort?«

»Ich gehe nicht fort, *o senhor*.«

»Und ... würdest du nicht gern fortgehen?«

»Nein, nein!« machte das Geschöpf mehr mit dem Kopf als mit der Stimme, von der fast nur noch ein Rascheln zu hören war.

»Hör mal, Echslein ...« begann der Graf, aber er sprach nicht weiter.

»Sie ist wirklich schön«, mußte er unterdessen denken, als versage ihm der Verstand seinen Dienst. »Und ich begreife nicht, daß der Marquis sich nicht in sie verliebt hat ... Vielleicht, weil sie keine Seele hat«, und seine Augen füllten sich mit Tränen.

»Wolltet Ihr mir etwas sagen, *o senhor*?« fragte die Echse.

»Ja, Estrellita. Bist du jemals verheiratet gewesen?«

»Nein, *o senhor*.«

»Und würdest du nicht gern ... mit einem schönen Schleier ... nach Europa kommen?«

Die kleine Kreatur starrte ihn an, dann begann sie zu lachen, leise und verlegen wie ein Kind. Schließlich wurde sie ernst und antwortete trocken: »Nein, *o senhor*.«

»Warum nicht?« Fast wie eine Klage hörte sich die Frage des Grafen an.

»Darum nicht.«

»Das ist keine Antwort«, dachte der Graf. Und weiter dachte er: »Jedenfalls geht es mir nicht gut. Mitten in der Nacht auf der öden Insel Ocaña gehe ich zu einem Hühnerstall und frage eine arme gequälte kleine Echse, ob sie heiraten und mit mir nach Europa kommen möchte. Abgesehen von der Tatsache, daß sie das in ihrem jugendlichen Alter nicht interessieren kann, habe ich nicht berücksichtigt, daß ich mir ja vorgenommen hatte, ihr eher ein Vater zu sein. Ehemänner gibt es nur allzu viele auf der Welt, aber Väter, soviel ich weiß, keine. Doch auch in dem Fall bleibt das Hindernis bestehen: Kann denn ein unsterblicher Geist sich der irrationalen Natur verständlich machen? Und wie ist eigentlich diese Natur? Gut oder böse? Was erwartet sie? Sie leidet, das ist klar ... man muß ihr helfen. Aber ist das möglich, ohne vor dem Ewigen zu sterben?«

So dachte der Graf, und ihm wurde kalt. Die Augen von der kleinen Iguana abwendend, die ihn weiter schweigend ansah, entfernte er sich von jenem Ort mit einem Gefühl, das weniger aus Demütigung bestand denn aus Traurigkeit, aus einer Verstörtheit, wie nur einfache Menschen sie erfahren, wenn der Friede Gottes sich von ihnen entfernt.

IX

DIE ZWEI MONDE VON OCAÑA

Ein anderes Schiff. Welch eine Überraschung!

Bei der Rückkehr ins Haus entschied er sich – und zwar vor allem, weil ihm nicht danach war, unter den gegebenen Umständen von jener düsteren Behausung Trost oder auch nur die bescheidenste Zuflucht zu erwarten oder einen Schutz vor der vagen Melancholie und den nicht mehr gefühlsbetonten, sondern fast schon theologischen Gedanken, die ihn bestürmten – für den längsten Weg. Dieser folgte, der Form der Insel entsprechend, dem Bogen eines Halbmonds, der seinen Rücken dem Osten, also der portugiesischen Küste zukehrte, wie aus der Zeichnung hervorgeht:

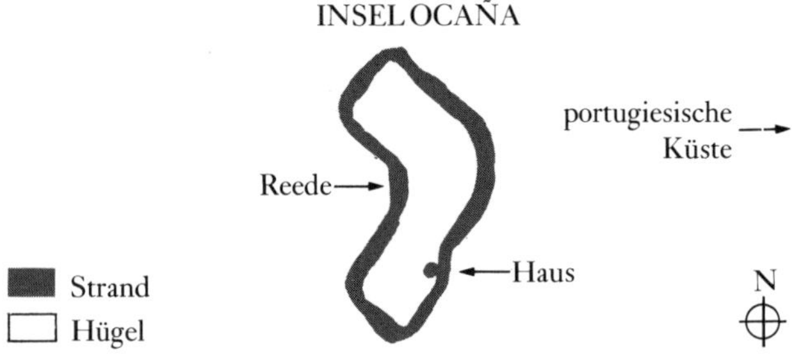

Er traf, von Osten nach Norden führend, hinter dem Hügel, der den kleinen natürlichen Hafen verbarg, mit dem Stückchen Strand im Südwesten zusammen, wo eine Stunde zuvor, wie für einen Empfang gekleidet, des Grafen Gastgeber verschwunden waren. Der Graf versprach sich, wie es leicht geschieht, wenn wir erregt sind, von dem Umweg oder den Beschwerlichkeiten des Weges oder anderen Eigentümlichkeiten eine Ablenkung von seiner leisen, wenngleich tiefen Traurigkeit. In der Annahme, daß der Tagesanbruch ihn wie stets durch den Hinweis auf die einfachste Pflicht wieder mit seinen Gedanken ins reine bringen würde, versuchte er instinktiv, die Lösung des verwickelten Problems bis dahin aufzuschieben. Und als sein Blick, nachdem er auf der Höhe des Hügels angelangt war und nach vielen Stunden den geheimnisvollen Westen wiedersah, auf jenen Mond traf, den er für ganz und gar imaginär gehalten hatte, blieb er deshalb angenehm überrascht stehen, ohne sich im ersten Augenblick über den Ernst einer solchen Merkwürdigkeit Rechenschaft abzulegen.

Als er dann in dem zweiten Mond (der erste stieg, orangefarben und leicht länglich, wie ein Eidotter mit dem Bild eines Kükens in seinem Innern, mit müder Miene hinter dem Vorgebirge auf und begann schon zu verblassen) und in dessen unnatürlicher Helligkeit die Positionslampe eines Schiffes erkannte, richtete er seine Aufmerksamkeit auf das Schiff selbst, einen Dreimaster, der, dunkel und völlig regungslos, ganz allein wie ein verirrter Wasservogel in dem kleinen Hafen lag. Es war ein Segelschiff, das stand außer Zweifel, und von gar nicht geringen Ausmaßen, so daß man annehmen konnte, es diene eher Handelszwecken als dem Vergnügen. Gleichwohl drang von Bord aus all den verdunkelten Bullaugen keinerlei Lebenszeichen, so als wäre das Seegefährt lediglich angezogen durch einen Traum nach Ocaña gelangt und nicht etwa aus einem besonderen Grund. Dann fiel das volle Licht der Schiffslampe oder des Scheinwerfers, kurz bevor es erlosch (und dies war der Hinweis, daß doch irgend jemand an Bord sein mußte), ganz direkt auf eine Reihe von Kisten und Fässern, die aufgetürmt am Strand lagen, als wären sie gerade ausgeladen worden oder warteten, im Gegenteil, auf einen endgültigen Abtransport.

Verblüfft versuchte Aleardo in all seiner Herzensgüte und Einfachheit, sich zur Ordnung zu rufen und sich jegliche Phantastereien zu versagen, die ihn zu einer weiteren Abweichung von den Pflichten der Korrektheit geführt und zu einer ungebührlichen Neugier in bezug auf das heimliche Leben in Ocaña verleitet hätten; und gerade wollte er sich, nach wenigen Augenblicken des Nachdenkens, schon umdrehen, als er dort, wo der Strand aus dem Vorgebirge herauskam und wieder sichtbar wurde, einen kleinen Zug wahrzunehmen glaubte, angeführt, soviel war sicher, von den Brüdern des Marquis. Es folgte Don Ilario persönlich mit einem Wesen weiblichen Geschlechts am Arm. Ein weiteres, gleichartiges Geschöpf, aber spindeldürr, folgte in kurzem Abstand am Arm eines im Gegensatz zu ihr breiten und gedrungenen Menschen, den der im Mondschein leuchtende Schädel als einen Mann auswies. Über die Eigenschaft weiterer drei Personen konnte es keinerlei Zweifel geben: es handelte sich um einen Prälaten, einen Meßdiener und ein über und über mit Blumen geschmücktes schwarzes Dienstmädchen.

Aleardo war erfreut, daß seine Besorgnisse über das Geheimnis des Schiffes sich so unerwartet aufklärten, und erst recht, daß die Einsamkeit Don Ilarios oder, besser gesagt, des Jeronimo Mendes (denn das enthüllte sich dem Grafen ohne jede Erklärung, weshalb auch wir keine liefern, als der *innerste* Name des Marquis), doch nicht ganz so unaufhebbar war. Verlegen machte ihn lediglich seine eigene Schwerfälligkeit, die es ihm während des Essens verwehrt hatte zu begreifen, daß die Guzmans sich auf den Empfang eines Besuchs vorbereiteten, und die ihn jetzt in die Situation brachte, tatsächlich indiskret zu sein. Daher beschloß er, schnell ins Haus zurückzukehren, damit er wieder in seinem Zimmer wäre, bevor der Zug den Platz mit den Eichen erreichte. Er wollte sich sofort hinlegen und einschlafen, um schon bei Tagesanbruch zur Rückkehr auf die *Luisa* bereit zu sein. An die kleine Iguana, die ihm immer noch von Herzen leid tat, wollte er jetzt nicht denken, und wer weiß, ob er dem Zufall nicht dankbar war, daß der ihn zwang, dieses sonderbare Problem vorerst zurückzustellen. Denn des Menschen Herz, selbst das eines lombardischen Grafen, läßt keine Gelegenheit aus, zumindest nicht in seinen weniger hellen Winkeln, jedes beliebige Handeln aufzuschieben, wenn sich auch nur im entferntesten andeutet, daß es dem Gemüt mit seiner Problematik zu schaffen machen wird. Es gibt, auch wenn es nicht den Anschein hat, eine Trägheit im menschlichen Herzen.

Wenige Minuten später mußte er zwei Dinge in Erwägung ziehen, die ihn beide verwirrten: zum Beispiel, daß es möglicherweise vom Strand einen unterirdischen Gang zum Haus gab oder daß die seltsamen Gäste, nach Hexenart, zu fliegen statt zu gehen pflegten. Und das alles weil er, in der Nähe des Hauses angelangt, begriff, daß sowohl die Guzmans als auch die anderen schon angekommen waren. Man erkannte es deutlich an den Fenstern, die sich weit in die Dunkelheit hinein öffneten und ein gleichmäßiges rötliches Licht herausströmen ließen, vermischt mit dichten Rauchspiralen, in denen sich Lavendel und Weihrauch die Waage hielten; und man hörte es mehr, als daß man es sah, an dem lauten, begeisterten Klang religiöser Gesänge, begleitet von leisen Litaneien und dem Dröhnen eines Harmoniums, die, als der junge Mann bis auf wenige Schritte an das Haus herangekommen war, wie zufällig gedämpfter wurden und aufhörten.

Dies alles hätte, wenn Aleardo nicht schon vom Hügel herunter den kleinen Zug mit dem Prälaten und dem Meßdiener am Ende gesehen hätte, seine Phantasie in Unruhe versetzen können. Jetzt hingegen fand er in der Verbindung der religiösen Bilder mit den ebenfalls religiösen Klängen und Gerüchen den Schlüssel zu dieser eindrucksvollen Beleuchtung des Hauses, während andererseits, hervorgerufen durch eine gewisse Gewalttätigkeit und moralistische Haltung, die dem ganzen Aufwand innewohnte, irgendein Groll in ihm zurückblieb. Denn es entstand dabei der Eindruck, als stelle der göttliche Geist sich bewußt dem Bösen entgegen, um es zu bekämpfen, damit sein düsteres Haupt sich für immer und ewig in die Finsternis hinabbeuge.

Nachdenklich oder, sagen wir es deutlicher, ein wenig verärgert, daß selbst noch in den Wassern des Ozeans diese Polemik wiederaufkam, ja, mehr noch als eine Polemik – es war das autoritäre Gebaren der Kirche gegenüber der Hölle –, beschloß der Graf, sich nicht mehr darum zu kümmern und Augen und Ohren hermetisch zu verschließen, da die Krankheit des Segovia-Mendes (denn es war eindeutig eine Krankheit, und zwar in ihrer entmutigendsten Form, eine Obsession) ihn allmählich verzagen ließ. Und seine Freunde schienen nicht weniger voreingenommen als er.

Der Graf befand sich auf der linken Seite des Hauses, nachdem er vorsichtig um die Fassade herumgegangen war; und hier, wo es keine Öffnung mehr gab, fühlte er sich sicherer. Aber völlig sicher war er nicht eher, als bis er, auf der Rückseite angekommen, gesehen hatte, daß die Tür zur Küche offenstand, drinnen niemand war und er die Kellerluke erreichen konnte. Er wollte, um nicht gesehen zu werden und seinen Gastgebern somit neue Verlegenheiten zu ersparen, sein Zimmer auf dem Weg über das der armen Iguana erreichen. Dabei, also auf dem Weg zur Luke, kam er an dem großen Küchentisch vorüber und entdeckte dort zu seinem Erstaunen im Schein des nunmehr blassen Mondlichts, das durch den Türspalt hereinfiel, alle seine Flaschen Malaga und nicht wenige weitere mit Champagner, außerdem Gläser und, sicher Felipes Werk, eine Schüssel Honiggebäck.

»So, so . . . nach der Andacht der Empfang . . .!« sagte er sich, wobei sich in dieser Äußerung ein Ärger Luft machte, den wir ihm nicht vorwerfen wollen, zumal es nur ein flüchtiger war, darüber, daß man ihn von dem Fest ausgeschlossen hatte. Darin erwies sich der Graf als kindlich und verriet so noch deutlicher sein naives Gemüt. Gleich darauf aber trat ihm ein Kummer vor Augen, der echter war, weil er ihn ungeschützt traf: Für die kleine Iguana gab es keine Süßigkeiten, keine Trinksprüche, keine Empfänge. Im Gegenteil, für den Fall, daß sie spionieren sollte, hatte man sie sogar aus dem Haus entfernt.

Felipes Worte: »Und dann marsch zurück in den Hühnerstall!« kamen ihm sogleich wieder in den Sinn und erhellten, wie langsam auch immer, durch ihre Verknüpfung mit den gegenwärtigen Geschehnissen eine Situation, die dem Grafen auf einmal höchst suspekt vorkam. Wenn die kleine Magd, wie es auf Grund ihrer Gelassenheit zumindest den Anschein hatte, jede Nacht aus dem Haus entfernt wurde, bedeutete dies, daß sich, seit einiger Zeit zumindest, jede Nacht die Szene mit der Schiffslandung wiederholte und das Haus von jenen Fremden besucht wurde. Vielleicht wurde es jede Nacht geweiht. Irgend jemand – das zeigten die am Strand gestapelten Kisten – stand kurz vor der Abreise, und jemand anderer war im Begriff einzutreffen und vielleicht in absolut endgültiger Weise den Platz der bisherigen Herren einzunehmen. Daraufhin fielen ihm andere beim Abendessen von Don Jeronimo-Ilario geäußerte Worte, die ihn sehr erstaunt hatten, wieder ein, wie jenes »Es ist schon spät, zu spät, fürchte ich ...«, und er empfand unerwartetes Mitleid mit dem jungen Mann und ärgerte sich auch über sein eigenes dümmliches Betragen. Die Gewißheit, daß das Haus, wenn nicht sogar die Insel selbst, zum Verkauf stand und Ocaña bald den Besitzer wechseln würde und daß daher vermutlich die Verzweiflung aller wie auch die Angst des Tieres rührten, ging in ihm auf, langsam wie das Morgenlicht und mit solcher Klarheit, daß sie unmöglich schwächer werden, sondern nur zunehmen konnte und dabei dennoch ganz und gar geheimnisvoll blieb.

Nicht einmal die Erinnerung an die vorübergehende Verwandlung des Marquis auf dem Balkon, als er über die Erhabenheit der Liebe sprach, vermochte sie zu mildern; vielmehr erwuchsen ihm gerade aus jenen Worten, aus ihrer Arroganz, Zweifel am Seelenfrieden des Literaten und eine immer stärker werdende Melancholie, als er sich an seine eigene unsinnige Zustimmung erinnerte. Und wahrscheinlich weil die Küchentür sich, vielleicht durch das Verschwinden des Mondes, in diesem Augenblick zu verdunkeln begann, fühlte er aus dieser Dunkelheit jenen Schmerz aufsteigen, den er im Gespräch mit der Iguana empfunden hatte, als sei es absolut und zutiefst unmöglich, eine Wahrheit zu verstehen und zu erfassen, so wie das Mondlicht vollkommen gegenwärtig und doch verborgen war.

X

EINE KLEINFAMILIE UNIVERSELLEN TYPS

Der Erzbischof

Verdunkelt hatte sich, wie gesagt, die vorher vom ersten Mond Ocañas weiß gefärbte Tür, und der Graf war soeben, ganz in Gedanken versunken, durch die Luke hinabgestiegen und hatte die Klappe über sich geschlossen, als Schritte und leicht erregte, herrische Stimmen hörbar wurden, und zwar ganz in seiner Nähe, da die Küche der derzeitige Schauplatz war. Aleardo hätte in diesem Moment gern kehrtgemacht, um sich, wie jeder Mensch seines Standes und auch er selbst kurz zuvor es sicher getan hätte, jenen Neuankömmlingen vorzustellen. Aber eine noch nie erlebte Apathie, eine ihm bei seiner Erziehung und Herzensgüte unbekannte kalte Traurigkeit hinderten ihn daran; und wie ein Kind, das, von einer Ungerechtigkeit der lieben Mutter getroffen, teilnahmslos in einem Winkel hockt, so verließ auch er, nachdem er durch die zweite Luke den geheimen Durchgang erreicht hatte, diesen nicht in Richtung seines Zimmers, sondern blieb im Schrank in Erwartung dessen, was dort unten hörbar oder sichtbar werden könnte. Unterdessen tauchte in seinem Geist, nicht deutlicher als ein kaum über den normalen Herzschlag hinausgehendes Klopfen, der bereits gestorbene

Vorsatz wieder auf, irgend etwas für die Erlösung Ocañas und des einen oder anderen dieser unglücklichen Herren zu unternehmen. An eine Abreise bei Tagesanbruch dachte er schon gar nicht mehr.

Und siehe da, einige Augenblicke später wurde sein Warten belohnt. Die vom Schrank aus sehr gut sichtbare Küchenluke öffnete sich, und während ein Schwall roten Lichts in jenen wüsten unterirdischen Bau einfiel, begannen einige Personen – zweifellos dieselben, die er am Strand gesehen hatte – die Leiter hinabzusteigen, allen voran Felipe, mit einer durch eine zinnoberrote Glasglocke geschützten Kerze.

Sie waren (du siehst, lieber Leser, daß das Geheimnis der Dinge oft sehr viel bescheidener ist, als die kindliche Vorstellung vom Universum uns, wer weiß in welcher Absicht, vor Augen führen möchte), sie waren nichts weiter als eine manierliche, höchst wohlanständige Kleinfamilie der weltweiten, das heißt amerikanischen Mittelschicht insofern, als alle Kleinfamilien heutzutage amerikanisch sind, und bei dieser war der Yankee-Ursprung ganz und gar offensichtlich. Es gab einen stämmigen Vater, eine große, dünne Mutter und eine sehr resolute Tochter um die zwanzig, zweiundzwanzig Jahre alt, mit magerem Gesicht, schwarzen Augen, gebräunten Wangen, in fröhlichem Kontrast zu einem roten Cocktailkleid, und einem der zierlichsten und in seiner Entschlossenheit, sich in alles hineinzustecken, anmutigsten Näschen von der Welt. Eindeutig Herrscherin über Herzen und Reichtümer, bewegte sich das Mädchen jedoch an jenem düsteren Ort mit einem Maß an konventioneller Angst und einem Minimum an echter Aufmerksamkeit vorwärts, die wohl bedeuten mochten, daß sie in ihrem sportlichen Sinn der Faszination des Grauens und einer natürlichen Verkommenheit (bis hin zu äußerstem Elend) nicht gänzlich gleichgültig gegenüberstand. Offener und wie verstört in ihrer Betroffenheit wirkte im Gegensatz dazu die Mutter; sie war von oben bis unten licht und hell, mit karamelfarbenem Chiffon bekleidet, mit Gold und Silber und verschiedensten Spitzen und Federn geschmückt, und leuchtete von den mondfarbenen Sandalen bis zum morgenrotrosigen beschwingten Hut (mit seinen von einem unsichtbaren Wind zerzausten Kornähren und Mohnblumen eine wahre Allegorie des Sommers), von den silbern lackierten Nägeln bis zu den dreifachen rosa Tränensäcken, die den Lidrand anhoben und damit freilegten. Nicht minder in Form, wenn auch gedämpft und wie beherrscht durch eine wachsame Vorsicht, war der Herr Gemahl und Vater, der *mister* irgendeiner *farm* im Hinterland einer Großstadt im Westen, wo der Wald beginnt.

Ein verschüchterter, unbedeutender Herr dieser Welt, ganz in Rohseide und Gold, mit einem Bambusstöckchen in der Hand, schien er in jedem Augenblick die giftige Atmosphäre des Ortes zu sondieren und die richtige Stelle zu suchen, damit seinen Frauen beim Gehen nicht überraschend irgendein Hindernis in die Quere käme. Eine gänzlich überflüssige Vorsicht, da die Behausung der Iguana auf den besorgten Lombarden noch nie einen so unbelebten und offen zugänglichen Eindruck gemacht hatte wie in diesem Moment, wie ein Grab, aus dem man auf Anordnung der überirdischen Polizei die Kreatur auf Dauer entfernt hatte. Sie war, die Bleibe der kleinen Magd, in diesem Moment nichts weiter als ein Abstellort für Wein in hohen Fässern oder Fässer ohne Wein und Kisten mit Krimskrams unterschiedlichster Art. Und der Winkel, in dem das Tier-Mädchen mit seinen kleinen grünen Händen den Steinchen-Schatz vergraben hatte, wirkte im Schein der Kerze so bloßgelegt und preisgegeben, daß der Graf zitterte – wie unsinnig das auch sein mochte – bei der Vorstellung, der Schatz könne entdeckt werden.

Das war jedoch wenig wahrscheinlich, wenn man bedenkt, daß weitere Besucher mit Hipolito und dem verwirrten Marquis hinterdrein erschienen und den Raum rasch mit erfrischender Lebendigkeit erfüllten.

Don Fidenzio Aureliano Bosio war von eindeutig lombardischer Herkunft, gegenwärtig Erzbischof in dem siebenhundert Kilometer von Caracas entfernten Merida und dem sanften Aleardo nicht unbekannt, nein, er war ihm ganz und gar nicht unbekannt, wie dieser lächelnd feststellte. Denn jener zufriedene, höfliche, unendlich rosige und, dank einer wunderschönen Stola, die seine Schultern bedeckte, rot, grün und goldene Mann war kein anderer als das Mündel jener Großmutter mütterlicherseits, in deren Haus in Bellagio sich des Grafen Kindheit abgespielt hatte. Und nachdem sie, die Großmutter, zuerst seine bezaubernde Stimme und dann seine Armut entdeckt hatte (Fidenzio lebte mit einem Dutzend Geschwister auf einem Bauernhof, wo sich ihm keinerlei Zukunftsperspektive bot), hatte sie ihn mit der typischen Gewaltsamkeit, wie sie die Lombarden in ihre guten Werke legen, adoptiert und einen nicht geringen Teil ihres »Wohltätigkeits«-Budgets für die Unkosten seines Studiums am Priesterseminar bestimmt. Aleardo hatte daher mehrfach den vielversprechenden Studenten und künftigen Theologen in Garten und Parterre der Villa gesehen, und stets wurden bei diesen Gelegenheiten goldfarbene Liköre und Kekse aus den wuchtigen Kredenzen und den blumenbemalten Porzellandosen hervorgeholt. Bei seinem Anblick schien die Großmutter jenen Frieden wiederzufinden, den ein seit dem Anbruch ihrer Jugend verfolgtes romantisches Ideal offenbar in Gefahr gebracht hatte. Don Fidenzio hatte ihr, trotz seiner theologischen Skrupel, bereits in aller Form das endgültige Seelenheil zugesichert. Diese Zusicherung hatte es der edlen Dame, die, wenn auch aus dem jugendlichen Alter heraus, doch noch sehr schön war, erlaubt, sich großzügig noch einige weitere Verrücktheiten zu gestatten, bis schließlich die Boten Gottes sie hinwegnahmen. Bei dieser letzten Gelegenheit hatte Aleardo, inzwischen bereits an die zwanzig Jahre alt, noch einmal seinen Quasi-Bruder, der mittlerweile um die Fünfundzwanzig und seit kurzem dem Herrn geweiht war, in dem zum See hin gelegenen Garten spazierengehen sehen, kurz vor dessen Abreise auf die Balearen. Seit jenem Tag waren zehn Sommer vergangen, keine Nachricht war mehr gekommen bis zu der höchst angenehmen Überraschung an diesem Abend.

Bewegt über diese Begegnung, die eine würdige und glückliche Aufklärung des Geheimnisses von Ocaña versprach, und nunmehr in einem völlig anderen Gemütszustand – der Graf mußte seine Freude regelrecht bremsen, um nicht sofort hervorzutreten und Fidenzio zu umarmen –, wollte er gerade den Schrank verlassen und, um damit diesem merkwürdigen Abend ein Ende zu setzen, die schönste Enthüllung auf den nächsten Tag verschieben. Doch da bemerkte er zu seinem Erstaunen, was der Prälat, mit dem jungen Meßdiener und Felipe im Gefolge, sich zu tun anschickte, nichts weniger nämlich, als einen Rundgang durch den Keller vorzunehmen. Felipe leuchtete dabei mit seiner Kerze in alle Winkel, der Priester schwenkte sein Weihrauchfaß, und das Ganze wurde von den blassen Händen des Quasi-Bruders gesegnet, während die wunderschöne Engelsstimme in nur allzu betrüblicher Absicht energisch und lieblich zugleich ein *»Libera nos Domine«* anstimmte.

Bei diesem Satz eines Rituals, das so alt war wie die Hölle, hörte man einige Laute, und zwar genaugenommen ein Kichern des überaus anmutigen schwarzen Dienstmädchens – sie hielt sich, hinter dem Meßdiener hergehend, den Mund zu, offenbar aus Furcht, ihre Fröhlichkeit nicht länger beherrschen zu können –, ein »pssst!« von Hipolito, dessen gestrengem Blick nichts entging, und einen Schluchzer, der dem erhabenen Busen der Dame in Rosa entschlüpft war. Was das Mädchen anging, so verzog sie in diesem Augenblick leicht verächtlich ihre wunderschönen Lippen, und eine verärgerte Ungläubigkeit lag auf ihrem resoluten kleinen Gesicht, während der dunkle Blick zu dem federngeschmückten, versteinerten Herrn des Hauses, also zu Don Ilario Mendes-Segovia, eilte mit einer Herzlichkeit, die nicht frei von Vorwurf war. Das Oberhaupt der USA-Familie aber zeigte eine Bekümmertheit, die weit eher vernunftorientierter als spiritueller Art war, als ob er während des Ablaufs dieser ganzen Inszenierung auf einer unsichtbaren Rechenmaschine bis auf den letzten Cent die Summe ausrechnete, die sie ihn gekostet hatte, und bei jedem »*libera*« schüttelte er zweifelnd den Kopf.

Als die kleine Gruppe, nachdem sie eine Runde durch den ganzen Raum gemacht hatte, an seinem niedrigsten Ende angekommen war, wo man das unordentliche Lager der Kreatur erblickte, blieb sie wie betroffen stehen. Es verdichtete sich das Geräusch, das, dem eines Wasservogels ähnlich, vom Schluchzen der Mutter herrührte; erneut zischten das Lachen des Dienstmädchens und das »pssst!« Hipolitos auf; und gelassen und beschwingt erhob sich nach einer Pause, die dem Grafen wie ein Zweifeln vorkam, abermals die Anrufung, jenes »*Libera nos Domine*« des Prälaten, während das Weihrauchgefäß eine wahre Wolke ausstieß, die, Vergebung spendend, gleichwohl erfüllt war von einem sonderbaren, orientalisch trüben Dunst.

XI

DER SCHRECKEN DES »BÖSEN«

Neue Hypothesen

Wenn des Grafen Gemüt auch noch nie so bedrückt gewesen war – zum Glück ähnelte seine Bedrückung eher dem Staunen eines Kindes als einer echten Besorgnis, wie es im übrigen ja auch seinem vertrauensvollen Wesen entsprach –, so wäre doch diese Bedrücktheit ein strahlendes Lächeln gewesen im Vergleich zu den Emotionen, die ein Zauberblick durch Keller, Luke, Küche und die offene Tür hinaus auf den Olivenweg in ihm hätte hervorrufen können.

Dort entlang kam ganz gemächlich und mit dem zwischen Achtlosigkeit und Traurigkeit schwankenden Ausdruck der Waisenkinder, die die Straßen des Lebens mit ewigem Fragen zu durchwandern scheinen, niemand anderes als die so sehr bekämpfte Iguana. Sie hatte sich nach dem Fortgang des Grafen bei ihren dummen Spielchen bald gelangweilt, und als wäre sie durch die Befragung und die strenge Güte des Fremden erneut an ihre schmerzliche Lage und an Sorgen erinnert worden, die die Nacht gelindert haben mochte, hatte sie bald darauf die kleine Tür des Hühnerkäfigs aufgebrochen und sich leise, leise, wie ihre bloßen Füße es mit sich brachten, auf den Weg zum Haus gemacht.

Obwohl sie eine Echse war, und noch dazu von einer besonders dunklen Art, litt sie in Mondnächten an einer heftigen Angst, die nur die noch stärkere Angst vor den Guzmans mildern konnte, ohne sie deshalb zu beseitigen. Man hatte ihr erzählt, kaum daß sie auf der Welt war, daß es überall Ungeheuer gebe und man sich vor ihnen hüten müsse. Später, als sie von der Hausarbeit wie zerschlagen war und ihre kleine grünliche Gestalt aus Müdigkeit vor nichts mehr erzitterte, so daß sie nun hätte schlafen können, hatten die leisen Andeutungen der Familie über die »physische« Existenz des Bösen, über seine Verkörperung in einem bestimmten Wesen, das nicht genannt wurde, das kleine Gemüt in wahrhaft eisiges Entsetzen gestürzt und in einen Verdacht, der anfangs unerträglich war und jetzt ihr Inneres so verdüsterte, daß sie ihm nicht einmal mehr entgegentreten konnte, der Verdacht nämlich, daß sie selbst, die kleine Iguana, das Böse sei, also der von Gott verfolgte sogenannte »Geist der Finsternis«.

Dieses, zusammen mit einem anderen Schmerz, der in Kürze, lieber Leser, ans Licht kommen wird, war der Stachel, der die *menina* vor Qual die Augen verdrehen ließ, seit er sich in ihr festgesetzt hatte. Und während sie nachts bald im Hühnerstall spielte, bald versuchte, in ihre Höhle zurückzugelangen, wo die Gegenstände, die wir sahen (darunter auch das Tellerchen mit den gerösteten Kernen), sie in gewisser Weise beruhigten, war es daher weniger die Angst vor der Stille oder der Mondnacht, die sie beherrschte, als vielmehr jene unangreifbare Angst vor sich selbst.

Wäre es uns gewährt gewesen, statt aus einer so großen Entfernung über Wasser und Tage, wenn nicht Jahre hinweg über dieses arme Wesen zu sprechen, in jener Nacht denselben Weg entlangzugehen, sie überraschend einzuholen und einen Moment lang von hinten festzuhalten, hätten wir gespürt, wie das anfängliche Zittern in steinerner Reglosigkeit erstarrt wäre, und schließlich hätten die Äuglein ohne jeden anderen Glanz als den der kalten Verzweiflung zu uns aufgeblickt.

Schrecklich ist, gewiß, das Schicksal derjenigen, die Gott zu ständigen Begegnungen mit den phosphoreszierenden Augen des Bösen bestimmt hat, und damit meinen wir weniger die Katholiken, für die das Böse letztlich einzig und allein in der Abwesenheit von Freuden und Genüssen besteht, sondern zum Beispiel die Protestanten, die daran glauben und es bald aufhängen, bald ihm den Kopf abschlagen, bald es auf einen hochmodernen Stuhl schicken, damit es unter tausend Blitzen verbrenne; schrecklich also ist das Schicksal dessen, der von Gott oder dem eigenen Ehrgeiz (das ist noch ungeklärt) in einen ständigen Kampf mit der Perversität gestellt ist. Aber hast du je bedacht, lieber Leser, wie wohl die Qual der Perversität oder Bösartigkeit selbst sein mag, der es aus sozusagen mathematischen Gründen unmöglich ist, mit sich selbst zu kämpfen oder vor sich selbst zu fliehen, und die immer, Tag und Nacht, den Schrecken der eigenen hoffnungslosen Gegenwart ertragen muß, da sie selbst diese Gegenwart ist? Nein, das hast du sicher nie bedacht.

Und doch, wenn dir dies jetzt als das Höchstmaß an Schrecken erscheinen mag, den jenes schwache kleine Wesen ertragen kann, so mußt du wissen, daß du dich irrst, daß es noch anderes gibt, daß ein noch höheres Maß an Schrekken möglich ist. Denn tatsächlich gibt es keinen Schrecken, der sich nicht, wenn man hineingeboren ist und ihn sozusagen mit der Muttermilch eingesogen hat, im Laufe der Zeit in Gewohnheit und resignierte Gleichgültigkeit verwandelte, das heißt in eine Art Glück, das zwar heruntergekommen, aber doch immer noch Glück ist. Doch wenn derjenige, den man später als das Böse erkannt hat, ursprünglich nicht dafür gehalten, sondern im Gegenteil geküßt und gestreichelt wurde, wenn fröhliche Blicke aus blauen Augen sich auf ihn richteten und alles um ihn her ein Lied der Freundschaft und Zärtlichkeit sang, wenn dieser plötzlich erfährt, daß alles ein Irrtum war, wenn er erfährt, daß er nicht das Gute ist, sondern das leibhaftige Böse, die Schande, das Übel, wenn er, in einen dunklen Gang der Einsamkeit gestoßen, am Ende des Weges nur den Galgen sieht, dann mußt du wissen, lieber Leser, daß nur dieser, der zuerst nicht als das Böse betrachtet, später aber als das leibhaftige Böse bezeichnet worden ist, daß nur dieser weiß, was die tödliche Kälte des Bösen ist.

Es heißt, die Hölle bestehe aus Hitze, aus einem Kessel Pech, das vermutlich Millionen von Grad heiß ist, tatsächlich aber liegt das Charakteristische der Hölle im Weniger statt im Mehr, in einer Kälte, Leser, die wirklich entsetzlich ist. Nicht nur Kälte gibt es dort, sondern auch Einsamkeit; niemand spricht mehr mit dir, und auch dir selbst gelingt es nicht, mit irgend jemandem zu sprechen. Dein Mund ist zugemauert. Das ist die Hölle.

Die kleine Kreatur, um die sich diese Geschichte dreht, vergaß das hin und wieder, und zwar, stell dir vor, Leser, wegen irgendwelcher banalen Kleinigkeiten, zum Beispiel wenn sie allein war und ein rotes Huhn in die Arme schloß, wenn sie ein glänzendes Steinchen fand, wenn die Olivenbäume knarrten oder die Märzsonne die murmelnde Einsamkeit des Meerwassers erwärmte. Aber dann überfiel sie wieder die Pein ihrer gegenwärtigen Situation, mit der sie gestraft war, zusammen mit der Erinnerung an die Zeit, als es nicht so war, und auf eine so heimliche, so subtile Weise, als dringe eine Zange in ihr kleines Gehirn ein und wolle es aus dem Schädel herauslösen. Sie fühlte sich aus sich selbst, aus ihrem Leiden herausgetragen, und dann kam jenes kalte Stimmchen, jener für ein Tier ziemlich ungewöhnliche, schroffe, kranke Blick, und es kam auch jene finstere Inbrunst, mit der sie die armseligen Wertstücke zählte und vergrub, die sie als Entschädigung für ihre Mühen erhielt.

Aber Schluß jetzt, lieber Leser, mit dem Reden über so quälende Dinge. Die Nacht in Ocaña hat sich von Rot zu

Blau verfärbt; das Meer ist ruhig; eine leichte, salzige Brise weht vom Strand herauf, und über die faltige Haut unserer kleinen Iguana läuft ein Schauer. Winzig und ernst in ihrer Dunkelheit geht die von Hoffnung geschädigte Kreatur auf das Haus zu oder auf das, was ihr einmal ein Zuhause war. Du glaubst vielleicht, daß sie wer weiß was denkt? Dann muß ich dich enttäuschen. In diesem Moment denkt sie nur, daß sie die Steinchen der letzten *mesada* nicht richtig gezählt hat. Es hätten dreißig sein müssen (die Erhöhung mitgerechnet), aber sie hat den Eindruck – da sie am Nachmittag, als *o senhor* Hipolito sie ihr in die Hand zählte, zu sehr von ihren Sorgen in Anspruch genommen war –, sie habe nur neunundzwanzig bekommen. Sie wird ihre kleine Schaufel nehmen, denkt sie, und den Schatz wieder ausgraben und beim Licht einer Kerze noch einmal nachzählen.

Im Keller war bis zu diesem Moment kein Wort gesagt worden, das dem wie betäubten Grafen erlaubt hätte, in den vielen Äußerungen beseelter Ernsthaftigkeit oder Bosheit oder einfacher Freude den roten Faden des Ganzen zu erkennen und eine vernünftige Erklärung daraus zu entnehmen. Die Unterkunft der kleinen Magd wurde von einem fremden Erzbischof geweiht (ob auf Betreiben seines Quasi-Bruders, das blieb offen); die Mitglieder der Yankee-Familie schienen teils zu leiden, teils zu rechnen, teils himmlisch zu zwinkern, und damit spielen wir auf das reizende junge Mädchen an, während aus den Mienen der Avaredo-Guzmans deutlich hervorging, daß sie die Urheber des Ganzen waren, obschon der Marquis, bald auf dem Gipfel der Heiterkeit, bald wieder völlig seiner wiederkehrenden Angst ausgeliefert, ganz so aussah, als werde er mitgezogen, statt selber irgend etwas mitzuziehen. Vielmehr waren es gerade seine Augen, die in einem bestimmten Augenblick, verblüfft über den maliziösen Blick des jungen Mädchens, zu sagen schienen: »Verzeih diese Posse, Liebste, es ist ein bloßes Ritual, aber für den

Seelenfrieden der alten Generation unerläßlich« und damit den verborgenen Gast aufklärten über den Charakter dieser Zeremonie und das feine Gespinst der Beziehungen.

Daß sie seine *noiva** war, wurde langsam und in unmißverständlicher Weise klar, wie ja auch Abtretung und Verkauf von Ocaña und von etwas oder jemandem, der Ocaña repräsentierte, bereits annähernd deutlich geworden waren. Daß das Haus und Ocaña selbst die Herrschaft wechselten, deutete auf den Marquis – wie außerdem auch seine neue Federpracht und der verzauberte Blick des Mädchens – als Hauptperson all dieser Veränderungen. Und daß sich wegen der alten Herrschaft und wahrscheinlich wegen ihrer dunklen Seiten die Eltern der Kleinen Sorgen machten, die eine wegen der Tilgung aller Überreste von Sünde, der andere wegen der Gesamtkosten von soviel Aufwand, war für den Grafen kein Grund zum Tadel. Gewiß hatte die Perdita aus der Widmung oder eine weitere Version von ihr in abgewandelter Gestalt, die dort vor der armen Iguana gewohnt hatte und von Ilario abgöttisch verehrt worden war, was er dem Erzbischof gebeichtet hatte (aber wie denn? und wann?), jenen Leuten einen hinlänglichen Vorwand geliefert, um eine öffentliche Wiedergutmachung zu verlangen. Fragwürdig blieb dem Grafen einzig und allein, wie die Würde des Marquis ein derartiges Niedermachen seiner vergangenen Kinderzeit zulassen konnte, eine Art geistiger Ausräucherung der Orte, an denen er, wenn auch mit einigen Absonderlichkeiten, den Engeln noch nah gewesen war und wo heute nur Lachen und wehmütige Erinnerung Verweilrecht hätten haben dürfen. Und er schloß daraus, der junge Mann sei in erster Linie ein Opfer der Schwiegermutter und ihrer Besessenheit von der Vorstellung, Jugend sei Sünde und die Tiernatur entbehre notwendigerweise des höchsten Guts, der Seele, während der Graf hierüber nicht

* Braut, Verlobte

geringe Zweifel hegte, denn er ging von der Überlegung aus, daß, wenn alles aus ein und demselben Herzen hervorgegangen war, wahrscheinlich auch Wesen und Bestimmung allen Herzen, ob rot oder grün oder himmelblau, gemeinsam sein müßten, ebenso wie ihre Gutartigkeit. Nicht daß er bis zu dem absurden Gedanken gelangte, die Verbindung zwischen verschiedenen Spezies als möglich anzusehen; für möglich hielt er lediglich ein Zusammenspiel und ein Sichbemühen der verschiedenen Arten, gemeinsam das Irdische zu überwinden, und das war es sicher, was der Herr von allen Lebewesen erwartete. Nun, irgend jemand mußte von einem Punkt des grauen Ozeans zu einem andern Nachrichten und Indiskretionen, die jede Mißbilligung verdienten, ausgeplaudert haben, über die früheren Spinnereien des Marquis wenn nicht gar über die Anwesenheit eines zweiten Tierchens im Haus des jungen Bräutigams, das die Privilegien des ersten abbüßte! Und flugs macht sich ein ehrenwerter Prälat von den Karibischen Inseln auf und eilt nach Ocaña, um den Ort wieder zu heiligen. Das war der Grund, weshalb das arme Tierchen jede Nacht entfernt wurde.

Der Graf fühlte sich jetzt müde, und ihm kam dies vor wie eine qualvolle, in unserer so aufgeklärten Epoche verrückte Geschichte aus dem spanischen siebzehnten Jahrhundert. Sein Körper schmerzte wegen der komplizierten Haltung, die er im Schrank eingenommen hatte; doch schon verspürte er, nachdem nun die Mißverständnisse geklärt waren, eine leichte Ungeduld gegenüber allem und nahm sich vor, schlafen zu gehen und eine offene, freundliche Diskussion mit dem werten Erzbischof über die Notwendigkeit, daß die Kirche bestimmte einschüchternde Methoden abschaffte, auf den nächsten Morgen zu verschieben (gleich danach wollte er dann nach Mailand zurückkehren); da hob sich die Klappe der anderen Luke und ließ, eins nach dem andern, zwei schmächtige grüne Füßchen sichtbar werden.

XII

DADDO KOMMT AUS DER LUKE

Nochmals Geld. Der Traum

Die Magd stand oben auf der Leiter. Und wie jemand, der aus dem Halbdunkel kommt und von einem plötzlichen Licht nur einen undeutlichen Schein wahrnimmt, so hatte sie wie im Traum die Küche durchquert und beugte sich jetzt leicht über die Leiter. Es war klar, daß sie, auch wenn sie etwas ahnte, vorläufig niemanden sah.

Für den Grafen war dieser Augenblick so ernst, daß der junge Mann die Luke ganz öffnete und sich ohne jede Vorsicht anschickte, in den Raum hinabzusteigen, um die Aufmerksamkeit aller von der erbarmungswürdigen Kreatur abzulenken; doch der Eindruck, den das Erscheinen der Magd bei den Anwesenden hervorrief, war so stark, daß niemand den Grafen, der dort oben aufgetaucht war, bemerkte, und so blieb der Mailänder Architekt auf der ersten Leitersprosse sitzen und beobachtete das Geschehen. Ja, er zog sogar, teils um der eigenen Aufregung entgegenzuwirken, teils mechanisch, seine Pfeife aus der Tasche, zündete sie aber nicht an; doch auch diese kleine Geste blieb unbemerkt.

Er fand in diesem Augenblick die Wahrheit einer alten Beobachtung bestätigt, nämlich, wie wirksam, auch unter den provozierendsten Umständen, eine erstklassige Erziehung ist. In den Gesichtern aller und, weil er ihm am nächsten stand, besonders in dem seines Quasi-Bruders sah er einen Ausdruck von Freundlichkeit und Ruhe, eine Art künstlichen Zartgefühls an Stelle der vorherigen Emotionen; achtzehn Augen verfolgten, vollkommene Höflichkeit ausstrahlend, die neuerliche Inkarnation des Bösen, während sie die Leiter herabstieg und dann mit ihren kleinen Schritten auf die vertraute Ecke zuging, wo das Geld versteckt war. Doch da, in diesem Moment, versperrte ein riesiger Schatten der Ahnungslosen den Weg, und dieser Schatten gehörte dem Bruder des derben Kochs, dem schweigsamen Hipolito; er packte die Kreatur, als er sie erreicht hatte, überraschend beim Genick, wie eine Katze, und säuselte in süßlichem Singsang: »Seit wann, meine kleine Iguana, kommen wir denn herein, ohne anzuklopfen? Oder hast du etwa nicht gesehen, daß hier Herrschaften zu Besuch sind? Jetzt auch noch ungezogen zu allem anderen Übel?« Und den Gästen zugewandt: »Verzeihen Sie, meine Herrschaften!«

»Oh, nicht der Rede wert!« riefen zwei oder drei Stimmen gleichzeitig, und zwar die der Herrschaften Hopins (denn so war, wie wir bald sehen werden, ihr Name).

»Mrs. Hopins ist sehr taktvoll, wie ich sehe, und Mr. Hopins ebenfalls«, schaltete sich Felipe ein. »Doch ich kann den Herrschaften versichern, daß unsere Dienstboten früher keine so schlechten Manieren hatten. Aber die moderne Zeit hat auch den Ozean erreicht, und das Dienerpack legt sehr lose Sitten an den Tag.«

Die Iguana, das war klar, verstand jetzt alles. Mit ihren aufgerissenen kleinen Augen, die voll von einer so absoluten Feindseligkeit waren, als wäre ein eiserner Vorhang oder ein Nebel über sie herabgesunken, schien sie den ganzen Raum zu betrachten, sah aber in Wirklichkeit nichts. Außerdem hatte sich Hipolitos Griff keineswegs gelockert.

»Lassen Sie sie nur, Don Hipolito!« sagte in diesem Moment Don Fidenzio mit einem sanften Lächeln, in dem der arme Lombarde mit Schaudern die Verhaltensweise der gesamten *haute volée* wiedererkannte, wenn sie sich in Verlegenheit befand, nämlich eine Höflichkeit und Sanftheit, die keineswegs Absolution bedeuteten. »Jesus erwähnt die Tiere in den Geschichten seiner göttlichen Predigt nicht, und es steht außer Zweifel, daß die Ewigkeit sie nicht betrifft, da sie keine Seele haben . . . Nichtsdestotrotz rät er uns aber auch nicht, ihnen etwas zuleide zu tun, da sie, wenn der himmlische Vater sie geschaffen hat, irgendeinen Zweck doch wohl auch haben müssen . . . Vielleicht kam die Unglückliche, um hier Ruhe zu suchen . . .«

Es war in der Tat spät, und deshalb, wie auch aus anderen Gründen, konnte sich die kleine Iguana offensichtlich kaum noch auf den Beinen halten.

Der Graf hatte fast nur noch Augen – die übrigens eindeutig gerötet waren – für die Tochter und Mutter des Bösen oder für die, die man als solche in Verdacht hatte, seine herzallerliebste Iguana, und sah deshalb weder das amüsierte Lächeln auf den Lippen der Herzenskönigin noch die als Lächeln verkleidete Verzweiflung des Marquis; er erhaschte sozusagen wirklich nur deren letzten Zipfel und wurde darüber noch melancholischer.

Unterdessen näherte sich auf einen Wink hin, den Don Fidenzio ihr mehr mit dem Blick als mit dem (tatsächlich schon schwindenden) Lächeln gab, das schwarze Dienstmädchen der Echse und suchte mit einer rauhen Herzlichkeit von Haustier zu wildem Tier ihre Hand . . . wurde aber von der kleinen Iguana, als wäre sie plötzlich erwacht und verärgert, mit einer Bewegung des Mauls ungeschickt zurückgestoßen.

»Jetzt beißt sie auch noch . . .« spottete Felipe.

In diesem Augenblick begannen Mr. und Mrs. Hopins leise einige Beobachtungen auszutauschen, die, dem lächelnden Blick und den honigsüßen Stimmen nach zu urteilen, alles mögliche betrafen, nur nicht die arme kleine Iguana. Tatsächlich wandten sie sich dann dem Erzbischof zu und teilten ihm ihren Eindruck mit, daß der Raum »über den Daumen gepeilt« gut den Erfordernissen einer großen, modernen Heizungsanlage entspreche und Platz genug sei »für alle Kessel und Rohrleitungen«. Selbstverständlich könne nur ein guter Architekt das wirklich bestätigen.

In dieser Zurückhaltung wie auch in der ganzen Art und Weise, wie sie plötzlich die Bedeutung der Szene und sogar die Gründe, die sie dorthin getrieben hatten, verdrehten, lag etwas so Plumpes und Falsches, daß es offenbar selbst Fidenzio in Verlegenheit brachte. Das Spiel mitspielend, aber aus dem Wunsch heraus, dennoch deutlich zu sein, wenn auch nicht zu deutlich (und damit verfolgte er ein bestimmtes Ziel), räumte er ein: »Alles ist möglich, so nur Gott es will und das Herz es aufrichtig erbittet. Mir scheint das Haus jetzt vollkommen bewohnbar – die Herrschaften ahnen, was ich meine –, selbstverständlich immer unter der Voraussetzung, daß nicht eine übergroße Empfindlichkeit der neuen Hausherren einem so wünschenswerten Ergebnis entgegensteht.«

»Erklären Sie sich deutlicher, Monsignore«, unterbrach ihn in reinstem Yankee-Englisch Mr. Hopins. »Sie kennen meine Frau nicht. Sie macht sich jetzt Sorgen.«

»Ich meine, daß das Haus jetzt, Gott sei es gedankt, *bewohnbar* ist. Neu gestrichen vom Dach bis zum Fundament, ganz und gar modernisiert und mit einem Winkel, der der Heiligen Jungfrau geweiht und von der Frau Marquise stets mit eigenhändig gepflückten Blumen geschmückt wird, wird es zweifellos sogar einen heiteren Eindruck machen; die dunklen Schatten aber *werden nur mit der Zeit und durch das Gebet verschwinden*.«

»Ich versichere Ihnen, *o senhor*«, schaltete sich an dieser Stelle nahezu rüde und mit einer gewissen verdrossenen Gereiztheit, zu Mr. Hopins gewandt, Hipolito ein, »was Monsignore sagt, ist vernünftig. Ihre Bedenken ehren Sie, aber soviel Beachtung verdient diese Kreatur gar nicht. Sie hat nie wirklich etwas Böses getan, und ihr dunkles Aussehen, das bei solchen urzeitlichen Lebewesen ganz natürlich ist, schließt nicht aus, daß sie harmlos ist.«

Don Fidenzio schluckte eine verächtliche Äußerung hinunter, was dem Grafen deutlich machte, daß die *Legende* des Hauses ihm aus irgendeinem undurchschaubaren Grund sehr am Herzen lag. Doch dieser Gedanke traf ihn nur oberflächlich, weil er mit glühendem Schmerz zu verstehen meinte, auch wenn er es noch nicht glauben konnte, daß es bei der gegenwärtigen Szene nicht etwa um die ferne Perdita ging, sondern aus irgendeinem, wie er hoffte, nicht schwerwiegenden Grund, um seine Iguana. Aber er sah nicht, wie das möglich sein konnte.

»Gut... gut«, antwortete Mr. Hopins und warf dabei einen flüchtigen, kalten Blick auf das kleine Wesen, das dort stand mit gesenktem Kopf, aber einem irgendwie verdächtigen Glimmern in dem gequälten Lächeln. »Wenn Sie es sagen... Nichts wäre mir lieber... Gehen wir jetzt, Helene... Was hast du denn?«

Die Frage war angebracht, denn als wäre der Gipfel ihrer Beklemmungen und Schrecken als zukünftige Schwiegermutter eines Literaten krankhafter Art wie Don Ilario und als liebevolle Mutter, die nur die göttliche Autorität der Kirche zum Horror einer Befleckung ihres Nachwuchses überreden konnte, als wäre dieser Gipfel erreicht und der Kelch gänzlich geleert, als hielte ihr Geist buchstäblich nicht länger stand (und das lag auch an der Anstrengung, die es erfordert hatte, das völlig unerwartete Erscheinen des Tieres auszuhalten), zeigte Mrs. Hopins deutliche Symptome eines eindrucksvollen hysterischen Anfalls mit folgenden Vorzeichen: ruckartig streckte sich der ganze ohnehin schon lange Körper, der blumengeschmückte Hut sprang zurück, und die Augen schlossen sich ganz und gar, aber nicht rechtzeitig genug, um den Ausbruch eines Tränenmeers zu verhindern, während aus dem Mund, der zuerst zu einem bedeutsamen »mmmmmm« zusammengepreßt war, auf einmal herauskam: »Genug! Genug! Schafft sie fort! Tötet sie!«

Und damit sackte sie in die Arme von Mr. Hopins und ihrer reizenden Tochter.

Sogleich packten zwei kräftige lange Hände, diesmal die des Kochs Felipe, erneut die Personifikation des Bösen oder Magd oder Iguana an einer Schulter. Die aber riß sich nach einem kurzen Moment der Unsicherheit, während dessen, wer in ihrer Nähe stand, ihre beiden Zähne laut knirschen hören konnte, von dem edlen Herrn los und lief davon. Und wohin lief sie, lieber Leser, wenn nicht, wie eine verschreckte Maus, dorthin, wo sie am wenigsten Schutz finden konnte, nämlich zu den Füßen des Segovia! Und was tat dieser anderes, als daß er zurücktrat, einen Zentimeter nur, aber er trat zurück, wobei er ein versteinertes Lächeln zu der Herzkönigin hinüberschickte. So wurde das kleine Tier-Mädchen abermals von Felipes Händen erwischt, entkam erneut und wollte sich *knurrend* – das ist das richtige Wort, oder vielleicht auch schluchzend, aber das Knurren war sehr viel deutlicher – in ihrer Ecke verstecken, in dem Winkel mit den Steinen oder dem Geld. Aber dort holte Felipe sie wiederum ein, und ein Fußtritt, der der Echse gegolten hatte, deckte statt dessen alle ihre Steinchen auf, oder doch ein gut Teil davon, die sie in der Dämmerung, als sie hörte, daß Felipe sie rief, nicht mehr vergraben hatte. Sie rollten auseinander, hierhin und dorthin, während ein erst unsicheres, dann allgemeines Gelächter die sonderbare Szene beendete.

Mrs. Hopins stieg mit Unterstützung ihres Herrn und Leibdieners, also Mr. Hopins, die Leiter zur Küche wieder hinauf, und der Marquis und Don Fidenzio folgten hinterdrein mit einer gewissen Ängstlichkeit, die ganz den Anschein erweckte, als hätten sie Lust zu fliehen. Unterdessen hatte sich ein Kreis um die kleine Iguana gebildet, die, zunächst dadurch verängstigt, dann aber wie verrückt und ohne sich um das Ganze zu kümmern, auf Knien ihre Schätze einzusammeln begann. Der Marquise und dem Dienstmädchen war in ihren jungen Augen nicht sonderlich viel Belustigung anzusehen, sondern, mehr als alles andere, schlecht verhohlenes Mitleid, während Verlegenheit und Ärger die finsteren Gesichter der beiden Avaredos kennzeichneten. Kein Lachen war mehr zu hören, sondern nur noch die ganz von innen kommenden, trockenen Laute der Echse.

»Komm, Estrellita, jetzt beruhige dich!« ertönte irgendwann die tiefe und doch veränderte Stimme Hipolitos, eine Stimme, in der der Graf eine Spur von Erbarmen registrierte, was ihm eine gewisse Hoffnung für sein Herzchen gab, »beruhige dich, und geh zu Bett. Du weißt, daß du dich bereithalten mußt. Morgen nachmittag kommt *o senhor* Cole und holt dich ab!«

»Aber ...«, bemerkte Miss Hopins, »glaubt sie etwa, daß das Geld ist? Seltsam ...«

»Ja, die Kreatur ist eben seltsam, *o senhora*, wenn auch keineswegs böse. Sie ist sehr gierig; nie würde sie aufhören, Geld anzuhäufen ... Sie ist verrückt danach.«

Warum der Graf sich nicht von seiner Leitersprosse erhob, zu den Herrschaften hinunterstieg und seinen Schützling bei der Hand nahm, ist ein Geheimnis, das nur seine Zuneigung zu der Iguana erklären konnte. Er war wie gebannt durch ihr Elend und ihre Einsamkeit, durch ihre grauenerregende Heftigkeit und Phantasterei, durch ihre irreale, schmerzliche Wirklichkeit, wie durch all die lächerlichen, unziemlichen Geheimnisse der Familie, die Feigheit (so mußte man es nennen) des Mendes-Marquis, die autoritäre Gewaltsamkeit der Brüder und jetzt auch noch durch die Entdeckung, daß Estrellitas Kindheit in Ocaña für immer vorbei war und sie am nächsten Tag abgeholt und in eine fremde Welt verschlagen werden sollte – vielleicht in ein Privathaus von Gutsbesitzern an der Küste. Durch all diese Einzelheiten, mit denen Ocaña vor seinem unsichtbaren Blick ein Mahnmal des Bösen errichtete – des Bösen als Manipulation von Dummheit und Unschuld –, war er so sehr aus seiner immerwährenden Ruhe gebracht, daß ihn – wundere dich darüber nicht, Leser, denn er war ja auch nur ein Mensch – der Schmerz wie ein schlafähnlicher Zustand überfiel. Und er kam auch erst wieder zu sich, als der Kellerraum erneut dunkel geworden war. Nur ein grüner Widerschein des Mondes fiel noch durch die Luke herein. Und es herrschte eine so tiefe Stille, daß er, als er hinunterstieg, nicht befürchtete, irgend jemanden zu stören.

Mit Hilfe jenes grünen Lichtstrahls gelangte er bis zu dem Winkel, in den die Iguana sich verkrochen hatte, und sah, daß das Tier zusammengekrümmt und reglos an der Wand lag, mit einem Fuß über dem Kopf. Seine Furcht, daß sie vielleicht weinte, verschwand, als er gewahr wurde, daß jenes »grr-grr«, das aus ihrer Kehle kam, kein Weinen war, sondern ein nasales Atmen wie bei Kindern, wenn sie geweint haben und dann schlafen. Ein Äuglein war geschlossen, das andere halb offen und starr, als wollte es jemandem Vorwürfe machen. Aber das war eine bloße optische Täuschung des Grafen, denn mehr verstand er nicht.

Aleardo blieb eine Weile in Betrachtung versunken stehen und hatte dabei einen so heftigen, so betroffenen Gesichtsausdruck, wie ihn weder seine lieben Freunde in der Jugend noch die Mädchen einst im Mai je an ihm gesehen hatten. Er malte sich das kleine Zimmer voller Teppiche, Köstlichkeiten und Spielzeug aus, das er ihr in seinem Palazzo in Mailand einrichten wollte (sie den Nonnen anzuvertrauen, daran dachte er nicht mehr), und stellte sich vor, was für ein heiteres und fröhliches Leben das kleine Tier haben würde, morgen und für alle Zeit. Danach ging er über die Leiter und durch die Luke wieder zurück in sein Zimmer. Vollständig angezogen legte er sich auf das Bett, und bald darauf, denn jetzt war er wirklich müde, schlief er tatsächlich ein.

DER STURM

XIII

AM STRAND

Die Stimmen hinter der Wand. Betrogen! Der edle Ritter

Er erwachte mit einem Gefühl von Kälte und zugleich innerer Ruhe, wie wir es empfinden, wenn viele Jahre zwischen uns und einem heftigen Schmerz vergangen sind; in der Einsamkeit dieser wenigen Stunden bis Tagesanbruch hatte er sich so vollständig erholt, daß die Ereignisse des vorangegangenen Tages und der Nacht jetzt in sehr großer Entfernung vor seinem Geist auftauchten und als hätten sie (so glaubte er) ihre Schwere eingebüßt. Auch sah er durch das offengebliebene Fenster (und das war der Grund seines Fröstelns), daß es nachts, wie erwartet, geregnet hatte und immer noch nieselte, aber so leicht, daß es für Momente nach bloßer Feuchtigkeit aussah. Der Himmel war bedeckt, aber hoch und deshalb nicht düster, und ein silberner Glanz lag in der Luft, die grauweiß war, aber absolut ruhig: mit einem Wort, die gleiche Luft, die man in Mailand atmet, wenn der Winter zu Ende geht, halb feucht, halb luftig und in ihrer friedlichen Stille wie von einem Gedanken durchbohrt. Dies, zusammen mit der Alltäglichkeit der Stimmen, die durch die Wand aus dem Nebenraum zu ihm herüberdrangen, gab ihm ein fast langweiliges Gefühl der Beruhigung, als sei seine Reise durch nichts Bemerkenswertes gekennzeichnet gewesen. In diesem Augenblick dachte er nur daran, um wieviel Uhr er wieder auf der *Luisa* sein und den Anker lichten würde; er sah erneut das Segel sich blähen und die geliebten Turmspitzen des Domes auftauchen und lächelte still vor sich hin. Doch nach und nach weckten die Stimmen sein Interesse.

»Ich sage euch, sie hat es nicht mit Absicht getan, das arme Wurm, daß sie hereinkam, als wir gerade da waren«, sagte die Stimme des Marquis, »und Mrs. Hopins hat es auch nicht übelgenommen. Sie hat nur starke Kopfschmerzen gehabt nach der Messe und wollte so schnell wie möglich wieder auf das Schiff zurück.«

»Mach dir nur weiter etwas vor, mein Lieber, über die Naivität deiner Schwiegermutter. Die ist mit allen Wassern gewaschen, und außerdem ist sie eine Frau von Charakter. Ich glaube, du täuscht dich voll und ganz, wenn du annimmst, daß sie noch einmal einen Fuß hier hereinsetzen wird«, entgegnete sarkastisch Felipes Stimme, »und dafür kannst du dich bei diesem Weibsstück bedanken.«

»Ich kann deiner Entscheidung nicht zustimmen«, antwortete der Marquis mit tränenzitternder Stimme. »Sie ... sie hat nichts Böses getan, das habe ich euch schon tausendmal gesagt, nur daß sie Zuneigung zu mir gefaßt hat! Oh, wäre sie doch bei meiner Mutter geblieben, das war eine starke Frau! Die Schwachen machen alles zuschanden, weil sie sich alles zunutze machen, das ist die Wahrheit; und dann verstoßen sie die benutzten Dinge und Lebewesen mit wahrem Haß, ohne sich weiter um ihr Schicksal zu kümmern.«

Es folgte eine Stille, die für den versteinerten Grafen viele Möglichkeiten in sich barg; aber heraus kamen nur dumpfe Worte:

HIPOLITO: *O senhor* Cole hat versprochen, gegen zwei Uhr hier zu sein, wenn kein schlechtes Wetter ist ...

DON JERONIMO (denn als solcher stellte sich Ilario jetzt dem Grafen dar) mit gleichem Nachdruck: Sagt ihr, es handle sich um eine Spazierfahrt ... Und daß sie bald nach Ocaña zurückkommt ... Wenn sie euch nach mir fragt, ich bin beschäftigt. Ich will sie nicht sehen.

HIPOLITO: Don Fidenzio ist ein Mann von Welt. Ich nehme an, er hat die Familie bereits von deiner Unschuld überzeugt.

DON JERONIMO-ILARIO: Was mich angeht ...

FELIPE: Es geht dich an, Bruder, es geht dich an.

Tatsächlich hörte man nach diesen Worten nichts mehr. Nach grundlosem Warten stand der Graf auf und machte ziemlich oberflächlich Toilette.

Es gab in seinem Geist bisweilen Momente der Leere und einer sozusagen totalen Abwesenheit. Und dies war ein solcher Moment.

Als er kurz darauf den Raum betrat, sah er, daß dort niemand war; nur eine Tasse Kaffee und ein Stück Brot auf dem Tisch zeigten, daß sich die Guzmans flüchtig an den Gast aus Mailand erinnert hatten. Aber er rührte nichts an und ging nachdenklich hinaus ins Freie.

Ungeachtet des Nieselregens schlenderte er am Strand entlang, und da er außer der, übrigens unbeleuchteten, *Luisa* kein Lebenszeichen erblickte, verspürte er eine unsagbare Erleichterung. Es war nämlich so, lieber Leser, daß ein ungutes Gefühl in ihm aufgekommen war, wie es redlichen Gemütern eigen ist, wenn sie gewahr werden oder glauben gewahr zu werden, daß sie betrogen worden sind. Außer der verworrenen Psyche des Marquis, kann man sagen, verletzte ihn der Schmerz um die (nach dem zu urteilen, was er gehört hatte) so doppelbödige Persönlichkeit der kleinen Iguana. Sie war also gar kein so einfaches Tierchen, wie er bis dahin geglaubt hatte; im Gegenteil, man konnte sie mit einem echten, wenn auch heruntergekommenen menschlichen Wesen vergleichen. Sie hatte Perditas Platz eingenommen! Der Hinweis auf die edle Dame, die jene niederen Kreaturen beide aufgezogen hatte, war deutlich. »Und wieso habe ich das nicht gemerkt? Wieso habe ich es nicht erkannt?« fragte er sich. »Bin ich denn blöde? Geistig minderbemittelt?« Ja, solche Vorwürfe machte er sich, obwohl eine Stimme im vernünftigsten Winkel seines Innern ihm riet, sich nicht zu ärgern, da solche Blindheit verständlich sei und im übrigen nur große Philosophen und Gelehrte uns sagen könnten (wenn überhaupt), wo das Tier aufhört und das wahre menschliche Wesen anfängt; ganz zu schweigen davon, daß solche Unterschiede mit der Entfaltung der Zivilisation immer geringer werden und man manchmal unsicher ist, ob zugunsten des einen oder des anderen Standes. Im weiteren Verlauf dieser Überlegungen beruhigte sich der Graf schließlich wieder, da er zu der vielleicht etwas willkürlichen Erwägung gelangte, daß menschlich all dasjenige sei, was sich beklagen könne, und vormenschlich (oder tierisch) all jenes, was solch ein Klagen nicht beachte oder geradezu hervorrufe; und das einzige, was man deshalb unter gewissen Umständen tun könne, wolle man nicht Gefahr laufen, gegen die Menschlichkeit zu verstoßen, sei, dorthin zu eilen, wo man Klagen höre, und deren Ursachen zu beseitigen, ohne jedoch diejenigen, die sie verursachten, zu bestrafen, sondern eher um ihnen zu helfen, denn da sie nicht mehr innerhalb, sondern außerhalb und gegen die Ordnung lebten, litten zweifellos auch sie selbst. Wenn das arme Echslein gar kein oder nicht mehr nur ein armes Echslein war, was Aleardo allerdings schon hin und wieder geargwöhnt hatte, und man dies vielleicht einer natürlichen Entwicklung zuschreiben konnte, warum sollte man sich nicht darüber freuen? Und wenn umgekehrt der Marquis (ebenfalls auf Grund einer natürlichen Erscheinung) allmählich nicht nur kein Marquis, sondern auch kein Mensch mehr war – und das sah man an seinem Zittern –, warum sollte man ihm dann nicht helfen? Er war ganz offensichtlich kein Bösewicht.

Davon überzeugte ihn anscheinend – wie um eine noch dazu erwünschte Bestätigung zu liefern – wenigstens einen Moment lang der Anblick des jungen Mannes, der ihm vom anderen Ende des Strandes her entgegenkam. Er hielt ein Buch in der Hand und hatte ein so sanftes, heiteres Gesicht und in den Augen etwas so Reines und Beseeltes, daß all die alte Freundschaft, die im Herzen des Grafen für den Unglücklichen erblüht war, wie ein Lächeln wieder zum Vorschein kam.

Und an dieser Stelle, lieber Leser, können wir dir nicht länger verheimlichen, was du selbst dank deiner Sensibilität schon erahnt haben wirst: Unser Aleardo nämlich mit seinem vornehmen Äußeren, dem offenen Gesicht, den höflichen Manieren und vor allem mit seinem ausgeprägten Hang zu vernünftigen Erwägungen besaß wenig Selbstsicherheit und brauchte etwas wie eine Mutter, eine Geliebte oder einen Bruder, den das Leben ihm nicht vergönnt hatte, wenn ihm sonst auch die äußeren Erscheinungsformen eines klar durchschaubaren und heiteren Geschicks beschieden waren. Was ihn letztlich auch inmitten der literarischen Zirkel Mailands so ehrlich demütig und gleichzeitig distanziert machte, war eben seine Gewißheit, ein Nichts zu sein, ein ödes Bewußtsein, eine mit Wasser gefüllte Wolke, die bald verschwunden sein würde. Und nur seine vornehme Erziehung hatte es ihm bisher verwehrt, sich darüber zu beklagen. Jetzt aber war der hintergründige Schrecken des Lebens ihm ins Gesicht gesprungen und hatte wie nie zuvor das Verlangen nach einem lieben Wort, einem Lächeln oder einem Händedruck geweckt von der Art, wie sie einem Hoffnung geben. Und wie noch nie ein Freund einem Freund oder ein Kind seiner Mutter sah er deshalb dem unvergleichlichen Marquis entgegen.

Doch kurz nur währte diese Hoffnung, denn als der junge Mann herangekommen war, nahm der Graf neben dem bereits erwähnten Gesichtsausdruck noch einen anderen, tieferen wahr, der bald nach Falschheit, bald nach Tod, bald nach rettungslosem Ekel vor sich selbst aussah. Und sein eigenes (des Grafen) Lächeln erlosch zwar nicht gerade, aber keine Seelenruhe, keine Hoffnung lagen mehr darin, sondern nur noch seine wohlerzogene Versonnenheit.

»Hier bist du, Daddo?« sagte der Marquis, nachdem er ihm sehr oberflächlich (als sähe er ihn in Wirklichkeit gar nicht) die Hand gereicht hatte. Und ohne etwas wie »Ich hoffe, du hast gut geschlafen« oder eine andere konventionelle Redensart hinzuzufügen und auch ohne die stumme Melancholie des Grafen zu bemerken, ja, als ob es um sie herum weder den Strand noch die regnerische Morgenstunde noch sonst irgend etwas Wirkliches gäbe, schlug er das Buch auf einer offenbar durch seinen brüchigen Fingernagel arg strapazierten Seite auf und fuhr fort: »Bitte, hör dir diese Verse des Komturs Jorge Manrique auf den Tod seines Vaters an, des Meisters aus Santiago, und sag mir, ob nicht Gott selbst uns solche Worte in den Weg legt, wenn wir an einem Kreuzweg stehen und unser Herz voller Fragen ist. Ich fand dieses Buch zufällig in der Küche unter dem Spülstein. Ich dachte, ich hätte es verlegt ...« Und während er den Grafen mit einer Traurigkeit ansah, als wisse er, auch wenn ihm das unmöglich schien, daß dieser über alle seine Leiden auf dem laufenden war und ihn verstehen konnte, während er ihn so verrückt ansah, als erwarte er von ihm Leben und Gnade, las er:

In seiner Stadt Ocaña
klopfte der Tod
an die Tür
und sagte: »Edler Ritter,
laßt die falsche Welt
und ihre Güter,
ungezähmte Kraft beweise
Euer stählernes Herz
beim Abschied.
Und da Ihr Leib und Leben

so wenig hochgestellt
dem Ruhm zulieb,
nehmt mit beherzter Tugend
die Unbill auf Euch,
die Euch ruft.
Nicht zu hart erscheine Euch
der furchtbare Kampf,
der Euch erwartet,
denn ein sehr viel längeres Leben
durch den so ehrenhaften Ruhm
laßt Ihr zurück.
Wenn auch selbst der Ehre Leben
nicht ewig gültig ist,
so ist es stets
doch weitaus besser
als jenes, das zeitlich
und vergänglich ist ...«

Während Segovia diese Verse sprach, schien sein Gesicht, wie schon am Abend zuvor auf dem Balkon, auch wenn es immer noch das gleiche Ineinander von Falschheit, Qual und Erniedrigung war, langsam zu verschwinden und sich unter anderen gleichartigen Gesichtern aufzulösen, aber alle eines immer jünger, leuchtender und reiner als das andere und so frei von allen Zeichen des Verfalls wie auch vom trüben Zauber der Mondnacht, daß es einem Engelsgesicht vergleichbar war. Und der Freund erkannte deutlich, während er sich fragte, was ihn in diesen Versen so sanft betrübte, die innere Schönheit, die der Marquis gehabt haben mußte, bevor das stumpfsinnige Alter als Folge der Angst sich seiner bemächtigt hatte und eine menschliche Schwäche mit dem Wunsch einherging, nicht den Preis dafür zahlen zu müssen.

»Wie hast du gesagt?« fragte er deshalb mit geröteten Augen. »Ich habe es nicht richtig verstanden, entschuldige. Wozu wurde der Ritter aufgefordert?«

»Ich lese dir die Stelle noch einmal vor«, antwortete ohne Zögern der Marquis; aber da er beim Rezitieren den Zeigefinger aus dem Buch genommen hatte, fand er jetzt die Seite nicht mehr, und in seinem vorgeneigten Gesicht lag eine Spannung, als sei er im Begriff, das Gedächtnis zu verlieren, während der Morgenwind ihm einige lange weiße Strähnen in die Stirn wehte. Wieder alt werdend, sagte er leise: »Also dieser Ritter, der ein durch und durch aufrechter Mensch war, sich aber an einem Kreuzweg befand, da für ihn die Zeit gekommen war, aus dem Leben zu scheiden, nach dem es ihn doch noch verlangte, wurde vom Tod aufgefordert, ein Ende zu machen und in Liebe ihm zu folgen statt dem Leben, das von nun an seiner nicht mehr bedürfe.«

Und bei diesen Worten stiegen dem jungen Mann die Tränen in die Augen.

XIV

DADDO ALS ZUHÖRER

Kurze Aufforderung zur Freiheit. Definition des Teuflischen

Daddo hörte diesen Worten bald zu, bald nicht, da ihn einmal das Mitleid mit jenen blonden Haaren und dem leblosen Gesicht ablenkte, ein andermal die wolkenverhangene Sanftheit des Himmels, dann wieder – aber gleichsam ohne daß es ihm bewußt wurde – eine kleine Gestalt, die er im Boot eilig auf den Strand zurudern sah, und das war Don Fidenzio. Und währenddessen fand er innerlich zu der ursprünglichen, beinah düsteren Sanftmut des echten Lombarden zurück, der wir zu Beginn dieser Geschichte begegnet sind, nämlich einer strengen und fast einfältigen Schlichtheit, die keine Fragen an Gott richtet, sondern Befehle von ihm erwartet und diese mit kindlicher Gewissenhaftigkeit ausführt; und erneut regte sich in ihm jene Leidenschaft eines Vaters und gehorsamen Sohnes, die er allem entgegenbrachte, als ob jedes Lebewesen von jeher seinen Kräften anvertraut wäre und er sich über es beugen müßte, um es zu schützen und Wache zu halten. Deshalb umfaßte er plötzlich, das Buch mit den Gedichten in die linke Hand nehmend, mit der anderen den schlanken Arm des Marquis und fragte ihn mit leiser, aber dennoch fester und von ruhiger Güte geprägter Stimme: »Vielleicht bin ich indiskret; dann verzeih mir meine Plumpheit, die von einem aufrichtigen Bedürfnis herrührt. Womit kann ich dir behilflich sein, mein Lieber? Ich schäme mich nicht, hier aufzuzählen, was ich besitze, da es mir nicht gehört, sondern mir vom Höchsten geliehen worden ist: Willenskraft, Gesundheit, auch mein geringes Maß an Bildung, die Besitztümer, die mir mein Vater hinterlassen hat, und das Ansehen, das ich in meiner Heimat genieße – all das stelle ich zu deiner Verfügung, wenn ich dafür bekomme, was dich ängstigt. Vielleicht täusche ich mich, aber ich bin der Meinung, du bist frei geboren und kannst es auch wieder werden.«

Wie außer sich, wenn auch sanft, antwortete der Marquis: »Frei! Was heißt das? Kann Freiheit von außen kommen? Kann sie etwas anderes sein als das Ergebnis einer Vergewaltigung unseres Verlangens nach einem bequemen und sicheren Leben? Kann sie sich mit dem Ideal eines von Verantwortung entlasteten Lebens versöhnen, wenn diese Verantwortung von uns selbst freiwillig übernommen worden ist?«

»Freiwillig vielleicht nicht, das ist es ja«, entgegnete der Graf und sah ihm nachdenklich ins Gesicht. »Manche Verantwortung übernimmt man möglicherweise wie Schulden, ohne deshalb ihren Preis zu kennen. Und in dem Fall wäre es ungerecht, den Schuldner zugrunde gehen zu lassen, weil er zahlungsunfähig ist. Nichts anderes, mein Lieber, will ich damit behaupten.«

»Ach, wenn doch alle Schulden der Welt und auch noch die anderer Welten auf meinen Schultern lasteten, nur die *eine* nicht!« rief der Marquis fast schreiend.

Schlicht und einfach, aber auch wieder in seiner lombardischen Art trocken, fragte der Graf: »Welche, Ilario? Bitte, welche?«

»Das ist unmöglich!« erwiderte mit einem verzerrten Lächeln der Literat.

»Warum?« fragte der Graf bekümmert, während das verzerrte Lächeln ihm bestätigte, welchen Schaden eine ungezügelte Freiheit, als Folge eines Ignorierens der Rechte anderer, in jenem Gemüt angerichtet hatte, da es dadurch in eine ansonsten unbegreifliche Verzweiflung gestürzt worden war. Und er sagte sich auch mit schmerzlichem Bedauern, daß vielleicht selbst die Freundschaft nur leeres Gerede war.

»Warum ... nun darum«, antwortete der Marquis, in der gleichen Weise, wenn auch nicht so kindlich wie die Iguana.

Sie gingen einige Minuten weiter, ohne zu reden.

Von einer so stillen wie jähen Wut gepackt, war der Graf außer sich, wie es ihm nur selten passiert war. Bald dachte er daran, dem Segovia alles zu erzählen, was er über ihn wußte, bald, ihn noch weiter anzuflehen, bald, sich kühl von ihm zu verabschieden und sofort abzureisen; verschiedene Stimmen erhoben sich in seinem Innern wie Tauben aus einem bedrohten Nest und baten ihn umzukehren. Aber Aleardo beachtete sie nicht. In diesem Gemütszustand erblickte er das zuvor nicht bemerkte neue Boot, als es gerade am Strand anlegte, und heraus stieg im perlfarbenen Schimmer des Meeres, rot, schwarz, aber nicht besonders heiter, der Schützling seiner Großmutter, der Gräfin.

Auch der junge Mann hatte ihn gesehen.

Er war weißer als die Luft geworden.

Aus dem schmerzlich geröteten Gesicht und aus irgend etwas in Don Fidenzios Augen, das wenig erfreuliche Neuigkeiten ankündigte, meinte er zu verstehen, daß der so gefürchtete und doch gewünschte Bruch der Verlobung beschlossene Sache sei, und während er dies doch von ganzem Herzen billigte, schien ihm das Blut aus allen Adern zu weichen. Gleichzeitig bedrängte ihn, scharf wie ein glühendes Schwert, eine andere Sorge: Wie sollte er vor den Augen des Freundes die Ankunft des Prälaten rechtfertigen und eine Beziehung erklären, die sich von der Begrüßung an als alles andere denn als unvorhergesehen erweisen würde? Und unter den Blicken Aleardos, der verstanden hatte und sich seinerseits um ihn sorgte, beschloß er, was gewöhnlich ein Unglücklicher beschließt, nämlich die Gefahr zu ignorieren, bis sie vor ihm stünde. Glücklicherweise lenkte, zumindest vorübergehend, gerade die Anwesenheit Aleardos die Gefahr von seinem armen Haupt ab, da der Prälat, als er den Blick zu den beiden hob, ohne zu zögern in dem größeren und moderner gekleideten jungen Mann den nicht sonderlich geliebten Enkel derjenigen erkannte, die ihm eine Mutter gewesen war. Und da er nunmehr seit vielen, vielen Jahren von inneren Stimmen geplagt wurde, die ihn wegen seiner Machenschaften tadelten, und er in ihm weniger eine Realität als eine läuternde, von Ermahnungen erfüllte Vision zu sehen glaubte, die ihm die Dame aus dem Comer Land schickte, blieb er eine ganze Weile wie entrückt stehen, gerade so lange, wie der Inselbewohner brauchte, um sich wieder zu fassen und in einer Mischung aus Schrecken und Reue, aber auch mit altgewohnter Kälte den Grafen hinter eine feuchte Anhöhe des Strandes zu führen, wo man auf dem Grund des grauen Wassers klare blaue und grüne Steine erkennen konnte. Mitleidig betrachtete ihn Daddo.

»Wenn du fort bist«, begann der Marquis wieder, der sich gebückt hatte – auch damit seine heftige Erregung und das Zittern seiner Hände nicht auffielen –, um einen blauen Kiesel aufzuheben, und ihn jetzt ansah, »wenn du fort bist, Daddo, dann verurteile mich nicht. Ich sagte dir schon, die Inseln bergen oft großes, aber nicht ganz freiwilliges und nicht durch und durch schändliches Elend.« Er betrachtete den blauen Kieselstein, als werde er gleich anfangen zu weinen, und der Graf konnte nicht umhin, diesen glatten Stein mit all den anderen in Zusammenhang zu bringen, welche die unglückliche Inselmagd oder auch Iguana gesammelt hatte; und er begriff, doch ohne wirklich zu begreifen, warum sie dem armen kleinen Tier so lieb waren. »Fährst du bald?« fuhr Ilario fort, der sich jetzt als Jeronimo gab, wie um sich, wenigstens mit seiner Stimme, Mut zu machen.

Aleardo hörte kaum zu. Dann nahm er die Frage wahr und antwortete gedankenverloren: »Ich glaube, ja . . . Am späten Vormittag.«

»Dann nimm diesen Stein. Ich habe sonst nichts, was ich dir zum Andenken geben könnte.«

Aleardo nahm den Stein; und während er seine Geldbörse öffnete, um ihn hineinzustecken, sah er aus dem Augenwinkel vor dem grauen Hintergrund des Meeres mit Gesten der Verblüffung Don Fidenzio wiederauftauchen. Das brachte ihn, vielleicht weil es ihn in seine Kindheit zurückversetzte, auf Mailand und auf die himmlischen Lehren über die Notwendigkeit des Handelns; und da er mit plötzlicher Scham erkannte, wieviel Zeit er mit Vorüberlegungen über die Möglichkeiten, eine Angst auszuräumen, vertan und daß er fast schon in Erwägung gezogen hatte, sie zu respektieren, warf er auf einmal, wieder kühl und nüchtern geworden, den Stein ins Meer zurück und sagte: »Du bist nicht tot, und ich brauche dich auch nicht zu beklagen, weil ich dich liebe. Deshalb hör mir zu, mein Lieber, ich muß dir einen Vorschlag machen.«

Mit leichtem Stirnrunzeln hatte Don Ilario-Jeronimo den Flug des wieder ins Wasser fallenden Steins verfolgt und, wie dem Grafen schien, mit einem Ärger, der im Gegensatz zu allen vorangegangenen Behauptungen stand, so als wäre das Lamentieren ihm in Wirklichkeit lieber als die erträumte Freiheit selbst – eine Merkwürdigkeit, die dem Grafen nicht entging, die er aber jener Anhänglichkeit zuschreiben wollte, wie sie unglückliche Menschen auf die Dauer ihrem eigenen Unglück gegenüber entwickeln und die um so mehr seine Solidarität entfachte.

»Wir sprachen ja schon«, fuhr er fort und legte dabei dem Jungen eine Hand auf den Arm, »von der Situation des lombardischen Verlagswesens. Ich will mich nicht über seine tatsächliche, mehr oder weniger große Effektivität auslassen; ich weiß, es ist praktisches Tun und als solches lebensfördernd und ein Antrieb zur Übernahme jener Verantwortung, durch die – und durch die allein – ein Junge zum Mann wird. Komm deshalb nach Mailand, mein Lieber. Fahre noch heute mit mir ab. Bei deiner Bildung und Sensibilität wirst du nicht wenig, sondern viel zu tun finden. Und wenn du Kummer und Gewissensbisse mit dir herumträgst, so wird dich das Zusammenleben mit anderen lehren, daß wir alle welche haben; und allmählich wird dir das praktische Tun, das sehr klärend wirkt, und die Möglichkeit, anderen nützlich zu sein, die unerläßliche Geduld liefern, solche Verfehlungen (wenn es denn welche gab) zu ertragen.«

Wie schon tags zuvor bei Tisch stammelte der Marquis, sich ganz und gar zusammenziehend, als hätte er einen Floh auf seiner Schulter: »Ich sagte dir schon und wiederhole es ungern: Für mich ist es spät, sehr spät, fürchte ich.«

Und ganz außer sich sah er die kleine Gestalt des Monsignore an.

Auch der Graf sah diesen an, aber unauffällig und vor allem – da er ja alles über ihn wußte, von der Kindheit bis hin zu seinen jetzigen neuesten Plänen – ohne Interesse. Mit leicht brüchiger Stimme, aber auch mit dem beharrlichen Drängen der Gläubigen, setzte er deshalb erneut an: »Ich habe Geld an Bord, tatsächlich sogar zu viel für meinen eigenen Bedarf, und ich wäre dir dankbar, wenn du mir helfen würdest, einen Teil davon loszuwerden. Früher oder später werde ich es selber schaffen, aber jetzt bitte ich dich, nimm, wenn irgend möglich, einen Teil als Vorschuß an . . . Das wird dir helfen.«

»Vorschuß . . . worauf?« fragte der unglückliche Marquis, wobei er den glasig gewordenen Blick nicht von Don Fidenzio abwenden konnte, der mit leicht angehobener Sutane, damit das Wasser sie nicht naß machte, über die Steine lief und immer näher kam.

»Auf deine Dichtungen . . . das weißt du doch«, antwortete der Graf.

»Ach, wenn ich glauben könnte, daß ich nicht etwa ein Gedicht, sondern nur eine einzige Zeile von irgendeinem Wert für die Geschichte Portugals geschrieben hätte, würde ich jetzt glücklich sterben«, war die Antwort des jungen Mannes. »Aber siehst du, nach Jahren einer so glanzvollen Illusion finden sich jetzt nicht meine Bücher auf dem Markt, sondern ich selbst ... Ich selbst stehe zum Verkauf!« kam es fast wie ein Schrei aus seiner Kehle.

Aus unsäglicher Scham, wie er sie jedesmal empfand, wenn er auf Lebewesen stieß, die gefesselt waren oder unfähig, sich von ihren Fesseln zu befreien, Scham nicht ihretwegen, sondern über sich selbst, der er frei war, hatte der Graf Mühe zu sprechen; aber dann sagte er mit einer Ruhe, von der er selber nicht wußte, woher sie kam: »Ich sehe, daß das Meer heute morgen nicht gut aussieht und eine gewisse Unruhe zeigt. Ich gehe deshalb jetzt an Bord, um zu holen, was ich dir versprochen habe. Du, mein Lieber, überlege dir bitte meinen Vorschlag. Denn wenn du einverstanden bist, fahren wir um zwei ab. Auf jeden Fall bereite mir eine korrigierte Abschrift deiner Werke vor und eine Vollmacht, die mir erlaubt, in deinem Namen zu handeln. Geh, und zögere nicht länger, Junge.«

»Und du«, antwortete erregt der Marquis, »versprichst du mir, daß du nicht auf Gerüchte hörst oder einem Augenschein Glauben schenkst, der gegen mich, gegen mein armseliges Leben spricht? Manchmal kommt es mir so vor, als nähmen auch die Schatten Gestalt an und als trüge sogar der Wind einen Priesterhut. Aber nicht ich, nein, nicht ich bin der Teufel.«

»Weder du noch andere, sondern nur die übertriebene Kaufkraft«, antwortete, wie zu sich selbst sprechend, der Graf und setzte dann laut hinzu: »Ich verspreche es dir.« Während der junge Mann sich eilends entfernte, wobei er etwas Zerrissenes und Erschrockenes an sich hatte, das sehr mitleiderregend wirkte, wiederholte der Graf auf einmal wie im Traum jene Verse des Komturs Jorge Manrique:

> Nicht zu hart erscheine Euch
> der furchtbare Kampf
> ....
> denn ein sehr viel längeres Leben
> durch den so ehrenhaften Ruhm . . .

Unterdessen näherte sich der erstaunte Don Fidenzio und rief schließlich: »Seid Ihr es, lieber Aleardo? Sind Sie es . . . bist du es, gesegneter Junge? Und ich glaubte schon an eine Halluzination . . . Wie geht es deiner Mutter, der Frau Gräfin?«

Aber:

> In seiner Stadt Ocaña,
> ....
> Edler Ritter,
> laßt die falsche Welt
> und ihre Güter . . .

war das, was der Graf deutlich hörte, vermischt mit dem lebhafteren Rauschen des Meeres, in dem die Stimme des Priesters in ihrer Fröhlichkeit irgendwie verzweifelt klang. Noch nie hatte der Graf lautere Worte gehört, wie einer, der sein Leben lang versucht hat, sich an ein himmlisches kleines Motiv zu erinnern, das ihm die erste Liebe oder sonst etwas zurückbringen soll. Und jetzt war es ihm eingefallen. So heftig war seine Erregung, daß er dem ernsten, intensiven Ausdruck seines Gesichts kein Lächeln hinzufügen konnte, und er ging an dem Prälaten vorbei, sah ihn starr an, als wären nur ein wenig Schaum und Wind an seiner Stelle, ging auf sein Boot zu, machte die Ruder los und fuhr aufs offene Meer hinaus.

XV

KLEINER STERN

Die Glückseligkeit. Der Sturz. Die erbärmlichen Verstellungen

Verlassen wir für einen Augenblick die beiden Lombarden, von denen der eine damit beschäftigt ist, sein Boot über die grenzenlose Blässe des Meeres auf die nicht weit entfernte *Luisa* zuzusteuern, und der andere sich in plötzlicher Verwirrung fragt, ob der, den er soeben sah, ein Mensch oder ein Gespenst gewesen und warum Don Ilario geflohen sein mochte, und bald gegen den einen, bald gegen den andern, bald gegen seinen eigenen Verstand Argwohn schöpft, bis er schließlich, wie widerwillig auch immer, die eigene Begehrlichkeit beschuldigt; und wenden wir uns, werter Leser, der Hauptursache all dieser Dilemmata zu, nämlich der Estrellita aus der Karibik, der armen Dienstmagd auf der Insel, als sie sich gerade wieder – wie dunkel auch immer – ihrer selbst und der Welt bewußt wird in dem dunklen Winkel, den wir bereits kennen.

Noch bevor sie die Äuglein wieder öffnet und gewahr wird, daß sie, den Kopf an die Wand gelehnt, eingeschlafen ist, beginnt in der Tochter des Bösen erneut der verzwickte Kreislauf ihres Schreckens.

Dabei folgen, ach Leser, lauter Kreise aufeinander – du kannst sie Tage, Monate oder auch Jahre nennen –, die aus absoluter Leere bestehen. Aber der am weitesten zurückliegende und inzwischen stark verblaßte dieser Kreise ist ein einfacher Strahl der Oktobersonne, in dem der engelsgleiche Kopf des Marquis (damals fast noch ein Kind) den Ernst und die Güte eines Gottes, um nicht zu sagen eines Menschen hat. Da sagen einige von dem unerschöpflichen Blau seiner Augen ausgehende Strahlen der Iguana, daß sie, die arme kleine Echse, dem Marquis sehr lieb und teuer, daß sie Teil seiner Seele ist und jetzt zur Familie der Menschen gehört und deshalb nicht mehr zu kriechen und zu sterben braucht. Herausgehoben aus ihrer Tierexistenz eben durch das, was der Marquis in ihr sieht oder zu sehen glaubt, ist die kleine Iguana keine Echse, kein trauriger kleiner grüner Körper mehr, sondern ein liebenswürdiges, bezauberndes Menschenkind. Der Marquis geht mit ihr am Strand spazieren, reicht ihr den Arm gerade so wie einer winzig kleinen Dame, nähert seinen Kopf ihrem zierlichen Mäulchen und nennt sie öfter »mein Sternchen«. Die kleine Iguana ist außer sich vor Stolz und Freude. Sie hat sich, seit sie geboren wurde, noch nie in einem Spiegel betrachtet, aber das macht nichts; sie weiß jetzt, daß sie schön ist, wunderschön, und wie jede kleine Menschentochter ist sie darüber selig. Alles was sie tut, jeder Schritt, jeder Blick, jede unbewußte kleine Geste scheint dem Marquis willkommener zu sein als selbst der Frühling oder eine Königskrone.

Die Brüder gibt es zu jener Zeit nicht; es gibt nur den Marquis, das heißt ihren Papa oder noch etwas darüber hinaus, was die kleine Iguana in ihrem Unverstand nicht einordnen kann, aber es heißt Zärtlichkeit und Hoffnung, sich für immer in ein elegantes Sternchen zu verwandeln. Und zwar deshalb, weil der Marquis ihr eines Tages versprochen hat, daß er sie, wenn sie groß ist, ins Paradies mitnehmen wird, einen Ort von riesigen Ausmaßen jenseits des Meeres, wo er sie als seine Braut vorstellen und sie von allen verehrt werden wird und wo »eine Glückseligkeit« ihrer wartet, »wie du sie dir gar nicht vorstellen kannst«.

»Aber ich brauche nichts anderes, Papa, bestimmt nicht«, erwidert lächelnd die kleine Iguana, die eine eigentümliche Freude empfindet, wenn sie dieses Wort ausspricht, das dem Marquis so sehr zu gefallen scheint.

»Du wirst sehen, daß ich mich nicht täusche. Laß deinen Papa nur machen, er weiß alles ...«

»Ja ... ja, Papa.«

Das Herz der kleinen Iguana ist zu jener Zeit warm und dunkel wie ein in guter Erde verborgenes Samenkorn. Es weiß, daß es sich bald zu einer schönen blauen und noch dazu ewigen Blume öffnen wird, und so hat es keine Eile; allein, jeder ihrer Schritte, ihrer Blicke, ihre Stimme ist, auch wenn sie schläft, ein Loblied, eine leidenschaftliche Danksagung an den Papa aller Papas, an den Marquis aller Marquis:

»Du, durch den ich geboren wurde ...«

»Durch den ich lebe ...«

»Der du so gnädig und weise bist ...«

»Der du mich morgen ins Paradies führen wirst ...«

»Und ich werde deine Herrlichkeit schauen ...«

»Ich, deine kleine Magd ...«

Wir haben nur kurz angedeutet, wie früher, bis wenige Jahre zuvor, das Verhältnis Segovia–Iguana gewesen war, *früher*, das heißt, bevor der edle Portugiese krank wurde.

Danach, in der Verlassenheit, in der sich seine kleine Magd befindet, als sie ihn nicht mehr rufen oder sich Gehör verschaffen kann, ertönt nur noch die Stimme jenes Tages, als der Marquis, während die Brüder schliefen, sie zu sich unter die große Eiche rief und zu ihr sagte: »Von nun an, Echse, ist zwischen uns alles anders. Ich bitte dich, mir so wenig wie möglich unter die Augen zu kommen. Böses hast du mir jetzt genug getan.«

»Ich?« fragt die kleine Iguana. Und sie lacht, weil sie es für einen Scherz hält.

»Wer denn sonst?« sagt der Marquis. »Ich vielleicht?«

»Was denn Böses?« fragt verständnislos die kleine Iguana.

»Ich bin alt geworden. Ich werde bald sterben.«

»Papa«, ruft das Echslein, das hin und wieder, wenn es noch weniger Verstand hat als sonst, sich mit diesem Wort an den Marquis wendet, »Papa, Ihr seid nicht alt, Ihr könnt nicht sterben.«

»O doch, und das ist dein Werk. Deine Tiernatur, das Nichts, das du bist, haben mich fortgelockt von allen Wundern und Freuden, für die ich durch meine Geburt, meine Schönheit, meine Begabung und Vornehmheit bestimmt war. Ich habe mich mit dir, die du nichts besitzt, zugrunde gerichtet. Mach, daß du wegkommst, du alte Buhlerin.«

»Ich ... was habt Ihr gesagt, Papa?«

»Du tust, als verstündest du nicht ... Eine Lügnerin noch obendrein.«

»Ich lüge nicht, Papa. Ich weiß nicht, was Ihr meint«, sagt, vor dem jungen Herrn kniend, die kleine Iguana mit kaum hörbarer Stimme.

»Und nenn mich nicht Papa, denn ich bin nie jemandes Papa gewesen, das hat zum Glück noch Zeit. Steh auf, denn ich kenne dich nicht, und du bist mir lästig.«

»Ja, Papa.«

Mit jenem Tag begann die Hölle für die Iguana (und nebenbei gesagt, auch für den Marquis, der diese Worte nicht ohne großen Schmerz ausgesprochen hatte, denn er empfand Mitleid mit der kleinen Iguana, war aber gezwungen, so zu handeln, nachdem ein Brief aus Merida eingetroffen war), und auf diese Erfahrung war das Tier nicht vorbereitet gewesen. Sie war eine Zeitlang krank, und als man sie holte, geschah es, um ihr den Brunneneimer zu geben und ihr zu sagen (es waren die Brüder des Segovia, die sprachen), der Marquis sei krank und für niemanden zu sprechen, der *nicht zur Familie gehöre*; während beider Krankheit seien sie etwas in Not geraten, und jetzt gelte es, sparsam zu sein, und auch sie müsse sich nützlich machen. Seltsamerweise grinsten sie, als sie das sagten, die beiden Guzmans, als wäre es nicht wahr oder als machte es ihnen Vergnügen, so mit ihr zu reden. Sie nahmen ihr die schönen rosa und blauen Kleidchen fort, die der Marquis selber in seiner unendlichen Güte für sie passend zurechtgemacht hatte, als er sie noch liebte, und gaben ihr statt dessen Putzlumpen. Das Fenster zum Kellergeschoß, früher ein wunderschöner Raum, in dem die Iguana gespielt hatte, war zugemauert worden, wie der Graf schon vermutet hatte, um fehlende Fensterscheiben zu ersetzen, und der Raum wurde dem Tier überlassen, während man das Zimmer der Iguana zum Gästezimmer bestimmte. Für die arme kleine Iguana hatte es weder Sonne noch Meer, noch Morgen, noch Abend mehr gegeben, sondern nur noch ein ewiges Dämmerlicht, in dem das letzte Gespräch mit dem, den sie »Papa« nannte, immer deutlicher und schrecklicher widerhallte. Aber das schlimmste war gewesen, als sie eines Tages in ihrem Keller eine Spiegelscherbe fand, die jemand absichtlich dorthin gelegt hatte, Felipe nämlich, und als das arme Geschöpf hineinsah, hatte sie mit grenzenlosem Erstaunen ihr Mäulchen und ihren grünen kleinen Körper betrachtet. Sie war ganz und gar grün und braun, ein richtiges Schlangentier; ganz sicher hatte der Papa ihr das aus Höflichkeit oder wer weiß weshalb nie gesagt. Aber es war klar, daß sie ihm und seiner Familie ganz und gar nicht ähnlich sah und unter diesen Umständen nicht mit ins Paradies kommen konnte. Sie blieb eine Weile ganz auf den Gedanken konzentriert, daß es aus war für sie, daß sie nicht mehr ins Paradies kommen würde; und dann, eben weil sie keinen Verstand hatte – auf Grund ihres Alters, und noch dazu war sie ja eine Echse –, mußte sie plötzlich lachen. Und von jenem Augenblick an begann, was ihre Herren ihre »Bösartigkeit« nannten.

Nach und nach war in das leblose Geschöpf eine gewisse Ruhe eingekehrt, und sie beschwor nun nicht länger den Namen dessen, von dem ihr alles Böse, aber auch alles erdenklich Gute widerfahren war, und wie die Natur es in solchen Fällen gebietet, war sie im stillen böse geworden. Sie hatte angefangen, Schimpfwörter an die Adresse von Hipolito vor sich hin zu brummeln, wenn dieser sie tadelte, weil sie irgend etwas schlecht gemacht hatte. Da sie Felipe und das böse Lächeln, mit dem er sie ansah, nicht leiden konnte, versuchte sie öfter, ihm Angst einzujagen, indem sie, wenn der junge Mann es am wenigsten erwartete, mit ganz abscheulichem Gejaule hinter einer Tür oder unter einem Tisch hervorkam. Sie hatte sich eine so scharfe Zunge zugelegt, daß Felipe eines Tages brüllend drohte, er werde sie ihr abschneiden, und Hipolito sie einen Teufel nannte. Keineswegs eingeschüchtert, machte sie, die einst mit dem Namen Estrellita oder »kleiner Stern« ausgezeichnet worden war, ganz ordinär geworden, die Angehörigen des Marquis darauf aufmerksam, daß sie als Entschädigung für ihre Mühen Geld haben wolle, nicht weniger als dreißig *centavos* im Monat, welche die Brüder ihr nach gespieltem Zögern in Form bestimmter flacher Steine zugestanden, die der Marquis selber, manchmal weinend, bei seinen Spaziergängen am Meer entlang aufsammelte. Und das war der Grund, weshalb sie der kleinen Magd so lieb und teuer waren, die es außerdem in ihrer Unwissenheit nicht lassen konnte, ihnen einen gewissen Wert beizumessen.

So war der Stand der Dinge, als einen Monat, bevor der Graf Aleardo auf Ocaña landete, das Schiff mit derjenigen eintraf, die die unfreiwillige Ursache von allem war und jetzt den wahren Schatz der Iguana, nämlich ihren Papa, mit fortnehmen sollte. Aus hier und da aufgeschnappten Worten (das Tier hatte die wahrlich tadelnswerte Gewohnheit angenommen, zu spionieren), aus einem gewissen gelegentlichen Aufleuchten im Gesicht des jungen Mannes und aus bestimmten siegesgewissen Blicken der Guzmans, die bei alledem versuchten, die Ereignisse vor ihr zu verheimlichen, und sie sogar nachts in den Hühnerstall sperrten, damit sie nichts hörte, hatte die arme Kreatur begriffen, daß ihr Herzallerliebster und damit ihr Leben im Begriff standen, aus Ocaña abzureisen, und daß sie verloren war. Da hatten ihr unangenehmes Verhalten, ihre Ungezogenheit, die Schimpfwörter, die Grobheiten, die scharfe Zunge, all die Reaktionen eines betroffenen, aber nicht endgültig der Hoffnung beraubten Geschöpfs schlagartig aufgehört. Die Echse schien alt geworden, sie hielt sich wirklich kaum noch auf den Beinen und hatte zu nichts mehr Kraft. In ihrem Innern dröhnte es ununterbrochen: »Der Papa geht . . . geht fort . . . das Meer . . .«

Sie hegte keinerlei Zorn gegen die Braut, da diese Art von Zuneigung sie nicht betraf, und jetzt, da ihr keine andere Hoffnung mehr blieb, als jenes so geliebte Herz zum Mitleid zu bewegen, betonte sie nach Möglichkeit ihren erbärmlichen Zustand durch kleine Verstellungen, die wir ihr nicht vorwerfen mögen: So verband sie sich bald dieses, bald jenes Füßchen (also war der Graf am Brunnen betrogen worden!) oder hustete schrecklich, daß es sie fast zerriß, wenn ihr Schatz vorbeiging, und so weiter, aber ach, alles war stets vergeblich. Nie nahm der Marquis Notiz von ihr, nie reagierten die Brüder anders als mit Schelte oder Gelächter, auch wenn sie gelegentlich aus bloßer Vergeßlichkeit oder wenn der Marquis eine Seite vorlas, zuließen, daß sie mit der Familie in einem Raum blieb. Es war wirklich alles zu Ende für unsere teuflische kleine Iguana, und obwohl sie sich bemühte, ruhig zu bleiben, tat ihr jetzt wirklich etwas weh, und zwar sehr; es kam ihr vor, als hätte man ihr einen riesigen Stein auf die Brust gelegt, und sie wollte mit aller Kraft schreien: »Papa! Hilf mir, mein Papa!«, aber es kam kein Ton mehr aus ihrer Kehle. Als wäre sie wirklich tot und die Insel gänzlich unbewohnt.

XVI

DADDO AM SCHEIDEWEG

»Auch das Meer hat ein Ende.« Salvatos Ausgelassenheit

Daran erinnerte sie sich, nach einem Moment der Leere, beim Aufwachen, wie auch an das, was sie während der Nacht gesehen hatte, und daran, daß am Nachmittag alle abfahren würden. Die Stille war so groß, daß man denken konnte, die Nacht sei noch nicht vorüber; dann aber, als sie sich an die Dunkelheit gewöhnte, erkannte die arme Kreatur oben durch die Öffnung zur Küche hin ein graues Licht und begriff, daß der letzte Tag begonnen hatte. Sie brach in heftiges Weinen aus, beruhigte sich aber sofort wieder. Ihr war eine Eingebung (wir wagen nicht zu sagen ein Gedanke, denn deren hatte sie nur sehr wenige) in ihr kleines Köpfchen gekommen, die das Weinen abrupt aufhören ließ und der kleinen Tierseele wieder einen Schimmer fieberhafter Hoffnung gab. Völlig benommen stand sie auf und ging in die Ecke, wo ihre Päckchen lagen, sammelte sie auf, zusammen mit den Geldstücken, die Felipes Fußtritt verstreut hatte, und begann, das Ganze rasch in ein großes rotes Tuch zu wickeln. Auch das Halstuch des Grafen vergaß sie nicht und das bittere Spiegelchen (denn stets hängt ein kleines Fräulein, auch das häßlichste, an einem solchen Gegenstand) und machte aus alledem ein großes Bündel. Schließlich fuhr sie sich mit dem Kamm über den Kopf und steckte ihn dann in ihre Schürzentasche; sie wickelte sich noch ein anderes Tuch um den Kopf, und mit angehaltenem Atem und unter lautem Klopfen ihres grünen Herzens, das schier zerspringen wollte, stieg sie (nach kurzem Horchen) in die Küche hinauf.

Sie wollte gerade auf die von einem silbrigen Nieselregen benetzte kleine Wiese hinaustreten, um von dort aus mit ihrem Bündel ein gewisses elegantes Boot zu erreichen, das wir kennen, um wer weiß wohin zu fahren, doch eine böse Überraschung erwartete sie.

Sie fühlte sich von zwei Händen, kalt wie Schnee, an den Schultern gepackt, während eine riesige dunkle Gestalt vor ihr laut aufschrie: »Ereifert Euch nicht, um Himmels willen, Don Ilario! Das steht Euch nicht an!«

»Papa! Papa!« rief die kleine Iguana, als sie in dem, der sie bedrohte, ihren Abgott erkannte.

Daraufhin ging ein wahrer Hagel von Schlägen auf sie nieder, gegen ihren Kopf, von vorn und von hinten, auf den Nakken und auf das Maul, und der Himmel selbst rief: »Schafft sie mir aus den Augen, wenn Ihr nicht wollt, daß ich sie totschlage. Mein Leben ist zu Ende, und das verdanke ich dieser Idiotin, dieser Schwachsinnigen! Oh, warum ist sie nicht an Scharlach gestorben wie so viele andere! Warum hat ihre Mutter sie nicht mit den Windeln erwürgt, statt sie darin einzuwickeln! Warum mußte ausgerechnet ich sie auflesen, ihr zu essen geben und sie kleiden wie ein adliges Mädchen! Da, du Diebin, du Buhlerin, du Faultier . . .«

Der werte Leser möge sich nicht wundern, denn genau das war, im engen Familienkreis und wenn ihn niemand hörte, die Ausdrucksweise unseres Literaten. Und Don Fidenzio, der dabeistand und dessen Erscheinen er als Unheilsbotschaft, als Anzeichen für die Auflösung der Verlobung gedeutet hatte, war inzwischen, in diesem Augenblick der Verzweiflung, so gut wie nicht vorhanden.

Was die arme Kreatur anging, so hatte sie ihr Bündel fallen lassen und schützte sich ein wenig, indem sie die Hände über das Maul hielt; aber bald wurde ihr schwarz vor Augen, und sie rollte mit argem Gewinsel ins Gras.

Sei deswegen nicht betrübt, werter Leser, denn, wie der Dichter unseres geliebten Landes sagt, alles geht vorüber:

auch das Meer hat ein Ende

und mit der Zeit vergeht auch der Schmerz einer kleinen Echse. Auch sollst du dich nicht über den unglücklichen Marquis entrüsten, der so handelte, weil er überwältigt war von dem Schmerz, den ein junger und trotzdem erschöpfter Mann verspürt, wenn seine letzten Hoffnungen auf eine befriedigende gesellschaftliche Stellung sich auf und davon machen. Aber waren Don Ilarios Hoffnungen denn wirklich zerbrochen? Und war nicht vielleicht Don Fidenzio im Morgengrauen zur Insel hinübergerudert, um dem edlen Inselbewohner schnellstens das Verzeihen seiner Schwiegermutter mitzuteilen? Und ist seine Melancholie nicht vielleicht zufällig dem Scheitern allzu weit getriebener Machenschaften des Prälaten anzulasten?

Das werden wir noch sehen, und letztlich ist es das, was wir uns wünschen ... Doch vergessen wir unterdessen nicht den jungen lombardischen Architekten, den nicht besonders intelligenten Sohn der Gräfin Aleardi, der dorthin gekommen war, um Land zu Spekulationszwecken zu kaufen, aber, so könnte man meinen, gar nicht mehr daran denkt oder zumindest Gedanken ganz anderer Art zugewandt ist. Über die Riemen der *Luisa* gebeugt, rudert er, ungeachtet der scharfen Kälte und des düsteren Anblicks der Welt, im schwachen Licht des neuen Tages aufs offene Meer hinaus.

Als er in die *Luisina* einstieg und in Richtung der *Luisa* zu rudern begann, war der Graf in einem so merkwürdigen Gemützustand, daß er sich nicht wunderte, in der nassen Luft den charakteristischen Duft von warmem Brot und Kaffee wahrzunehmen und sogar das Rattern der Straßenbahn, wie man es in Mailand um fünf Uhr morgens hört. Er war innerlich ganz und gar in der lombardischen Ebene, oder besser gesagt, die geliebte Ebene war auf telepathischem Wege zu ihm gekommen. Einerseits hörte er in seinem Innern laut und beinah fröhlich die Stimme des Komturs, der ihm Himmel zeigte, wie er sie auf seinen Reisen als privilegierter Mann nie gesehen hatte; andererseits war die Liebe zur Heimat plötzlich so stark, daß sie ihn fast zum Weinen brachte. »In wenigen Tagen werde ich dort sein«, sagte er wie berauscht zu sich selbst (denn tatsächlich konnte nichts ihn an der ganz und gar planmäßigen Rückkehr hindern); und er sah sich schon, wie er die Tür zum Büro öffnete und die beiden ihm sehr lieben Mädchen ihm lächelnd entgegenkamen. Andererseits sagte er sich: »Und dann? Was tue ich dort? Ich werde alt! Como, Bellagio! Jedes Jahr Kreuzfahrten, im Herbst die Freunde! Adelchi! Spaziergänge in der Via Manzoni im Gedanken an die Inseln! Und unterdessen verkommen auf den Inseln Unschuldige und sterben! Sie rufen mich, und ich bin nicht bei ihnen! Ich *rede* von ihnen. Und *das* nenne ich Gutes tun; das heißt für mich, dem Nächsten zu helfen!« Deutlich wie auf einem alten Stich zeichneten sich zwischen den Wolken im Morgengrauen die Via Bigli, die geliebte Kirche San Fedele und alle die grünen Seitenarme der Via Manzoni ab, und er empfand eine solche Freude, daß es schmerzte; aber gleichzeitig vernahm er einen Ruf, eine Traurigkeit in seinem eigenen Innern, als wenn in der Sphäre des Blutes alles bedauerte, dieses Elend und die so laut flehenden Trugbilder verlassen zu müssen. Verstörter als alles andere jedoch zeigte sich ihm die Iguana. Sie sagte ein Wort zu ihm, das in seinem ganzen Leben noch nie an ihn gerichtet worden war und das ihm das liebste und teuerste von allen zu sein schien, nämlich »Papa! Papa!«, und ihn ebenso oder vielleicht noch mehr verlockte als die Via Bigli und die Piazzetta. Er wollte sich auch nicht an das erinnern, was er kurz zuvor von Felipe über die zwiespältige Natur des armen kleinen Tiers gehört hatte. Gerade ihr tödlich qualvolles Dasein verpflichtete ihn.

Und auf einmal, weil er aus seiner Benommenheit erwachte oder vielleicht gerade wegen seiner inneren Verfassung, kam es ihm vor, als hätte sich die *Luisa* während der Nacht entfernt, um nicht zu sagen, als hätte sich die Insel Ocaña von der *Luisa* entfernt, was weniger wahrscheinlich war. Die Entfernung war zehnmal größer als am Morgen zuvor, und schon war der Graf ungehalten über Salvato und nahm sich vor, ihm Vorwürfe zu machen, was im übrigen auch ihm selber guttun würde, da er auf diese Weise leichter aus seiner trüben, weichen Stimmung und den so zauberhaften Frühlingsimpressionen herauskäme; da schien ihm, daß der Schatten, den die *Luisa* mit Hilfe einer mattsilbernen Scheibe aufs Meer warf, die halb hinter einer am stillen Horizont liegenden Säule aus graurosa Dunst hervorkam – und das war die Sonne –, daß dieser Schatten um vieles größer sei. Schon fragte er sich beklommenen Herzens, was da geschehen mochte, als, wenn auch mit einer Spur Überraschung, seine triste Ruhe wiederkehrte, denn er hatte hinter der *Luisa* die Takelage eines anderen Schiffes wiedererkannt, die des venezolanischen Schiffspalastes der Hopins, den er nachts an der Reede gesehen hatte. Ruhig und bewegungslos lag es da, und die einfachste Schlußfolgerung war, daß die Hopins, da sich ihr Besuch auf Ocaña aus irgendeinem Grund verkürzt hatte und sie auf den heimlichen Zweck ihrer Reise verzichteten, kurz vor der Abfahrt standen – ob mit oder ohne den Marquis, das mußte sich noch herausstellen.

Wie als Vorzeichen dafür, daß auch seine eigene Abreise nahe bevorstünde, verschaffte diese Tatsache ihm Erleichterung, wenngleich seine neue Verunsicherung durch das Lied des Komturs in ihm fortdauerte.

Er fand Salvato in der Kombüse, wo er sich gerade einen starken Kaffee machte, mit einem ungewöhnlich munteren und fröhlichen Ausdruck im Gesicht, so als habe er sich während des Grafen Abwesenheit durchaus nicht gelangweilt, ganz im Gegenteil, und als sei die Nacht, die jenem Verwirrung und Kummer gebracht hatte, für ihn mit ausgesprochen angenehmem Zeitvertreib vergangen. Auf die Frage, ob es etwas Neues gäbe, antwortete er »nichts«, deutete nur mit den Augen auf das neue Schiff hin, und das mit einer Miene, als warte er lediglich auf eine Frage, um jede Menge Vertraulichkeiten vom Stapel zu lassen; aber der Graf begab sich, ohne ihn weiter zu beachten, wie es seinem verschlossenen Herzen entsprach, in seine eigene Kabine, deren Holzverkleidungen und Messingbeschläge vom dunstigen Sonnenlicht, das durch das offene kleine Fenster hereinfiel, gerade schwach beleuchtet wurden. Hier nahm er als erstes eine Pistole an sich für den Fall, daß es Schwierigkeiten bei der praktischen Durchführung der Angelegenheit geben sollte. Dann sammelte er alles Geld zusammen, über das er verfügte, und machte daraus, wie er es bei dem kleinen Geschöpf gesehen hatte, drei Päckchen, zwei große und ein kleines. Es waren im ganzen sechshunderttausend *pesetas* und zweihundertfünfzigtausend *escudos*, weniger, als er vermutet hatte, aber er nahm sich vor, auch noch einige Schecks auszufüllen. Während er nervös in der Schublade wühlte, um zu sehen, ob sich da noch das eine oder andere Geldstück fände, fiel ihm der Smaragd der Gräfinmutter in die Hände, und sofort nahm er ihn erfreut und dachte nach, wem er ihn schenken könnte; und das Bild derjenigen, die sein Herz bereits erwählt hatte, ließ ihn bitter lächeln. Er legte also den Smaragd zu dem größten Päckchen dazu. Und dies war – falls der Leser sich darüber wundern sollte – das Geringste, was der Graf tun konnte, um seine Angst und seine sonderbaren Gewissensbisse im Hinblick auf das kleine Geschöpf zu beruhigen, das verlassen zu müssen er stark befürchtete. Schon stellte er sich das Erstaunen der *menina* beim Anblick des echten Geldes vor und angesichts eines so wundervollen Edelsteins, den er ihr vor seiner Abreise überreichen würde, und ein schwaches Lächeln zeigte sich auf seinen Lippen, aber von einer harten Falte behindert, die aus seinem Herzen aufstieg und sich seit der vorangegangenen Nacht dort festgesetzt hatte.

Auf der Suche nach Salvato ging er wieder auf die Brücke, um ihm Anordnungen für die Abfahrt zu geben, die gegen vierzehn Uhr vonstatten gehen sollte, und erblickte ihn, als er gerade dabei war, mit leiser, leidenschaftlicher Stimme Grüße mit einer Person auszutauschen, die auf dem anderen Schiff ganz und gar über die Bordwand hing und sich als das schwarze Dienstmädchen der Hopins entpuppte. Die beiden lachten so verrückt, daß der junge Mann einen Moment lang einen Gedanken hegte, der ihn verletzte und ihm in seinem ganzen Leben noch nie gekommen war, und wenn doch, so hatte er ihn nicht weiter berührt, nämlich daß die beiden über seine Naivität lachten.

Er stand hinter Salvato, als dieser sich auf den plötzlich ernst werdenden Blick seines afrikanischen Gegenübers hin umdrehte und zwei Schritte entfernt mit ganz umwölkter Stirn den Grafen stehen sah. In diesem Augenblick zeigte sich neben dem Dienstmädchen ein sehr wenig ansprechendes Individuum: ein kleiner Mann um die Fünfzig, mit gelbem, wenn auch völlig gesundem Gesicht, schwarzer Kleidung und einem ganz kahlen Schädel. Als er den Grafen sah, zog er statt eines Hutes wie zum Spott eine Baskenmütze, die er in der rechten Hand hielt.

»*O senhor* Cole ... Ich komme sofort, Herr Graf«, sagte Salvato verlegen. Und mit einem sehr flüchtigen Gruß zu den beiden Personen hinüber ging er dem Grafen voran in die Kombüse, wo inzwischen der Kaffee längst übergekocht war.

XVII

SALVATO WEISS BESCHEID

Wo der Himmel sich schließt. Der Auszug

»Du hast dich nicht gelangweilt, wie ich sehe ... aber ich mache dir keinen Vorwurf ... Danke«, sagte der Graf, während Salvato, äußerst verwirrt, sich beeilte, ihm einzugießen, was von dem Getränk noch übrig war.

Da brach Salvato, der sich bis dahin größte Mühe gegeben hatte, wegen der schmerzlichen Verschlossenheit seines Herrn eine zerknirschte und unverfängliche Miene zu zeigen, erneut in Lachen aus, war aber dabei nicht gleichgültig gegenüber dem Kummer, den ihm seine Entlassung (von der er fest überzeugt war) bereiten würde. Er lachte deshalb mit einer Furchtsamkeit, ja, man könnte sagen Angst, die den Grafen eher nachdenklich stimmte als verärgerte. Im übrigen war es ihm selber mit Adelchi oft ebenso ergangen, daß sie sich um nichts und wieder nichts ausgeschüttet hatten vor Lachen, ja, nach seinem Gefühl war er bis tags zuvor um ein Uhr immer ein unendlich fröhliches Gemüt gewesen. Und so sagte er nichts, sondern beschränkte sich darauf, die Füße des Matrosen anzuschauen.

»Herr Graf können mich ruhig entlassen«, sagte dieser schließlich und trocknete sich mit dem blauen Ärmelaufschlag die Tränen, die ihm reichlich aus den Augen flossen, »ich gebe Ihnen nicht unrecht, ja, ich finde es sogar richtig. Aber Sie müssen mich verstehen. Man kann nicht lächeln bei dem, was mir zu Ohren gekommen ist, sondern nur platzen vor Lachen.«

Und ohne zu erwarten, daß der Graf etwas sagte, vielmehr das Gesicht leicht zum Fenster wendend, damit seine Grimassen jenen nicht weiter verletzten, berichtete er vollständig, wobei er hin und wieder steckenblieb, weil er erneut lachen mußte, was Ketty (so hieß das Dienstmädchen der Hopins) über die Heirat Segovia–Hopins ausgeplaudert hatte, die, wie er erklärte, von Don Fidenzio wegen Segovias Titel geplant worden sei und auch auf Grund einer alten Freundschaft zwischen Don Fidenzio und der Mutter des Literaten, die ihm vor ihrem Tod ihren Sohn anempfohlen hatte: eine Heirat, die, obgleich heftig gewünscht, doch auch wieder – durch einen für Parvenus typischen Widerspruch – gerade von der Mutter Hopins in Frage gestellt werde, denn es war bekannt, daß der Marquis auf der Insel eine »Flamme« gehabt und offenbar immer noch habe. Diese »Flamme« aber war leider (der Graf hörte mit schmerzlicher Aufmerksamkeit zu) ein Tier, das einmal der Liebling der Familie des jungen Mannes gewesen, aber doch eben ein Tier war und noch dazu dumm wie der Teufel.

Da Salvato jedesmal, wenn er das Wort »Tier« aussprach, nicht umhin konnte – und das sah der Graf –, etwas hinunterzuschlucken, wie um einen Ausbruch unbezähmbarer Heiterkeit zurückzuhalten, als wäre dieses Wort nur ein bequemer Begriff, um eine tiefere und unaussprechliche Realität zu bezeichnen, überfiel den Grafen ein scharfer Schmerz, als enthüllte sich an diesem Morgen zwischen obszönen Darbietungen von Possenreißern eine ihm bis dahin verborgen gebliebene Wahrheit der Welt; er fuhr sich mit der Hand über die Stirn und sagte dann, das abgespannte Gesicht plötzlich hebend: »Ein Tier – was meinst du damit?«

»Das wissen Herr Graf doch.«

»Nein, wirklich nicht.«

Der Graf, der sich sterbensschwach fühlte, fügte nicht hinzu, was ihm zu anderer Zeit ein leichtes gewesen wäre; er sagte nicht: »Rede.« Er hatte jetzt einen richtigen Horror davor, aufgeklärt zu werden, denn dunkel ahnte er, daß hier jemand mißbraucht wurde, und er fühlte sich vage als eine der Hauptstützen dieses Mißbrauchs. Deshalb schwitzte er, obwohl es ein frischer, totenstiller Morgen war.

»Nicht, daß das Tier kein Tier wäre ... es ist ein Tier, wie wir alle wissen, Herr Graf mögen mir verzeihen«, fuhr halb respektvoll, halb verlegen sein Untergebener fort, der etwas ernster geworden war, »doch es ist auch noch aus einem anderen Grund ein Tier, denn, und das ist das Schlimme ... aber der so gebildete Herr Graf müßten doch begreifen ...«

Und plötzlich, als werde er sich zum ersten Mal der geistigen Beschränktheit jenes so fähigen und geschätzten Mannes und einer nie vermuteten, nahezu kindlichen Schwäche bei ihm bewußt, verstummte er gänzlich, diesmal aus Rücksicht.

»Schon gut ... Wir fahren um zwei Uhr ab, Salvato«, sagte nach einer Weile der Graf.

Er stand auf, gab noch einige Anweisungen und war schon wieder auf der Brücke, als er sich noch einmal umdrehte: »Dieser Mensch da ... *o senhor* Cole, war er auf dem Schiff? Oder wann ist er gekommen? Was macht er hier?«

»Er kam vor einer halben Stunde, Herr Graf, mit einem eigenen Schiff von der Küste herüber. Er ist Theateragent oder etwas Ähnliches ... aber er kauft und verkauft alles mögliche.«

»Und warum ist er nicht an Land gegangen?«

»Er sollte warten, bis der Marquis an Bord wäre. Aber jetzt ist ungewiß, ob der Marquis überhaupt abreist ... Obwohl ... Es wird schon alles klappen, denke ich. Don Fidenzio ist bereits vor Tau und Tag nach Ocaña geeilt. Er macht einen bekümmerten Eindruck ...«

»Warum?« fragte der Graf zerstreut.

»Ich sage Ihnen im Vertrauen, was ich gehört habe: Don Fidenzio möchte selber die Insel kaufen, um dort ein Meditations- und, sagen wir, Erholungszentrum einzurichten. Aber Miss Hopins gefällt die Insel sehr, und so war die einzige Möglichkeit die, dem Aberglauben der Schwiegermutter etwas nachzuhelfen. Aber nach dem Zwischenfall heute nacht droht die Heirat ins Wasser zu fallen, und der Priester scheint entsetzt zu sein ... Er möchte zwei Fliegen mit einer Klappe schlagen ... gibt es aber nicht zu. Deshalb redet er jetzt heimlich mit dem jungen Herrn auf der Insel, und der arme *senhor* Cole weiß nicht, was er machen soll ...«

»Er weiß nicht, was er machen soll ...« wiederholte der Graf, nachdem er wortlos zugehört hatte. Er hatte bereits einen Fuß auf die Leiter gesetzt, als er sich umdrehte und zerstreut neue Anweisungen gab, während er das andere Schiff beobachtete. Auf der hohen, goldglänzenden Brücke war das schöne Geschöpf erschienen, das er nachts den Keller hatte besuchen sehen; und sie sah ihn an mit einem klugen, selbstsicheren Lächeln auf ihrem anmutigen Gesicht, als erwarte sie, durch das Dienstmädchen informiert, daß er sich zeige und sie zu sprechen wünsche.

Aber unversehens enthüllte gerade diese reizende Erscheinung im graugoldenen Licht des neuen Tages dem Grafen, daß ein Gespräch (dem er noch wenige Minuten zuvor nicht abgeneigt gewesen wäre) vollkommen nutzlos war. Blitzartig erkannte er, daß das junge Mädchen, abgesehen von ihrer ökonomischen Stärke, die sich auf den Ruin der Guzmans gründete und durch die Heirat zu den Guzmans zurückkehrte, genau das war, was der Marquis mit seiner welken und verworrenen Psyche zu seiner Genesung brauchte, und daß Segovia, abgesehen von der Tatsache, daß er durch die Heirat wieder in den Besitz der mütterlichen Güter gelangte und daher keinerlei Hilfe bedurfte, kein Mailand nötig hatte, selbst wenn er arm gewesen wäre, sondern dieses starke Mädchen, und daß sein Schicksal nicht die Literatur war und niemals sein würde, sondern eine modern ausgerüstete Farm und die Freuden eines Ehemannes und Gutsbesitzers. Er sah, daß die Heirat zustande kommen und man Ocaña, um das Brautpaar nicht länger zu beunruhigen, an den weitblickenden Erzbischof abtreten würde. Nur das Schicksal seiner kranken Tochter, der mittellosen kleinen Iguana, vermochte er, sofern er sich nicht selbst um sie kümmerte, und zwar so schnell wie möglich, nicht zu erkennen.

»Ich sehe ... entschuldige ... eine kleine Verzögerung ... voraus«, sagte er unter mühsamem Stottern, wie wir es aus schmerzlichen Augenblicken schon an ihm kennen, zu Salvato gewandt.

Der aber antwortete ihm – und er wunderte sich später sehr über diese Worte – fast mit Bedauern, so als ob das Schiff schon seit Jahren wieder im Hafen läge und der Graf sehr weit fort wäre: »Gott ... Gott segne Sie, Herr Graf. Sie waren wie ein Vater für mich. Und ... Dank für alles!«

»Keine Ursache, mein Lieber«, erwiderte der Graf mit gewohnter Höflichkeit, aber fast völlig ausdruckslos, und stieg in die *Luisina* hinunter. Auf seinem Gesicht hatte sich ein melancholischer Ernst ausgebreitet und festgesetzt.

Auch Himmel und Meer waren jetzt übrigens, nach einem vergeblichen Sonnenversuch, wie versiegelt und zutiefst melancholisch.

Nie mehr hätte der Graf, wenn er imstande gewesen wäre, an irgend etwas anderes als an die Insel Ocaña zu denken, und sein Geist sich an einen Kalender erinnert hätte, geglaubt, daß jenseits des so stillen, farblosen Himmels und Meeres der Frühling ausbrach. Eher als an den Frühling hätte er an eine vorherbstliche Ruhe gedacht, wenn die Feuersbrunst des Himmels in einer Nacht hinter viel Mond verschwunden ist und der nächste Tag kalt und dunkel wird. In Wirklichkeit war es, objektiv gesehen, weder richtig kalt noch richtig dunkel, ganz im Gegenteil; aber die Luft war scharf wie nach dem ersten Regen, und der Himmel glich eher einer Theaterkulisse, vor der nichts mehr gespielt wird, als einem luftigen Gewölbe. Wie Tüllkleider, die mit der Zeit oder durch irgendein Mißgeschick, das ihre Trägerin getroffen hat, zerrissen waren, hingen von Haken am Himmel Tausende von Formen herab; Grau und Gelb waren die vorherrschenden Farben, vermischt mit Taubenblau und dazu einige Zierstiche Grün. Auf dem Meer dagegen lag gar kein Licht, bis auf einen bleifarbenen Widerschein fern am Horizont. Nah am Ufer, wo der Graf ruderte, war es erdbraun. Die Ruder ließen sich nur mit Mühe eintauchen und aus dem Wasser heben, und beim Auftauchen glänzten sie schwach und reflektierten auf dem nassen Holz die unbestimmte Dunkelheit und jenen gelblichen Schimmer. Die Insel wirkte jetzt, während das Boot sich ihr näherte, gänzlich unbewohnt, lediglich die von einem unsichtbaren Wind bewegten Eichen wechselten ihre Farbe von Rot nach Schwarz und wurden von Zeit zu Zeit wieder rot, als stünden sie in Flammen.

Stimmen, deren Herkunft ein Küstenvorsprung ihm verbarg und die sich dann mit einem Gassenhauer mischten, boten mit ihrem mehr als lustigen, ja frechen Ton einen seltsamen Kontrast zu der edlen, sanften Agonie von Himmel und Erde. Es handelte sich um die Brüder Avaredo, die gleich darauf für den Grafen sichtbar wurden und gerade dabei waren, mit einigen Stricken ein Möbelstück zu vertäuen, das in der Unendlichkeit des Horizonts so klein wie eine Streichholzschachtel aussah, dann aber an einem Türflügel, geziert von einem langen Spiegel, in dem sich schräg das Meer widerspiegelte, als Schrank zu erkennen war. Am Strand unter den Eichen standen bereits, mit einer Schnur zusammengebunden, vier Stühle und der Eßzimmertisch. Durch die Spiegelung von Meer und Himmel – das eine dunkel wie Eisen, der andere heller – schien im Spiegel ein helles Licht aufzubrechen, das in dem Grafen eine unerwartete Heiterkeit auslöste:

»Sie ... sie gehen fort; also hat sich alles arrangiert«, sagte der junge Mann zu sich selbst.

Was sich arrangiert hatte, war von einem streng logischen Gesichtspunkt aus nicht recht einzuschätzen; aber der Graf war, wie schon gesagt, an jenem Morgen sehr zerstreut und handelte wie jemand, der – ähnlich dem Meer – in jedem Augenblick von ganz weit her kommt.

Als er mit seinem Boot an den Brüdern vorbeiruderte, sah er sie nicht und wurde auch nicht gesehen. Deshalb ging er, nachdem er aus der *Luisina* ausgestiegen war und das Boot ins Flache geschoben hatte, unbemerkt am Strand entlang auf das Haus zu.

Als er, vor dem Gebäude angekommen, zum Türmchen der Bibliothek hinaufsah, folgerte er aus einem brennenden Licht, daß der Marquis, mit dem Abschreiben und Korrigieren der Manuskripte beschäftigt, nicht gestört zu werden wünschte, und beschloß daher, sich erst einmal in die Küche zu begeben auf der Suche nach der Iguana, da er versuchen wollte, von ihr das Geheimnis erklärt zu bekommen, das für alle offenkundig war außer für ihn, und auch eine ungefähre Vorstellung davon zu erhalten, was die Magd am liebsten tun würde: entweder mit ihm am Nachmittag nach Mailand abzufahren (wie er es am liebsten gesehen hätte) oder zu akzeptieren, daß er, Daddo, ihr zu Gefallen auf der Insel bliebe – denn so hatte das Lied des Manrique im Herzen des Mannes gewirkt. Aber in der Küche fand er die Iguana nicht; das Frühstücksgeschirr, das noch schmutzig im Spülstein stand, besagte, daß die Magd, wahrscheinlich aus irgendeinem Argwohn heraus, ihre Arbeit nicht getan hatte, und er nahm an, daß sie sich beleidigt und besorgt in ihren Raum zurückgezogen habe. So ging er zur Luke, öffnete sie und stieg hinunter; aber der Schein der kreisenden Taschenlampe fand nichts als eine noch erbärmlichere Ordnung als sonst, die aber beängstigend wirkte dadurch, daß die Säcke, die hinten in der Ecke als Lager gedient hatten, weggenommen worden waren und auf einem Haufen unter der Leiter lagen, so wie man, wenn jemand stirbt, Matratzen und Bettzeug zusammenräumt und weglegt. Auch das Geld, gut zwei Säcke voll, lag am Fußende der Leiter um ein Tuch herum verstreut, in dem es eingewikkelt gewesen war, und erweckte den Anschein, als sei es durch die Öffnung hinuntergeworfen worden wie ein plötzlich zu sperriges Bündel, und das schien ihm ein schlechtes Zeichen. Wenn man das Bett weggenommen hatte, die Ersparnisse indessen nicht mitgenommen worden waren, konnte das bedeuten, daß eine Art Räumungsbefehl gekommen war, und zwar so plötzlich, daß das arme Geschöpf seinen Besitz an Ort und Stelle zurückgelassen hatte.

Wie niedergeschmettert und sich Vorwürfe machend, daß er soviel Zeit mit unnützen Reden verloren hatte, aber auch eingeschüchtert von der neuerlichen Scheu gegenüber der Kreatur, die ihm doch lieb war, wollte er sie rufen, fürchtete sich aber zugleich.

Schließlich rief er doch: »Iguana! Iguana!«

XVIII

EINE SONDERBARE IGUANA

Das Gespräch. »Die Jungfrau will es nicht!« Im Eßzimmer

Nichts antwortete ihm, außer daß er nach einer Weile von oben, das heißt aus der Luke, die dem Schrank in seinem Zimmer entsprach, ein ersticktes Geräusch zu hören glaubte, die gleichen Klagelaute *não não*, die ihn tags zuvor schon getroffen hatten; und als er, von einer richtigen Ahnung geleitet, hinaufgeklettert war, sah er sie.

Aber sie wirkte nicht erschrocken, sondern war ruhig. Sie hatte ein Tuch um den Kopf und mehrmals um den Hals geschlungen und einen riesigen grauen Besen in den kleinen Händen, den sie stumpfsinnig durch das Gästezimmer zog, ohne – das sah der Graf deutlich – auch nur eine Spur sauberzumachen, sondern im Gegenteil, wie aus Trotz, den Dreck nur verteilend. Und in ihren jetzt trockenen Äuglein lag eine seltsame Starre.

Der erste Impuls des Grafen war, zu ihr hinzugehen, sie in den Arm zu nehmen und ihr zu sagen, was er für sie zu tun beabsichtige, daß sie ihn von nun an als ihren Diener und Papa betrachten dürfe und seinen Namen tragen und all sein Geld bekommen würde. Aber als er sie dann genauer beobachtete, hielt irgend etwas ihn davon ab; durch das große Tuch, das lustlose Tun, die Art und Weise, wie sie den Besen trotzig hin und her zog, mehr schmutzig- als saubermachend, hatte er auf einmal den Eindruck, daß die kleine Kreatur darauf aus war, durch irgendeinen Betrug das zu erhalten, was er ihr spontan gegeben hätte, indem sie durch lächerliche Mätzchen sein Mitleid erregte. Zu anderer Zeit hätte er darüber lachen müssen, aber jetzt (da er sich gerade Gedanken machte, wie er sie umerziehen und aus ihrer schon bemerkenswerten Verdorbenheit herausholen könne) wurde er starr und steif und sagte: »Hör mal, du machst mehr Staub als sonst was. Darf man erfahren, wer dir beigebracht hat, so zu fegen? Dann besser gar nicht.«

Und die Stimme, die diese Worte sagte, war kalt und unpersönlich, aber die Augen starrten das kleine Geschöpf irgendwie merkwürdig und schüchtern an.

Wie es müde Dienstboten oder verärgerte Kinder zu tun pflegen, stellte die Iguana sich dumm und fuhr fort, den Kehricht planlos und unordentlich hierhin und dorthin zu ziehen; da ging der Graf zu ihr und nahm ihr den Besen aus der Hand; vielmehr er warf ihn weg und sagte mit bebender Stimme, nie wieder solle sie so etwas anfassen. Da er ihren starren, gebannten Blick nicht ertrug und sie wachrütteln wollte, packte er sie bei der Schulter und führte sie an den Tisch. Dort legte er seine Päckchen mit dem echten Geld hin und öffnete das größte, das den Smaragd enthielt. Er sah in den Augen des Tieres ein Glänzen, eine Freude, die sofort verschwanden, ihn aber verstehen ließen, daß der Wert des Geldes ihr durchaus nicht unbekannt war und daß man sie auch davon heilen müsse. Jetzt aber wollte er sie lächeln sehen.

»Nimm es, los, nur zu!« und er führte ein wenig ihre Hand, überrascht, daß sie so kalt war.

»Für mich?« fragte die Iguana.

»Ja, sicher.«

»Der Stein auch?«

»Alles.«

Nach kurzem Zögern nahm sie alles mit schalenförmig zusammengelegten Händen und verstaute das »Geschenk« in einer aufgerissenen Tasche ihrer Schürze. Aber anders als am Morgen zuvor, sprudelte sie nicht über vor lauter »Danke ... danke!« und »*Nâo para mim ... nâo para mim ...*«, die den Grafen so bezaubert hatten. Diesmal war es, als hätte der Graf ihr eine Handvoll Sand gegeben.

»Freust du dich? Damit kannst du dir etwas kaufen ...«

Er wollte noch etwas hinzufügen, als sich durch eine Bewegung des kleinen Wesens das Tuch öffnete, und der Graf sah, daß der Hals des Tiers (ein wirklich zarter grauer Hals) schlimme Spuren aufwies; und dieses Detail wie auch ihre dumpfe Müdigkeit ließen ihn vermuten, daß während seiner Abwesenheit etwas Ernstes geschehen war. Deshalb legte er ihr schnell das andere Päckchen hin, das er schon ausgewikkelt hatte, und strich der kleinen Kreatur mit der Hand über den Kopf. Sie aber zog sich zurück, als täte ihr alles weh, und hatte ein Auge geschlossen, während sie mit dem anderen aufblickte, aber nicht zu dem Grafen.

»Was hast du? Kann man das erfahren? Hast du dir weh getan?« fragte angstvoll Aleardo.

Keine Antwort. Dann: »Ich bin erkältet, *o senhor*«, wobei die offenkundige Lüge nur durch deren Unsinnigkeit abgemildert wurde, wie sie typisch ist für Kinder, denen ja bis zu einem bestimmten Alter jedes Gefühl für Lächerlichkeit fehlt.

»Echse«, sagte der Graf (er wollte sie aus irgendeinem Schamgefühl nicht bei ihrem Namen nennen, und in seinen Augen lag etwas Bitteres, Flehendes), »warum lügst du ständig? Warum ...«, aber er hielt inne und konnte nicht weitersprechen, denn die Frage, die er im Geist formuliert hatte, lautete: »Warum benimmst du dich wie ein Dämon?« Aber irgend etwas, eine heftige Traurigkeit in seinem Innern, hinderte ihn daran, dieser philosophischen Klage (die im übrigen auch nie wieder auftrat) freien Lauf zu lassen. So schwieg er, und da er im Fensterausschnitt sah, daß das Meer offenbar noch ruhiger geworden war, fügte er leise hinzu: »Sag, würdest du mit mir kommen?«

»Wohin ... *o senhor*?«

»Der Marquis und ich sind übereingekommen«, log zum zweiten Mal in seinem Leben, aber ohne es zu bereuen, der Graf in der Hoffnung, die Magd lachen zu sehen, »ich nehme dich mit, heute um zwei. Du wirst niemandem mehr dienen, sondern ich werde dir dienen, verstehst du?« Und da er bei diesen Worten nicht mehr weiter wußte, so sehr fühlte er, wie sich – durch irgendein Geheimnis in alledem – seine Augen mit Tränen füllten, senkte er die Stirn. In dieser Haltung sah er, daß die Kreatur ihn wie aus einer unendlichen Tiefe fixierte, und ihr Blick war wieder so intensiv und ernst, so verwirrt und sanft wie nachts im Hühnerstall. Als sei sie an etwas ganz anderem in höchstem Maße interessiert, könne es aber aus Stolz oder kindlichem Ressentiment nicht zeigen, schwieg sie, aber ihre Augen hörten dabei nicht auf, den wohlwollenden Herrn zu fixieren. Und plötzlich sagte sie: »Komme ich in die Hölle?«

»Was hast du gesagt?« Aleardo hatte es nicht verstanden.

»Ich meine: Komme ich in die Hölle, wenn ich sterbe, *o senhor*?«

»Weder in die Hölle noch ins Paradies«, sagte der Graf mit unerwarteter Kühle und wollte damit das Gespräch auf ihre Situation bringen, »wenn du keine Seele hast.«

Wieder Schweigen, und währenddessen bewegte die Iguana leicht den Nacken, als ob sie dort Schmerzen hätte.

»Der Marquis«, sagte sie nach einer Weile, aber mit einer so dünnen, brüchigen Stimme, daß es schien, als werde sie gleich zerspringen, »fährt heute nach dem Essen ins Paradies. Er fährt mit dem Schiff, und nach viel Wasser kommt dann der Himmel mit der Heiligen Jungfrau und allen Gestirnen. Ich darf dahin nicht mit. Die Jungfrau will es nicht.«

»Die Jungfrau! Amerika meinst du«, wollte der Graf gerade mit Bitterkeit antworten, aber er schwieg, als er sah, daß das Auge der kleinen Iguana immer seltsamer wurde, und wir sagen Auge, weil es nur ein einziges war, das linke (das andere war geschlossen), welches aufblickte, im Weiß aufblickte mit schrecklicher Intensität. Gleichzeitig machte das Wort »Gestirne«, welches das Tier nirgendwo gelesen haben konnte, dadurch, daß es ihn an die zufällige Entdeckung der Widmung erinnerte, ihm innerlich den bereits versperrten Weg wieder frei und erhellte blitzartig noch einmal all diese schwindelerregende Finsternis, um ihn dann, mit noch schmerzlicherer Traurigkeit, wieder im Dunkeln zu lassen.

»Wer . . . wer hat dir denn das erzählt?« fragte er deshalb betrübt, und in diesem Augenblick war ihm, als stürze die ganze Welt der Christenheit zersplittert in die Tiefen.

Die Kreatur machte abermals eine leichte Bewegung mit dem Hals, als ob ihr genau da etwas weh täte; und da er in dieser Bewegung und in dem weiterhin unwirklichen Blick etwas Ungutes wahrzunehmen glaubte, aus soviel Ungewißheit aber herauskommen wollte, bat er noch einmal flehentlich um eine Antwort: »Wer . . . wer hat dir das erzählt, Echslein?«

Aber die einzige Antwort der Kreatur war ein dummer, sanfter Blick, als sei es für sie nunmehr überflüssig, irgend etwas zu formulieren oder zu stammeln, und immer wieder den Hals drehend, als quäle der Schmerz sie wirklich sehr, ging sie, durch und durch sonderbar – den Smaragd im Kehricht und den Besen auf dem Fußboden vergessend –, aus dem Zimmer.

Vielleicht hatte sie mit dem geheimnisvollen Instinkt der Unglücklichen den Marquis kommen hören, dachte der Graf, als er auf dem Korridor, wo er nachsehen wollte, wohin die kleine Magd so verstört ging, auf der Treppe zur Bibliothek Don Ilario herunterkommen sah, müde im Gesicht, aber sanft lächelnd und mit einer Abschrift der beiden Dichtungen in der Hand.

Hinter ihm im Licht des großen Fensters war der schwarze Don Fidenzio zu sehen; und daß die beiden nach langem Reden zusammen aus der Bibliothek gekommen waren, ohne auch nur im entferntesten damit zu rechnen, auf dem Korridor dem Grafen zu begegnen, wurde diesem klar durch die Art und Weise, wie der abgezehrte Marquis sein Lächeln forcierte, während er gleichzeitig die ohnehin schmalen Lippen noch mehr zusammenpreßte, wohingegen der Erzbischof sich wie ein schwarzer, von Entsetzen gepackter Falter, der sich beim Anblick einer näher kommenden Hand mimetisch an den erstbesten Ort, der sich bietet, anpaßt, in seltsamer Weise an die Fensterscheibe drückte und so den anderen starren Gestalten der portugiesischen Könige glich. Dabei ahnten sicherlich beide nichts von dem Gemütszustand des Grafen; er war, lieber Leser, wie einer, der seit kurzem das Meer rauschen hört und nichts anderes mehr hören kann.

Tatsächlich blieb er (der Graf) an die Wand gelehnt stehen und sah den Jungen an, der auf ihn zukam, aber in Wirklichkeit sah er nichts, so traurig war sein Gemüt, und die Worte des Literaten erschienen ihm wie bloßes beschriebenes Papier.

Als hätte es nie ein ernsthaftes Gespräch zwischen ihnen gegeben, sondern nur eine banale Konversation, sagte Don Ilario freundlich: »Grüß dich, Daddo, wie geht's? Ich war den ganzen Vormittag verschwunden, aber den Grund kannst du dir ja denken. Sieh mal«, und er zeigte ihm, aufs Geratewohl darin blätternd, damit die minutiösen Korrekturen rasch sichtbar würden, die Manuskripte von *Portugal* und *Penosa*, dazu einen Brief in einem gelben Kuvert, der den Grafen bevollmächtigen sollte, für den jungen Mann mit dem Verleger in Mailand zu verhandeln.

Der Graf nahm die Manuskripte mechanisch entgegen, wobei ein unmerkliches Zittern seine Hand bewegte, und bat den Marquis, sie einen Augenblick lang vergessen zu wollen, denn er habe eine Bitte an ihn zu richten, die seine ganze freundliche Aufmerksamkeit verlange. Die Stimme war bei diesen Worten hauchdünn, und in dem schönen Gesicht herrschten Dunkelheit und Verwirrung.

»Ich verstehe nicht«, erwiderte Ilario und betrachtete ihn dabei aufmerksam und, wie dem Grafen schien, mit einer Spur Kälte, ja fast Enttäuschung. »Aber doch wohl nicht hier und auch nicht in meinem Arbeitszimmer, das ist völlig in Unordnung. Lieber im Eßzimmer.« Er bedeutete dem Prälaten mit den Augen, als existiere der Graf gar nicht, er möge sich entfernen, und ging dem Gast voran ins Eßzimmer, das die Brüder gänzlich leer geräumt hatten.

XIX

DER SCHRECKLICHE MENDES

Ein Gewerkschaftsproblem. Absurd! Verwirrung

Nicht einmal hier gab er eine Erklärung, warum die Möbel fehlten, und zeigte auch keinerlei Verlegenheit darüber, daß es keine Sitzgelegenheiten gab. In seinem Verhalten schien als Resultat der Unterredung mit dem Prälaten irgendeine neue Ungezwungenheit zu liegen; doch wäre sie nicht zutage getreten, wenn die Indiskretion, die in der Verwirrung des Grafen lag, sie nicht gewissermaßen hervorgelockt hätte. Oder vielleicht war er, auch wieder auf Grund der Ergebnisse jener Unterredung, die ihn jetzt selbstbewußt gemacht hatten, in einem Zustand von Stärke, der vielleicht nicht gerade Verachtung, aber doch Gleichgültigkeit gegenüber der Meinung fördert, die andere sich über unser Benehmen bilden könnten. So war seine Haltung gegenüber dem Lombarden, der eben noch sein Seelenfreund gewesen, in diesem Augenblick (wie durch ein rasches Auflodern seiner Kraft und eine gewisse Selbstüberhebung) von unsagbarer Oberflächlichkeit geprägt und ließ eine deutliche Ungeduld erkennen.

In einem Ton, daß dem armen jungen Mann das Herz stockte, sagte er: »Sprich nur, mein Lieber. Ich höre.«

Niemals hätte der Graf zwei Stunden früher, als er am Strand seine Hand nahm, geglaubt, daß sein Gefühl für den Marquis sich von einem Augenblick zum andern wie eine Handvoll Schaum auflösen und an seiner Stelle nur die absurde Verzweiflung eines alten Dieners zurückbleiben könnte. Aber als er einen Moment später mit zwei klaren, traurigen Augen, denselben, die Don Ilario erobert und der Iguana geholfen hatten, in jenes unbekannte Gesicht blickte, mußte der Graf den Tatsachen Rechnung tragen. Dieser Mann, der da vor ihm stand, war nicht der furchtsame Ilario, sondern der harte, unverschämte Mendes, der wunderschöne, selbstsichere Jüngling, der ihm nachts auf dem Balkon erschienen war; und hier geriet der schwache Geist des Lombarden ins Wanken; hier, wo er, das war klar, nicht mehr den sensiblen Jungen wiederfand, den gerührten Waisenknaben aus Ocaña, sondern einen dreisten Herrn, mußte er zugeben, daß ihm, unerfahren wie er war, nichts weiter übrigblieb, als den Schrecken solcher Verwandlungen und Metamorphosen wehrlos hinzunehmen. Und in dem Gefühl, daß keine Geschicklichkeit ihm half, da er stets außerhalb der wahren Zivilisation geblieben war, die solche Phänomene und Verschiebungen des Ichs erklärt, verspürte er innerlich angesichts dieser sich überstürzenden Ereignisse die Ohnmacht der Armen im Geiste, für die kein Boden sicher ist und denen keine Hand Näherung verspricht, es sei denn, um einer Ohrfeige willen.

Es brauchte Zeit – doch etwas in ihm war, wenn auch kümmerlich, über jeden allgemeinen Schrecken erhaben –, bis er in seinem erschöpften, wie eingestürzten und in einer schwarzen Wolke aus Entdeckungen verlorenen Selbst die Stimme wiederfand, die ihm befohlen, nach Ocaña zu kommen, und ihn wie stets gebeten hatte, dem rechten Weg zu folgen, in welche Wüste auch immer. Und während das Lächeln des Mendes (denn kein anderer als der wahre Mendes war er jetzt) sich gefährlich veränderte und sich zu offener Ungeduld verzerrte, sagte der Graf, auf das hinter den Fensterscheiben brandende Meer schauend: »Vor allem, mein Lieber, verzeih mir, wenn ich mir in unserem Gespräch *vor einigen Jahren* erlaubt habe, dir Freundschaft zu bekunden. Ich gehorchte, glaube mir, einem aufrichtigen Gefühl. Nie hätte ich es ertragen, dich zu beleidigen. Daß ich dich nicht beleidigen wollte, daß diese Absicht mir fernlag, darauf kannst du mir einen Vertrauensvorschuß gewähren, auch wenn ich jetzt nichts habe, um ihn dir zurückzuzahlen.«

Als wären diese Worte mehr als selbstverständlich und ohne die peinliche Entgleisung des Grafen in bezug auf das Ausmaß der vergangenen Zeit (nur wenige Stunden!) zu beachten, antwortete Mendes mit einem vagen Lächeln auf den Lippen: »Machen wir weiter, wenn es dir recht ist.«

»Dann ist da noch die Sache mit deinem Volk ...«

So weit war es mit dem Grafen in seiner hoffnungslosen Unfähigkeit, das Gespräch auf die arme Kreatur zu bringen, noch dazu mit diesem mächtigen Herrn, gekommen, daß deren bloße Erwähnung, nicht vor sich selbst natürlich, aber vor den Besitzern, ihn mit Angst erfüllte, und jetzt hatte ihn der Selbsterhaltungstrieb bewogen, »Volk« zu sagen (was nichts bedeutete) statt Tier oder Magd, was die Kreatur ja war.

Zum Glück verstand der junge Mann: »Das ... kleine Vieh, meinst du?«

»Ja ...« erwiderte er mit Schweißperlen auf der Stirn. Weiß der Himmel, was der junge Mann hatte; war es vielleicht, weil der andere, während er selbst sprach und litt, merkwürdig lächelnd an seinen Nägeln kaute, jedenfalls war dem Grafen kalt, und er fühlte eine zunehmende Finsternis in sich aufsteigen, als würde er gleich in Ohnmacht fallen.

»Wodurch«, fuhr er fort, nachdem er vergeblich auf eine Ermutigung, auf das bescheidenste Zeichen zur Linderung seiner Angst gewartet hatte, »wodurch, mein Lieber, haben sich deine Beziehungen zur Seele dieser Insel, ich meine zu deiner kleinen Magd, deinem Liebling, die früher einmal gut und freundschaftlich waren, geändert? Durch irgendein Vergehen, das du ihr nicht verzeihst? Ich möchte es so gern wissen, ich frage – erlaube es mir – so hartnäckig danach, weil ich ahne, daß deine Abreise nicht nur kurz bevorsteht, sondern endgültig und für immer ist, und ich möchte mich um sie kümmern, ihr helfen, damit sie wieder auflebt, aber ich sehe, daß sie einem alten Versprechen von dir nachhängt und sich weigert zu leben und deshalb sterben wird.«

Das Erwartete, ein Zornesausbruch, erfolgte nicht; er hörte nur wieder das gleiche Donnern wie vorher – es war eindeutig das Meer, das auf den Strand schlug –, und in einer eher gelben als fahlen Helligkeit, die die Luft des düsteren Salons erfüllte, sah er, wie das Gesicht des Mendes einen Moment lang feiner wurde und er traurig die goldenen Wimpern niederschlug. Dies schien ihm Hoffnung für das liebe Geschöpf zu bedeuten, aber er täuschte sich; denn auf jenem Gesicht stellte sich jetzt eine gewisse Rigidität ein, und mit seinen schönen blauen Augen, in denen Gleichgültigkeit und abstoßende Neugier lagen, zu ihm aufblickend, sagte der Marquis: »Hast du ... hast du mit ihr gesprochen?«

»Ja ...«

»Ich verstehe«, sagte der Marquis, nachdenklich werdend, und fügte hinzu: »Es gibt da ein Mißverständnis, aber das kann ich dir in zwei Worten erklären. Es hängt einzig und allein mit einem falschen Verständnis von der Funktion der Gewerkschaften zusammen. Wie du weißt, setzen sie die Zahlung eines bestimmten Betrages für die Altersvorsorge der Dienstboten fest oder ersatzweise eine einfache Lohnerhöhung. Sie hatte irgendwie davon gehört und forderte wenn nicht die Vorsorgezahlung, so doch die Lohnerhöhung. Aber sie hatte nicht bedacht, daß ihr die Mitgliedschaft fehlte. So war es bisher nicht möglich, ihr etwas zukommen zu lassen. Das ist alles.«

Es gab eine lange Pause, in der man statt des Donnerns den Wind hörte, und es war, als ob eine Schar Toter entsetzt die

Insel überquerte mit einem Heer von Dämonen im Gefolge, die sie antrieben, wie es der Viehknecht mit den Ochsen tut. Als sie am Haus vorüberzogen, riefen sie dem verstörten Grafen immer wieder zu: »Gib acht! Gib acht!«, aber der edle Mann fühlte, daß er es nicht konnte, und sah den Marquis in der gleichen Weise, halb flehend, halb streng, an wie die Iguana, auf daß er zwischen Lüge und Wahrheit, Gesundheit und Irresein wähle und, auch auf die Gefahr hin zu sterben, sich für das Nichtirresein entscheide.

»Nein ... nicht davon hat sie mir erzählt ... Nicht darüber beklagt sie sich.«

»Nein? Worüber dann, entschuldige?«

»Sie gab mir zu verstehen, aber nimm es nicht übel, *mein Teurer*, hab Verständnis für sie – daß du ihr irgendwann zu anderen Zeiten eurer Freundschaft versprochen hast, sie mit ins Paradies zu nehmen ... und später habest du dich geweigert.«

Wie von einer Schlange gebissen, hob der Marquis den Kopf; doch er war nicht verwirrt, wohl aber sehr aufmerksam, als ob eine nackte Verzweiflung ihn erleuchte: »Das soll ich ihr versprochen haben? Das hat sie dir erzählt?«

Er wartete keine Antwort ab, sondern entfernte sich, die Hände zusammenlegend und die Finger verschränkend, bis sie fast brachen, von dem Lombarden und ging im Zimmer auf und ab, wobei er wie ein Verrückter und doch mit einer Spur wilder Ironie ständig wiederholte: »Unglaublich! Erstaunlich! Verrückt!«

Und schließlich, wie rasend vor Ungläubigkeit: »Ins Paradies! So weit wären wir also inzwischen!«

Der Graf weinte.

»Nicht weinen, Daddo«, sagte Mendes, kam mit großen Schritten wieder auf ihn zu und blieb vor ihm stehen; und der Graf sah, daß Wut, Adel, Größe seiner Herkunft oder wer weiß was sonst ihn wunderschön aussehen ließen. Seine Kleider, dieselben, die er bei der Ankunft an ihm gesehen hatte, glänzten, als wären sie durch andere, aber funkelnagelneue ersetzt worden, und zwar im Bruchteil eines Augenblicks. Alles an ihm war schön, männlich, neu, und der Wind der Hoffnung, einer grandiosen Hoffnung, schien das junge Segel zu blähen. Gleichsam schwankend, wie ein vom Südwest getriebenes Boot auf tiefblauer See, fügte er hinzu: »Übrigens ist sie nicht mehr hier.«

Man hörte ein leises Klopfen an der Tür, und auf das rauhe »Herein!« des Mendes erschienen Felipe und Hipolito; auch sie hatten, wie der Marquis, etwas Reiches und Neues an sich in seltsamem Kontrast zu einem Sack voller Steine (so schien es), einem recht armseligen und traurigen Bündel, das sie gemeinsam trugen und das, obwohl es sich bewegte, offenbar aufs Meer hinaus sollte.

»Der Erzbischof möchte dich sprechen«, flüsterte Felipe. Vielleicht täuschte er sich, aber in seinem Schmerz, in den sich immer stärker eine große Schwäche, eine fiebrige Hellsichtigkeit mischte, kam es dem Grafen so vor, als betrachteten die beiden Brüder einen Moment lang jene Steine, vielleicht nicht gerade mitleidig, aber doch voller Wehmut und Kummer, was sie allerdings nicht anderen Sinnes werden ließ, wohingegen bei dem Grafen gleichzeitig mit dem Gefühl des Erstickens die Gewißheit aufkam, hier geschehe ein Verbrechen.

»Ich werde es nicht zulassen ... Geld ... hör zu ... ich gehe und hole welches«, sagte er taumelnd, und wieder kam wie stets, wenn er verwirrt war, jenes lächerliche Stottern über seine Lippen. Aber weder Mendes noch die beiden anderen Herren schienen ihn zu hören. Draußen herrschte offenbar eine große Unruhe, die nicht oder nicht nur vom Meeresbrausen herrührte. Man hörte Geschrei, und fast glaubte er, es sei die kleine Magd, die sich gegen ihr bitteres Los auflehnte, dann wieder war ihm, als höre er, was unmöglich war, einen Chor von Yankee-Stimmen, schrille Stimmen wie in der

Nacht, die wie durch einen Lautsprecher den Marquis drängten, zu ihnen zu kommen. Da war von allem etwas in diesem Chaos, Klagen und Weinen, Lachen und stolze Gewißheit, Bitten aus der Vergangenheit und Befehle aus der Zukunft. Und da waren der Geist der Natur und die Natur selbst in ihrem gesunden Zorn; aber vor allem war da eines: daß die allzusehr strapazierte Psyche des Architekten delirierte.

Er hörte auch noch die folgenden Worte, in denen Wirkliches und Symbolisches leider, wie in Avantgarde-Romanen, heillos miteinander vermengt waren, und sie machten ihn schaudern:

KOCH: Inzwischen ist das Wetter nicht mehr gut; die Wellen *schießen* schon hoch, und die Hopins haben beschlossen, gleich die Anker zu lichten. Also beeile dich. Man erwartet letzte Anweisungen von dir.

MENDES (aufgebracht): Ihr wollt mir doch nicht erzählen, daß ihr nicht ohne mich fertig werdet, oder? Ich rede gerade mit diesem Herrn.

FELIPE: Nenn ihn nur »Herr«!

MENDES: Bis vor wenigen Augenblicken war Segovia noch im Korridor. Seid ihr ihm nicht begegnet? Ist er nicht an Bord?

COLE (verwundert): An Bord, Herr? Tretet vom Brunnen zurück. Ihr fallt sonst noch hinein.

XX

DADDO
AM BRUNNEN

Das schöne Kind. Bewaffnet! Den Schuldigen auf der Spur

In der Tat hatte sich die Szene verändert, und einen Augenblick lang, als er wieder die graue, verschwommene Morgenluft an seinem Kopf spürte, hatte der Graf in seinem mitgenommenen Zustand den Eindruck, er kehre in die ihm noch nie so willkommen gewesene Realität zurück. Er sah den Himmel, spürte die reine, frische Ozeanluft und bildete sich einen Moment lang ein, er sei derselbe Aleardo wie immer, der tags zuvor auf dieser melancholischen Insel gelandet war. Neben ihm stand nicht mehr Mendes, sondern der gute Ilario in seinen bescheidenen Alltagskleidern, was ihn ebenso beruhigte wie die Anwesenheit der düsteren, armseligen Brüder und des guten Männleins namens Cole. Aber irgend etwas in ihren angespannten, erregten Gesichtern, die über den Brunnen gebeugt waren, bereitete ihm ein ungutes Gefühl. Und plötzlich wußte er, daß sein Leben zu Ende war, daß er nie wieder nach Mailand und auch nicht an Bord zurückkehren, daß er weder das blaue Meer noch Palos und andere Häfen, daß er auch Genua nie wiedersehen und nie wieder durch die geliebte Via Bigli gehen würde. All das war nicht mehr möglich, denn die Iguana war tot.

Er beugte sich über den Brunnenrand, und zwanzig Meter tief unten sah er sie oder glaubte sie zu sehen. Er sah ein wunderschönes Geschöpf, ganz in weiße Spitzen gekleidet, mit einer rosa Schärpe und Schühchen ebenfalls in Rosa. Sie kniete auf dem Boden, unbeweglich, wie schlafend, in der gleichen Haltung, wie der Graf sie nachts im Keller gesehen hatte.

»Sie lebt doch!« sagte er, und gleich darauf mit einer Mischung aus Schmerz und Überraschung: »Aber das ist ja eine andere!«

Als er genauer hinsah, sah er gar nichts mehr.

»Meiner Ansicht nach ist sie nicht mehr hier«, sagte Ilario, der ihn nicht beachtet hatte. Sein Gesicht war rot, die Wangen brannten vor Tränen, und man begriff, wie lieb ihm das Geschöpf im Grunde gewesen war. Er trat vom Brunnen zurück.

»Unten auf dem Grund ist Wasser, Herr Marquis«, sagte Cole. »Wenig zwar, aber genug, um jedes beliebige Lebewesen zu bedecken.«

Die drei Männer entfernten sich ein wenig vom Brunnen. Zurück blieben nur Cole und der Graf, der, sei es, weil das Fieber oder sonst etwas ihn gepackt hielt, weiterhin in der Tiefe etwas erblickte, das ihn weinen machte, nämlich immer noch die geliebte, verzauberte kleine Gestalt. Und da, auf einmal hatte sie eine Hand mit fünf dunklen kleinen Fingern, die sich bewegten und ihm bedeuteten, daß sie sich seit fünf – fünf Jahren – dort unten befinde und sehr leide.

»Iguana!« rief der Graf mit einem Schmerz, der ihn wahnsinnig machte. Er sah einen Strick vom oberen Teil des Brunnens herabhängen, nicht sehr lang, aber es mochte reichen, und beschloß hinunterzuklettern. Er stieg auf den Brunnenrand, aber dann besann er sich eines anderen, weil er spürte, daß er getäuscht worden war, und kehrte in den Saal zurück.

Während der Graf mit der rechten Hand (im Saal goß es in Strömen, und man hörte es donnern) den Jackenkragen hochgeschlagen hielt, begann die vorherige Szene noch einmal. Als wäre irgendein Fehler darin gewesen, hatte der heimliche Urheber der Leidenschaften, die die Welt regieren (oder zerstören), sie aufgelöst und alle Details und Unschlüssigkeiten ausgemerzt, die den Menschen in der klaren Sicht behindern und der Gerechtigkeit im Wege stehen. Ilario war wieder zu sehen; so gekleidet, wie er zur Landung gekommen war, aber ganz neu, gepflegt und parfümiert, kam er die Treppe von der Bibliothek herunter, und ein heller Sonnenstrahl, der ganz allein für ihn durch die Fensterscheibe schlüpfte, umgab seinen Kopf mit einem milden Heiligenschein. In der Hand hielt er eine Rolle soeben abgeschriebener und mit einem gelben Band zusammengebundener Papiere, und hinter ihm kam – genau wie in der vorangegangenen Szene – der schwarze Don Fidenzio, der dem Literaten lachend etwas äußerst Erfreuliches ins Ohr flüsterte. Aber als sie sich in der wunderschönen Sonne leicht dem Grafen zuwandten, der in Regen und Sturm dahinging und sich jetzt, teils um sich unterzustellen, teils weil er müde war, gegen eine Wand gelehnt hatte, machten sie Gesichter, die ganz unumwunden ihre Gefühle, nämlich Ärger und Widerwillen, ausdrückten, ohne auch nur im geringsten zur Kenntnis zu nehmen, wie sehr der Graf verändert war.

»Aber, mein lieber Graf, Ihr seid wohl verrückt geworden!« rief fast mit Windeslautstärke der junge Mann. »Ins Haus zu kommen mit all dem Schlamm! Wie seid Ihr hereingekommen?«

Das Haus des Segovia, das du, Leser, in dem von uns beschriebenen traurigen Zustand gesehen hast, war in der Tat gründlich verändert – glänzend und prächtig, das Patrizierhaus der Hopins, denn inzwischen war Zeit vergangen, die Hopins hatten einen Titel und waren jetzt drüben in Amerika sehr vornehme Leute.

Mit dünner Stimme und einem unterdrückten Aufschrei, in dem du niemals den fröhlichen Tonfall, die Heiterkeit, die Frische und unwandelbare Beständigkeit, für die der Lombarde berühmt war, wiedererkannt hättest, antwortete dieser: »Es geht um Gerechtigkeit. Deshalb verzeih mir.«

»Ich komme sofort.«

So antwortete, besänftigt, der Patrizier. Er überließ seine Papiere dem Prälaten, der kurz einen Blick darauf warf, und kam leichtfüßig die goldglänzende, mit einem leuchtendroten Teppich ausgelegte Treppe herunter bis zum Korridor, wo der Graf auf ihn wartete. Dort angekommen, nahm er seine Hände und sagte in aufrichtig besorgtem Tonfall: »Dir geht es ja schlecht! Du zitterst! Was ist passiert, Daddo?« Und dann, gleich darauf, mit einer Besorgnis, die den Grafen schmerzte: »Du bist ja bewaffnet!«

Der Graf deutete ein schwaches Lächeln an und steckte die Waffe mechanisch wieder in die Pistolentasche: »Nein ... nicht von daher hast du etwas zu befürchten«, fuhr er fort, die Stirn runzelnd wegen der leichten Anstrengung, die es ihm gelegentlich bereitete, sich zu erinnern wie auch die Veränderungen zur Kenntnis zu nehmen und ständig zwischen sich überlagerndem Wirklichem und Unwirklichem zu unterscheiden, »nicht von daher, Ilario, sondern von deinem eigenen Innern wie ich von meinem. Es gibt da etwas, was wir nicht kennen, wovon wir nichts wissen wollen, es gibt jemanden, der uns im Verborgenen hindert hinzusehen ... Es gibt einen Betrug zu Lasten schwacher Wesen ... Es gibt in unserer Erziehung irgendeinen grundlegenden Fehler, der vielen Qual bereitet, und darauf habe ich es abgesehen.«

Er setzte sich auf eine Bank, die aufgetaucht war, und der Marquis reichte ihm ein Glas Wasser. Er sah ihn mit unendlichem Mitleid an.

»Verstehen! Auf welcher Grundlage, Daddo? Laß nur die Gestirne den Heiligen Leichnam forttragen! Gott ist tot! Er ist tot! Er ist tot!«

Diese Worte, denen ein plötzlicher Tränenausbruch und dann ein stürmisches Glockenläuten folgte – ob Hosianna oder Totengeläut, war nicht auszumachen –, ließen den Grafen ungerührt. Er war verwandelt, denn er fühlte, daß die schreckliche Seite im Leben gerade das Mitleid war, da das Böse damit seine Verbrechen verschleierte und das Gute einer tiefen Schwäche Raum gab. In der Wolke, die sein Leben gewesen war, hatte er kein anderes Ziel mehr als die Wiederauferstehung Gottes, seine Befreiung aus dem Grab und die Wiederherstellung des Rechts. An die Iguana wie auch an andere Begebenheiten seines Lebens dachte er nicht mehr.

Immer noch aus einem Bedürfnis nach Luft, das ihn seit einer Weile quälte, trat er ans Fenster und sah eine Gruppe von Personen vorüber- und auf die linke Seite des Hauses zugehen, von wo aus der Pfad zum Brunnen führte. Voran ging weinend Ilario, und gleich hinter ihm schleppte ein kleines Mädchen, das er noch nie gesehen hatte, grau und barfuß einen großen Eimer. Auch die Hopins waren dabei, er und sie, mit besorgter Miene.

»Erst haben sie ihn in ihrer Arroganz und ihrem Machtwahn umgebracht, und jetzt wollen sie seinen Leichnam bergen, als ob der zu irgend etwas nütze wäre!« sagte sich der Graf mit einem für ihn ungewohnten Sarkasmus.

Ungewohnt war für ihn auch das Gesicht, das er in der Fensterscheibe sah. Eine ungeheure Leere lag in den Augen und über der Stirn, etwas Verdrießliches und Grüblerisches, das der sanften Physiognomie des Grafen fremd war, und seine Lippen bewegten sich in unmerklicher, fieberhafter Weise, ohne daß auch nur ein Wort herauskam.

Er mochte den Anblick dieses Mannes nicht, und deshalb ging er aus dem Zimmer. Außerdem würde die Gerichtsverhandlung in Kürze beginnen, und sie versprach, unterhaltsam zu werden. Die Hopins würden den Leichnam Gottes in den Gerichtssaal bringen und sagen, er sei tot, damit müsse man sich abfinden und jetzt beginne ein anderes Leben. Aber er würde deutlich machen, daß dem nicht so war.

In der Wand hatte sich ein Pfad aufgetan, und dort, wo das Gewitter niedergegangen war, fiel jetzt ein ganz sanfter Regen, als würde geweint. Die Welt ringsum grünte, obwohl es November war, und nichts trug mehr Spuren des eben noch herrschenden Tumults. Er wäre gern zum Brunnen gegangen, bis zu dem es, das wußte er, nur ein paar Schritte waren.

Statt dessen ging er bergab. Langsam stieg er hinunter. *Unten* war die Gerichtsverhandlung. Man bekam schlecht Luft.

Wo der Graf in der Zwischenzeit wirklich war, ob am Brunnen, um mit den anderen nachzusehen, ob es dort eine Spur vom Leichnam Gottes gäbe, oder mit der Pistole in der schwachen Hand auf der Insel unterwegs, den Schuldigen auf der Spur; ob in der Tiefe des Brunnens oder in dem kalten halluzinierten Tribunal, das können wir dir, lieber Leser, auch wenn es dir seltsam erscheinen mag, nicht sagen. Wenn aber diese ständigen Orts- und Szenenwechsel, die bruchstückhaften Dialoge, das schnelle Einschieben eines Ortes in einen anderen, wenn dieses Ineinanderschachteln von Haus, Wind und Brunnen, von sturmumbrausten Pfaden und schweigenden Innenräumen, von lebenden Blättern und toten Mauern, von Sonnenstrahlen und Lampenschein, von Gehen und Verweilen, von Reglosigkeit und Bewegung und vor allem zunehmender Schmerz, anhaltende Traurigkeit und unsagbare, mit gewöhnlichen Worten untermengte Wut oder auch das Verschwinden unserer Iguana wie der Wunder und des Lachens, die bisher unsere Geschichte kennzeichneten, dich dazu drängen, Erklärungen zu verlangen, dann bedenke, bis wir dir vielleicht eine liefern können (vorausgesetzt, es gibt eine Erklärung für diese Welt unergründlicher Erscheinungen, in der auch du selber lebst), dann bedenke, nachdenklicher Leser, die besondere geistige Beschränktheit des jungen Architekten, die jedoch eine Großherzigkeit in sich birgt, von der er, bevor er auf dieser leidvollen Insel landete, nichts wußte. Und du, der du in Sicherheit bist, wende dann deinen ruhigen Verstand der schrecklichen Wahrheit der Seele zu, die hier ist, wie überall und nirgends, und das, während der Körper eines jungen Menschen umherläuft, in eine, dann wieder in eine andere Richtung gelenkt, wohin immer die neuen Fragen seines Geistes ihn gerade führen. Was ist denn ein Körper verglichen mit dem, was ihn führt, was Körper, Hände und Augen nur zum Ausdruck bringen sollen? Und was ist die Zeit, in der solche Handlungen und Gedanken ablaufen? Was ist der Raum, wenn nicht eine naive Konvention? Und eine Insel, eine Stadt, ja, die ganze Welt mit ihren lärmenden Metropolen, was sind sie anderes als das Theater, in dem das Herz, von Gewissensbissen geplagt, seine brennenden Fragen stellt? Wundere dich also nicht, Leser, wenn die Krankheit (so können wir das Denken nennen), die seit langem schon unseren Grafen als lebenden Toten in seiner Klasse bedrohte, in den schrecklichen Formen zum Ausbruch gekommen ist, die du hier siehst, und damit die unterschwellige Melancholie und ein qualvolles Bedürfnis nach Wirklichkeit enthüllt. Nicht nach dem Grund von Wiese und Wald, von Saal und Brunnen, von Sturm und Aufheiterung, rasch wechselnden Aprilwolken und novemberlicher Wolkendecke, wie sie sich am Ende unserer Geschichte derartig vermischen, frage deshalb, sondern erkenne in ihnen den zielgerichteten und einzig wirklichen Weg, den die Seele durchwandert inmitten all dessen, was bisher als diese sich ausgab und sie mit viel Wirrwarr und Angst imitiert.

XXI

DER PROZESS BEGINNT

Die Gerichtsverhandlung. Noch einmal am Brunnen. Fast November

Bevor wir mit dem jungen Mann zusammen in den Gerichtssaal hineingehen, der auf irgendeinem unsichtbaren Teil der Insel liegt, wahrscheinlich zwischen den Wurzeln eines Olivenbaumes oder einer Eiche, sind wir gehalten, einige schwache Rufe zu bezeugen, die DORT OBEN (ein Zeichen, daß der Wanderer sich in irgendeinem UNTEN befand) zu hören waren, ein gewisses mehrfach wiederkehrendes »Daddo! Daddo! *O senhor* Graf!«, das von oben kam und dann verstummte – vermutlich ein Produkt der überreizten Sensibilität des Adligen. Es ging ihm nicht gut, das wußte oder, besser gesagt, »fühlte« er; er war ungeheuer taumelig und seine Aufmerksamkeit krampfhaft von Dingen gefesselt, die nichts mit seiner Physis zu tun hatten, deshalb achtete er nicht darauf. Er saß mit dem Gesicht nach außen gewandt in seiner Bank im Gerichtssaal, und auch auf jene Stimmen konnte er nicht achten, sondern nur auf das, was hier geschah.

Bei seinem Eintritt in den schmalen, dunklen Saal, in dem der Graf gelandet war, ordnete der Richter als erstes an, daß Licht gemacht würde, mehr Licht, viel Licht, und sofort erkannte der arme Lombarde den Ort, an dem er sich befand.

Ein ziemlich großer, aber düsterer Saal, wie du, lieber Leser, deren viele auf den Illustrationen zu den berühmten Prozessen des neunzehnten Jahrhunderts gesehen haben wirst. Die Leute waren aufs denkbar einfachste und nachlässigste gekleidet; da waren Frauen mit kleinen Kindern auf dem Arm und hochgewachsene Männer, die wie Arbeitslose oder Trinker aussahen. Die Frauen, Männer und Kinder wirkten alle grau und hatten die typischen großen, neurotisch flackernden Augen von Notleidenden. Dazwischen fielen sie, die armseligen Herren von Ocaña, nicht weiter auf, es sei denn durch ihr ermattetes Schweigen. Auf der Anklagebank saß der Graf, und ein Junge mit sensiblem Gesicht hielt seine Hand, wie um ihn zu trösten. Verschwunden war vom Körper des Grafen die lässige Sommerkleidung, in der er das Meer überquert hatte; er trug ein vollkommen schwarzes Gewand wie »ein Zeuge Gottes« – so war die Bezeichnung – mit einem breiten Silbergürtel. Dessen schämte er sich, und aus diesem wie auch aus anderen Gründen wurde sein Körper von ständigem Zittern erschüttert.

»Es wird schnell gehen ... keine Sorge!« fand der gute Junge Gelegenheit, ihm ins Ohr zu flüstern; es war tatsächlich Ilario.

»Es ist wegen dieses Gewandes ... ich schäme mich«, antwortete der Lombarde.

Worum es bei der Verhandlung genau ging, war unklar, da man den Namen dessen, der Gott getötet hatte, noch nicht kannte und nicht einmal wußte, ob Er wirklich tot war; und das war der andere Grund – so schrecklich kann Hoffnung sein –, weshalb der Graf zitterte. Jedenfalls waren die Hopins auszuschließen. Ein wenig ähnelte der junge Mann Segovia-Mendes, ein wenig einem aus Mailand, und von daher war der Graf beruhigt, weil er die große Barmherzigkeit der Stadt, der er seine Herkunft verdankte, sehr wohl kannte. Der Staatsanwalt, der dem Herrn Cole sehr ähnlich sah, erzählte die Geschichte aller Leiden und Verfolgungen, durch die der Schöpfer der Himmel gegangen sei, bis er sich ergeben habe. Er erzählte, wo er seinen unruhigen Schlaf geschlafen, wie es ihm an Luft gemangelt und sein Körper sich mit Pusteln bedeckt habe; er zählte die Briefe und Gesuche auf, die er an die Behörden und viele Adlige in Mailand gerichtet habe, jedoch ohne daß ihnen jemals auch nur die geringste Beachtung geschenkt worden sei; bestimmt würden dergleichen Briefe und Gesuche von den Sekretären in den Papierkorb geworfen.

»Wo waren die Angeklagten?« fragte der Richter und verriet damit, daß es sich um viele »Angeklagte« handelte, auch wenn nur einer dazu ausersehen war, sie alle zu vertreten.

»Auf ihren *yachts*, Herr«, antwortete Cole, wobei er sich mit einem großen roten Taschentuch die Augen trocknete – daran sah der Graf, daß er im Grunde ein guter Mensch war –, um sich dann, vom Schmerz überwältigt, wieder zu setzen.

Jetzt, dachte der Graf, würde *er* aufgerufen werden, um über das Verbrechen auszusagen, und er hob eine völlig zitternde Hand, aber niemand nahm davon Notiz; er war aufgestanden und schaute sich mit brennenden Augen um.

»Das Opfer soll hereingebracht werden«, sagte der Richter.

Und auch er erhob sich, und der ganze Saal erhob sich weinend und zitternd.

Zwei Männer kamen herein, die einen weißen Karren vor sich herschoben, und auf dem Karren lag der Höchste.

Es war, lieber Leser, wenn du jemals begierig gewesen bist, zu erfahren, wie derjenige tatsächlich aussieht, über den wir seit Jahrhunderten fabulieren, ohne je sicher zu sein, daß wir ihn erkannt haben, es war, auf ein Blatt geklettert und darauf eingeschlafen, ein einfacher weißer Schmetterling.

Aber welche Grazie mußte er gehabt haben, wenn er über blühende Wiesen und Büsche geflogen war, vor seinem entsetzlichen Tod! Es war eine Raupe, einfach und schwach, aber doch auch mit Flügeln, die, vielleicht durch das Atmen des ganzen Saales, immer noch zitternd, einen Anschein von Lebendigkeit erweckten. Er hatte goldene Fühler und sehr gute, sehr reine, traurige Augen.

Bei dem Gedanken, daß in einem so einfachen, so schwachen und jetzt aus dem Leben ausgelöschten Wesen das Geheimnis, ja, der Ursprung des unermeßlichen, blendenden Universums lag, mit all seinem Glanz und seinen Gaben, mit all den Dingen, die er und die anderen Adligen gehabt und genossen hatten, empfand der Graf, wie unverzeihlich seine Tötung und wie unendlich die Trauer der Gestirne war. Da außerdem, lieber Leser, sein Körper schon seit einigen Stunden sehr geschwächt war und seine Empörung durch die immer stärker werdende Angst des Schuldigen abgelenkt wurde, hatte er nicht mehr viele Reserven, und nachdem er eine Weile in solch ruhiger Entrücktheit die Überreste des Höchsten angeschaut hatte, stammelte er etwas, bei dem nichts herauszuhören war als: ». . . anderes . . . also . . . war hier . . . überflüssig . . .«

Daraufhin verlor er die Besinnung.

Während er, um ein wenig Luft zu schöpfen, in Richtung Brunnen ging, bemerkte er, daß ihm jemand folgte. Es waren, bis an die Zähne bewaffnet, die beiden Guzmans. Den Grafen erfüllte ein derartiger Schmerz und eine so sonderbare, schreckliche Taumeligkeit, als ginge er seit jeher an einem Ort umher, der, vielleicht weil zu reich an Erinnerungen, völlig erinnerungsleer war (wie es an manchen verhangenen, stillen Vormittagen geschieht, an denen du nicht weißt, ob der April beginnt oder nicht eher der Monat der Toten), daß die beiden finsteren Gestalten zum erstenmal keinerlei Eindruck auf ihn machten. Er spürte, daß sie ihm nachgingen, innerlich ruhelos, aber das war völlig ohne Belang, denn er vermeinte sie von innen zu sehen, als wären sie durchsichtig, und spürte eine Traurigkeit, eine Starre, eine wehmütige Entrücktheit, die fast der seinen glich.

Es schien, als gäbe es auf der Insel nichts mehr, weder das Gericht noch das Haus, Palast oder Kerker, was immer es war, und auch am Strand im Hintergrund zwischen den Büschen die Schiffe nicht mehr. Nur noch der Brunnen war da und neben dem Brunnen eine kleine Frau, die weinte. Sie war sehr klein, sehr seltsam, sehr arm, aber auch im völlig entgegengesetzten Fall hätte der Kranke sie nicht bemerkt. Der arme Graf beachtete sie nicht. Unterdessen waren die beiden Guzmans herangekommen.

»Ihr lieber Bruder ist abgereist, meine Herren?« fragte in seiner neuen Gelassenheit mit einem matten Lächeln der Graf.

»Ja«, antwortete Felipe, den Kopf senkend.

»Auch *o senhor* Graf werden uns eines Tages vergessen«, bemerkte Hipolito.

Also liebten sie ihn, aber dies fand in der traurigen Seele des Grafen keinen Widerhall mehr.

Die kleine Frau zu Füßen des Brunnens machte währenddessen: Hi! Hi! Hi!, als beklage sie sich, und um sie herum flatterten, bestrebt, sich auf ihren Lumpen niederzulassen, drei weiße Schmetterlinge. Aber die Ärmste verscheuchte sie.

»Was hat die arme Seele, wenn man fragen darf?« erkundigte sich wohlwollend der Kranke.

»Herr, die Seelen zittern wegen nichts und wieder nichts. Sie sind wie Blätter an den Bäumen«, antwortete Hipolito.

»Das ist wahr.«

»Hier stand einmal ein schönes Haus«, bemerkte Felipe. »Die Zeit und die Verzweiflung haben nichts davon übriggelassen. Eine schlimme Sache, die Verzweiflung, Herr.«

»Und im Grunde auch überflüssig, weil Gott nicht stirbt ...« erwiderte leise, sich umschauend, der Graf. »Er vervielfacht sich unerschöpflich«, sagte er, während er die drei Schmetterlinge beobachtete, »er und seine liebenswürdige Anmut. Du wirst sehen, eines Tages wird er wieder auferstehen.«

»Ja, Herr.«

Hoch am Himmel standen weiße Wölkchen (der Sturm hatte aufgehört), und sie sagten so deutlich, daß der Sturm vorüber sei und es erneut großer Gelassenheit und Barmherzigkeit bedürfe.

Er entfernte sich und ging, während ihm die beiden Guzmans weiterhin, aber in gebührendem Abstand, folgten, zurück in den Gerichtssaal.

XXII

DIE VERHANDLUNG WIRD WIEDERAUFGENOMMEN

Hoher Himmel. Identifiziert! Daddo ist froh

Endlich hatte man den Schuldigen identifiziert. Es war, wie der Graf befürchtet hatte, einer aus Mailand, ein armer, magerer Junge, groß und grün, mit einer grünen, von Algen triefenden Tunika bekleidet. Weinend lag er vor dem Staatsanwalt. Die Waffe, mit der er den Herrn erschlagen hatte, hielt er noch in der Hand. Einer der Gerichtsdiener nahm sie ihm behutsam ab, und die Hand sank wie tot herab. Er redete und redete und weinte, wie es ein armer Kerl so tut. Trotz seines unerquicklichen Äußeren hatte er die schönste Stimme der Welt, das mußte der Graf zugeben: eine silberhelle Stimme, sehr sanft, sehr rein, stakkatoartig hervorgestoßen. Der Graf hatte kein Mitleid mit ihm, aber er war sehr schwach, und jemanden leiden zu sehen, tat ihm weh, auch wenn er dunkel fühlte, daß diese Leiden bald aufhören und es auch für den Angeklagten große Freude geben würde, da der Höchste trotz seiner Verletzungen noch am Leben war. Neben ihm, dem Angeklagten, aber auch dem Grafen, die sich beide ähnlich sahen, saß der gute Ilario, der immer noch jener bekümmerten Gestalt Beistand leistete und immer wieder zu dem Kranken sagte: »Du wirst sehen, es ist nichts, mein Lieber, es ist nichts«, mit der sanften Stimme, die bei der Landung auf der Insel zu hören gewesen war. Der Graf war aber um das Schicksal des Mannes, wer immer er auch sein mochte, nicht besorgt, sondern nur gebannt von seinem Sturz! So stürzt man also, wie hoch uns auch die Gesellschaft stellen mag; so lauert hinter größter Stabilität der eventuelle Notfall und hinter dem Ruhm das Nichts! So erblickt man plötzlich das Ziel!

Er sah Matrosen, die um den Käfig des Angeklagten, das heißt den Brunnen, herumstanden, und mit einem gewissen Verdruß erkannte er Salvato.

»Das Wasser war nicht sehr tief, Herr«, sagte der arme Kerl, der mit Mr. Hopins sprach, »aber er hat nach allen Seiten um sich geschlagen.«

»Er muß hingelegt werden! Luft!« rief Mr. Hopins.

Also trugen sie ihn ins Haus, wozu sie sich einiger mit Stricken zusammengehaltener Bretter bedienten. Das sah der Graf deutlich. Er sah den überaus hohen Himmel und empfand eine solche Freude, daß er lächeln mußte.

Als die Verhandlung wiederaufgenommen wurde, war das Gericht – vielleicht infolge der kurzen Bewußtseinsstörung des Grafen – leicht verändert; es war ein Raum mit hohen Wänden, sehr kahl und nicht so hell erleuchtet wie der eigentliche Gerichtssaal. Viele Leute waren gegangen, und es herrschte betretenes Schweigen. Rings um den Angeklagten, der auf einem armseligen Bett lag, sah man nachdenkliche und erschütterte Blicke. Die Menschen haben ein Herz, die Menschen sind gut, Leser, trotz allem, und das plötzliche Unglück des Angeklagten bereitete im Grunde allen Kummer, nur nicht, obwohl er alles andere als hartherzig war, dem jungen Grafen. Seit einer Weile schon war er sehr verwundert. Er hatte zwei höchst widersprüchliche Empfindungen, die er, wenigstens einstweilen, nicht zusammenbringen konnte, obwohl deren Bedeutung alles andere als schrecklich, vielmehr heiter und menschlich war und es also Grund zur Hoffnung gab. Er fühlte, daß sein Reisen Unbeweglichkeit gewesen war und daß jetzt, in der Unbeweglichkeit, das wahre Reisen begann. Er fühlte außerdem, daß diese Reisen Träume und die Echsen Mahnungen sind. Daß es keine Echsen gibt, sondern nur Verkleidungen, die der Mensch ersinnt, um seinesgleichen zu unterdrücken, und die von einer schrecklichen Gesellschaft aufrechterhalten werden. Diese Gesellschaft hatte er verkörpert, aber jetzt trat er aus ihr heraus. Und darüber war er froh.

Die Verhandlung nahm wieder ihren Lauf, wenn auch verworren, und immerfort läuteten im Hintergrund ernst und langsam die Glocken. Offenbar lag die Hauptschuld des Angeklagten in seiner Unbewußtheit, in einem gewissen kindlichen Verhalten oder melancholischen Erstaunen, das ihn gegenüber der Welt zum Außenstehenden gemacht und ihm Märchen und Ungeheuer gezeigt hatte, wo es nur Märkte und im Register ökonomischer Macht nicht verzeichnete Lebewesen gab. Er sah, daß bei dieser Anklage, die der am wenigsten dazu Befugte, nämlich Fidenzio-Aureliano, vorbrachte, viele weinten, weil sie alle, aber ohne innere Barmherzigkeit, dessen schuldig waren. Da erhob sich ein Mönch, den der Graf noch nie vorher gesehen hatte, und redete eine ganze Weile, ohne unterbrochen zu werden. Er sagte, daß die Schuld des Grafen (»Auch er ist ein Graf, der arme Mann!« dachte Daddo mitleidig), wenn man denn von Schuld reden könne, im Grunde genommen sein Idealismus gewesen sei, der des richtigen Sinnes für die Realität, das heißt für das Kaufmännische, entbehrt habe. »Er erkannte nicht«, sagte er, »daß die Anmut, die ihn an den Geschöpfen auf den Inseln bezauberte, jene das wahre Paradies gekostet hatte, das einzige, das wir kennen, das auf Erden ist und auf Geldzahlung hin zuteil wird.« Er zählte alle Ländereien, Häuser und Inseln auf, die Leute wie der Graf gekauft hatten, und nicht nur die Aleardi, sagte er, deren Besitzungen gar nicht zu zählen seien, sondern auch die Hopins, die damit den Ruin edler Menschen wie Ilario verursacht und ihre Entmenschung bewirkt hätten. Auf Grund dessen, auf Grund dieser dem Geld verliehenen Macht, häuften sich überall Verbrechen wie auch andauernde Qualen und Vereinsamung derjenigen, die über kein Geld verfügten. Und wenn auch schließlich wiedergutgemacht durch Handlungen, wie sie der Graf vollbracht habe, als er in den Brunnen hinabgestiegen sei und sich den ganzen Körper zerschlagen habe, um die arme Iguana herauszuziehen, blieben sie dennoch Verbrechen. Die mildernden Umstände allerdings würde der himmlische Richter, das heißt die gesamte Menschheit, berücksichtigen.

Der Graf weinte.

»Er hat also etwas Gutes getan«, sagte er sich, »er ... also war sein Leben nicht unnütz! Ich danke Euch, Herr ... oder Ihr Herrschaften, wer immer Ihr seid! Er hat schließlich mit seiner echtesten Währung bezahlt! Für die Iguana gab er sein Leben!«

Und mit diesem Aufschrei – denn er schrie – erkannte er, daß jener Graf er selber war.

Er hörte gerade noch, daß Ilario ihn weinend fragte, wie es ihm gehe, und erkannte deutlich alle Personen, die wir in dieser Geschichte beschrieben haben und die nichts Sonderbares mehr an sich hatten, weil der Graf nunmehr von seinen Phantastereien geheilt war. Es waren arme Menschen von dieser Welt, wie du, Leser, oft welche gesehen haben wirst, in vielerlei Händel und Affären verstrickte Menschen, aufstiegsbesessen, aber letztlich nicht bösartig. Er erkannte also Ilario, nun aber ohne den schrecklichen Mendes, einen sehr traurigen, armen Jungen, der seine Hand hielt, und sofort ging er, bittersüß lächelnd, HINAUS. Er brauchte Luft.

Er kehrte also zum Brunnen zurück, und die beiden Guzmans waren abermals neben ihm.

XXIII

DIE REISE WIRD WIEDERAUFGENOMMEN

Wer die Iguana war. »Gehen wir . . . Kosmos . . . Gnade . . . allen . . .«

Sie sahen, wenn auch bewaffnet, so abgerissen aus wie immer, und der Graf hatte Mitleid mit ihnen.

Er wußte jetzt alles über sie, wie sie aufgewachsen waren ohne Liebe, ohne Bildung, in schrecklicher Einsamkeit und wie sie, noch früher, Kinder gewesen, und ihre Hoffnungen aus jener Zeit schmerzten ihn. Aber gleichzeitig war er froh, denn er begriff, daß dieses Leben in seinen Bedingungen (wenn auch die Dringlichkeit einer Neuordnung der Wirtschaft nicht aufhörte) sich wandelte, daß es eine Reise zu einem größeren Kontinent war, zu einer angenehmeren Wirklichkeit, frei von Erniedrigung, Bestürzung und all den Täuschungen, mit denen das Leben kundtun will, daß es nicht der Fluß oder der Strom ist, der zum Meer fließt, während es doch nichts anderes ist und dort in friedlichem Blau zur Ruhe kommen wird.

Er fragte, wegen der milden Luft, die ihn noch empfänglicher für diese Erde, die wir alle verlassen müssen, und für ihre Besonderheiten machte, er fragte die Guzmans, ob sie als Kinder die Schule besucht und wie sie sich dort geführt hätten.

»Nicht sehr gut, Herr«, antwortete Hipolito und wischte sich eine Träne weg.

»Nicht weinen, mein Lieber«, sagte der Graf, »wenn du keine besonders guten Noten gehabt hast. Auch ich, glaube mir, mochte nicht gern lernen. Allen jungen Menschen geht es so.«

Sehr hohe gelbe Blumen wuchsen auf einem Feld. Hipolito pflückte einige und brachte sie schweigend dem Grafen dar. Er legte ihm welche auf Brust und Gesicht.

In seinem Innern blieb jedoch ein gewisses Dunkel bestehen. Wegen der Blumen, dieser gelben Blütenpracht, und der gleichzeitigen starken Helligkeit der Luft sah er den Weg nicht mehr, auf dem sie gingen, und da rief Felipe mit einer Stimme, die er schon gehört zu haben glaubte: »Vorsicht, Herr! Sie könnten hinunterfallen!«

Und plötzlich sah er *sie* wieder.

Es war keine Iguana und auch keine Königin. Es war eine kleine Magd, wie es so viele auf den Inseln gibt, mit zwei unverwandt blickenden großen Augen in einem Gesicht, das nicht größer war als ein Reiskorn. Und schwarzes Haar umrahmte, turmartig aufgesteckt, dieses ernste, schüchterne Gesicht. Ihr Mund lächelte nicht. Sie trug kein weißes Spitzenkleid, sondern einfache graue Lumpen. Auf diesen Lumpen, die wie schlammige Blütenblätter um sie ausgebreitet waren, schien sie zu schlafen und zu träumen. Die Augen waren offen und blickten starr vor sich hin. Das Wasser stieg immer weiter.

»Perdita!« rief der Graf.

Und aus der Tiefe hörte er eine seltsame, demütige Stimme antworten: »Hier bin ich, Herr.«

»Halt still. Ich komme hinunter.«

Da hatte sein Abstieg begonnen, der jetzt zu Ende ging.

Er erwachte, sah Ilario an und lächelte ihm zu. Mit matter Stimme fragte er, wie spät es sei.

»Drei Uhr«, antwortete der arme Junge; und er wollte mit

jenem für ernste Augenblicke so typischen Widersinn hinzufügen: »Wenn meine Uhr richtiggeht«, sah aber, daß der in seinen Verbänden gefesselte Graf sich bewegte. Da konnte er nicht länger an sich halten und lief in die Küche, um sich dort zu verbergen.

Bei dem Grafen blieben Mr. Hopins und die beiden Brüder; diese standen, während Hopins kniete, und hielten die Köpfe gesenkt aus dem Gefühl heraus, daß es nicht recht sei, einen Sterbenden anzuschauen ... aber ihre Ohren waren offen, und mit Verwunderung hörten sie sonderbare, bruchstückhafte Worte und sanfte Befehle wie »kaufen ... nunmehr überflüssig ... sehen notwendig ... Geld genügt nicht ... da sind Schiffe ... verfehlte Erziehung ... unwichtig ... gutes Wetter ... gehen wir ... Kosmos ... unschätzbare Güter ... neue Länder ... Gnade ... allen ...«

Dann hörte alles auf; aus der Brust des Kranken kam ein anhaltendes, rasches Keuchen; sein Gesicht wurde lang und düster und dann, ohne jeden Grund, heiter.

Freundlich wie er gelebt hatte, war der Graf gestorben.

Zwei Stunden nach diesem Geschehen herrschte in dem armen Dorf Ocaña, einem Dorf, das der Graf in seinem Wahn gar nicht wahrgenommen hatte, tieftraurige und berechtigte Bestürzung. Die Leute kamen und gingen, um sich nach seinem Befinden zu erkundigen, worauf leider nur die geröteten Augen der Herren antworteten.

Da es ein stürmischer Abend war und man im Haus wie im Dorf keine Kerzen vorrätig hatte, holten die Hopins Laternen von Bord, die in allen Zimmern angezündet wurden, und bei diesem Licht wachten sie zusammen mit den unglücklichen Segovia-Guzmans, die wie Lämmer klagten.

Ein anderes, aber fast lächerliches Jammern war aus einem Raum neben dem Zimmer des edlen Mannes zu hören. Es kam von der verzauberten kleinen Magd des Hauses; sie hatte sich bei ihrem angeblichen oder echten Selbstmordversuch (nur Gott kann das entscheiden) nicht weiter viel getan, da Glück und vielleicht ein gewisses Wohlwollen von Gras und Wasser, die die geheimnisvollen Brunnen füllen, ihr beigestanden hatten; und nicht nur das: jene Herzenswunden, die dich, Leser, vielleicht erschüttert haben, waren verschwunden und wie weggeblasen, da sie in ihrem leidenschaftlichen, unbändigen Sinn jetzt ganz und gar mit dem Tod des Herrn und dem Mitleid, das er mit ihr gehabt, beschäftigt war; als er gerufen hatte: »Perdita!«, war es augenblicklich mit allem quälenden Zauberspuk auf der Insel und auch mit ihrer Bosheit vorbei gewesen. Sie saß zwischen ihren Säcken und weinte herzzerreißend. Ach, was hätte sie nicht darum gegeben, ihn wiederzuerwecken!

Mitleid mit ihr hatte Mrs. Hopins, die doch, wie du dich erinnern wirst, geschrien hatte: »Bringt sie um!«, und sie brachte ihr Milch und Glühwein. Der Tod des Grafen war, das spürte sie (und übrigens auch alle anderen) nicht die Schuld der kleinen Magd, schuld daran waren vielmehr ihre frivolen Gesellschaftsspiele, die sein jugendliches Gemüt nicht verstanden hatte, und jetzt flößte ihr das schlechte Gewissen ein Mitleid ein, dessen sie sich nicht fähig geglaubt hatte. Eine tiefe Stille herrschte im Haus, obwohl alle wach waren, und zwar deshalb, weil der Graf nach seinem tragischen Erwachen ganz ruhig schlief.

In einer Art Barke aus Eichenholz, die sein Matrose und die derben Brüder mit großer Liebe angefertigt hatten, lag er da, mit einem schwarzen Gesellschaftsanzug bekleidet, den er noch nie zuvor getragen hatte, eine Heckenrose in den mageren Händen, und über die eleganten Füße waren noch viele weitere gelbe Blumen gestreut. Das Buch von Manrique und ein silbernes Kruzifix lagen neben dem Kopfkissen.

Nie war der Graf stiller und schöner gewesen, wie es im übrigen auch die Legende der Grees so wollte, aber es lag über seinem weißen, geläuterten Gesicht auch noch etwas Dunkles, wie ein Schatten dessen, was der Edle in den letzten Tagen seines Lebens durchlitten hatte, als die Ahnung des Bösen und die Zweifel über die wahren Schuldigen ihn peinigten, als ob jener Schatten ihn noch verfolge. Jetzt war alles geklärt, aber es kam und ging noch, aus seiner Erinnerung vielleicht, leichter als ein Hauch, ein Schleier über die sensible Stirn (möglicherweise nur ein Effekt der unbeständigen Flammen); für das leichte Lächeln hingegen, das kaum merklich seine Lippen hob, das wunderbare Lächeln derjenigen, die soeben die geringere der beiden Prüfungen (die andere ist das Leben) bestanden haben, gab es offenbar keinen Grund.

Dieses Lächeln, das alle tief bewegte und sie teilhaben ließ an einer unerklärlichen Erhabenheit dieser Welt, die man doch für eine Ware oder ähnliches hält, hörte am Morgen auf.

Der Reisende wirkte matter und wie abgeschieden.

Es regnete.

XXIV

DIE KAPELLE AM MEER

Brief aus Ocaña. Winter. Eine unbeholfene Einladung

Auch du, Leser, wirst die Feststellung gemacht haben, daß manche nahezu erhabenen Ereignisse im Leben dazu tendieren, schmählich in den Hintergrund zu treten oder bestenfalls unbemerkt vorüberzugehen, um unbedeutenden Vorfällen Platz zu machen, die die Allgemeinheit förmlich mitreißen. So wurde, als die Nachricht, daß der Graf nicht mehr zurückkehren würde, in Mailand eintraf, in den Zeitungen gerade stürmisch ein unseres Erachtens unbedeutendes Problem diskutiert, nämlich ob das Parken von Autos hinter dem Dom genehmigt werden solle oder nicht (ein Problem, das schon tausendmal beiseite geschoben und wieder aufgegriffen wurde – ein Zeichen, daß es dringend einer Lösung bedarf), und die Nachricht von der Tragödie erschien deshalb auf der letzten Seite unter der eilig formulierten Überschrift: »Trauer im Hause Aleardi«. Basta. Wenn die gesellschaftliche Beachtung, die der Tod eines Menschen findet, ein gewisser Gradmesser für die Wertschätzung sein kann, die er in der Gesellschaft genossen hat, dann sah man in diesem Augenblick, daß der Graf trotz Adelskrone und Vermögen ein Niemand gewesen war, und dahin hatte ihn seine merkwürdige

Bescheidenheit gebracht. Man sah, daß er nicht nur nicht gefürchtet, sondern nicht einmal geliebt worden war. Adelchi schließlich, der mehr als andere hätte leiden und Anteil nehmen können, durchlebte, hingerissen von einer unverhofften, phantastischen Finanzierungsmöglichkeit, die sich, nebenbei bemerkt, auch verwirklichte und sein Leben unversehens veränderte, verrückte Tage. Es tat ihm leid, daß der Freund nicht mehr zurückkehren sollte, aber er verschob die Trauer auf einen Zeitpunkt, wenn er weniger beschäftigt sein würde, ein Moment, der sich aber leider nicht ergab.

Für die Gräfinmutter gab es keinen Grund zur Bestürzung; schon seit geraumer Zeit hatte sie die seelische Zerrüttung ihres Sohnes bemerkt, und seine Anschläge auf das angestammte Vermögen hatten zwischen ihnen beiden, ohne daß der Sohn es gewahr geworden war, eine tiefe Kluft entstehen lassen. *Ihn* zu verlieren, darauf war sie gefaßt, nicht aber auf den Verlust des Smaragds, eines der prächtigsten Edelsteine der Familie. Sie ließ Rechtsanwälte kommen, begab sich zur Kurie (wegfahren konnte sie nicht, da sie sich in die Schweiz begeben mußte) und erreichte dort, daß nach Lissabon geschrieben wurde, von wo aus man einige Priester auf die traurige Insel schickte. Der Smaragd konnte leicht sichergestellt werden, da Bosio, der sich in dem Haus eingenistet hatte, ihn mittels einer einfachen Inspektion der Küche fand: er lag hinter dem Salzfaß. Felipe hatte ihn dort hingelegt, nicht ahnend, daß der Stein so wertvoll war. Bosio selbst erstattete darüber Bericht in einem langen Brief, in dem er die Gräfinmutter seiner alten Ergebenheit gegenüber dem Haus Aleardi versicherte. Bei dieser Gelegenheit erwähnte er auch, daß er Verfügungen über die Überführung des Leichnams in die Heimat erwarte, da es nicht schön wäre, wenn ein Aleardi auf dieser Insel seine letzte Ruhe fände. Die Gräfin antwortete eigenhändig, daß sie sich darum kümmern werde, daß allerdings Aleardo schon seit langem aufgehört habe, ihr Sohn zu sein, und alles, was sie für ihn tun könne, sei zu beten. Sie schickte Geld für Messen, die letzten tausend Lire am 7. November. Dann nichts mehr. Am 10. November überschlug sich auf der Rückfahrt von Bern ihr Wagen, und die edle Dame war tot.

Bosio, dem es bei seiner Feinfühligkeit nicht besonders gefiel, diese Erinnerung an den Grafen dort zu haben, mangelte es freilich nicht an Ideen für eine andere angemessene Lösung, doch als er gegenüber den beiden Guzmans eine diesbezügliche Anmerkung machte, entnahm er einem knappen »Nein, Herr«, daß es besser war, nicht zu insistieren.

Daddo war im südlichen Teil der Insel begraben worden auf einem an den Strand grenzenden, sehr abgelegenen Stück Erde. Dort ließ Bosio, in dem Bestreben, sich vor diesem Anblick, dem er stets auf seinen Spaziergängen begegnete, zu schützen, eine noch entlegenere Kapelle bauen, die aber die Brüder heimlich mit einem kleinen Fenster ausstatteten, und da es aufs Meer hinausging, konnte niemand anders als die ineinanderlaufenden Wellen des Meeres, wenn sie sich im geheimnisvollen Sonnenuntergang in sich selbst einrollten, in das leere Innere hineinschauen; und sooft sich auch die beiden jungen Männer bei Ebbe oder wenn sie traurig waren dorthin begaben, nie hörten sie ein frisches Lachen, eine anteilnehmende Stimme oder dergleichen, noch erblickten sie, wenn sie den weißen Innenraum betraten, eine strahlende, in Andacht versunkene Gestalt. Niemand war dort, wie es ja auch richtig ist, denn Anmut und Güte sind nicht von dieser Welt, und niemals erlegt ihnen Gott – wenn sie erst einmal unter Tränen diese Welt verlassen haben – die Qual einer Rückkehr auf.

Doch auch wenn er jetzt weit fort war und ihrer vielleicht nicht mehr gedachte, die beiden Guzmans, die, wie der Leser schon verstanden haben wird, unter ihrer Maske von Grausamkeit ein tieferes Gemüt verbargen als viele andere, vergaßen ihn nie, und man kann sagen, daß in der steten Erinnerung an ihn sich ihr Leben veränderte.

Noch zwei weitere Menschen hatten sich verändert, Segovia, nunmehr in Caracas, ein heiterer, wenn nicht glücklicher Ehemann und ganz mit der Pflege seiner großen Ländereien beschäftigt: er hatte das Schreiben völlig aufgegeben und war ein vernünftiger, ruhiger Mann geworden, ein bißchen feist vielleicht und mit einem leichten Hang zum Pessimismus, was jedoch durch die Gegenwart seiner Gemahlin ausgeglichen wurde. Jeden Morgen beim ersten Tagesschimmer war er in der Kirche; er beichtete kurz die läßlichen Sünden, die wir alle begehen, und empfing, erneuert daraus hervorgehend, die Kommunion. In der Hoffnung, eines Tages in einer weniger eigennützigen Welt den Grafen wiederzusehen, fand er seinen Frieden.

Der andere Mensch war die kleine Magd auf der Insel. Aber irgend etwas – verzeih, lieber Leser –, vielleicht das Wissen, wie sehr der Graf sie geliebt und wie die arme Seele sich unter den heimlichen Schrecken dieser Welt gekrümmt hatte, verwehrt es uns, direkt von ihr zu sprechen, und so begnügen wir uns damit, Auszüge aus einigen Briefen wiederzugeben, die Frau Rubens, Ehefrau eines Juweliers aus Lille, im vergangenen Oktober aus dem »Kleinen Hotel« in Ocaña an ihren in Frankreich gebliebenen Mann schrieb:

». . . was die Vergnügungen angeht, auf die du anspielst, mein Lieber, glaube ich wirklich, daß du dich täuschst. Hier ist viel frische Luft, aber eine sehr triste Atmosphäre. Das Hotel, aus dem ich dir schreibe, ist das einzige auf der Insel, reizend, aber menschenleer, und wenn der katholische Priester, der es hat bauen lassen, damit Gewinn zu machen oder die Seelen zu irgendeiner Läuterung anzuregen hoffte, dann ist ihm dies mißglückt. Meiner Ansicht nach mangelt es in erster Linie an gutem Personal. Die beiden ›Bauerntölpel‹, von denen ich dir erzählt habe, sind nicht die einzigen abgefeimten Grobiane auf der Insel. Es gibt noch mehr davon . . . und es gibt auch ein Mädchen, das mir ganz und gar nicht gefällt. Sie mag schon ziemlich alt sein oder auch noch ganz jung. Man sieht es nicht bei ihrer Art, sich zu frisieren. Eine ihr von Natur aus eigene Grobheit und eine gewisse Schlafmützigkeit machen alle (wenig wahrscheinlichen) Qualitäten der kleinen Person zunichte. Wenn sie dich ansieht – und die Augen sind allerdings ein dunkelglänzender See, starr und sanft –, kann sie sogar einen Eindruck von Gutherzigkeit erwecken; doch dann begreifst du, daß sie nicht dich ansieht, sondern irgend etwas hinter dir, das nicht wiederkehren wird, und das macht einen schlechten Eindruck. Mir kommt es vor, als ob sie nicht so sehr dumm ist, wie der Priester behauptet, sondern eher verrückt, eine dieser unglückseligen Mischungen aus Stolz und schlechtem Charakter, die das unheilbare Elend dieser Inseln ausmachen. Man erzählt mir – stell dir vor –, sie sei in einen Grafen verliebt und habe sich wegen irgendeiner unvorsichtigen Äußerung von ihm in den Kopf gesetzt, er werde zurückkehren, um sie zu heiraten, während er, wie mir bekannt ist, schon vor einigen Jahren geheiratet hat. Kann es etwas Trostloseres geben . . .!«

Und aus einem anderen Brief:

». . . so habe ich das Grab dieses berühmten Geliebten besucht, der jener Graf gewesen sein soll, der vor drei Jahren hier gelandet und umgekommen ist, was ich nicht wußte, auf welche Art, das ist dunkel. In besseren Jahreszeiten als der jetzigen wird es auch von anderen Touristen besucht, aber heute war dort niemand, außer unserem Dienstmädchen. Was für eine respektlose Haltung! So sind alle meine Phantasien zusammengebrochen. Stell dir vor, sie saß da, am Fuß der Kapellenmauer, mit einem kleinen Spiegel in der einen und einem Kamm in der anderen Hand; sie kämmte sich und schien, weiß Gott warum, überaus fröhlich zu sein. Als sie mich sah, fing sie an zu lachen, mein Lieber, so dumm und gleichzeitig mit so viel Boshaftigkeit, so als wäre sie überzeugt, wunder wie schön zu sein, daß ich verstanden habe, wie unmenschlich und unsensibel für alles ihr Herz in Wirklichkeit ist. Von wegen Mitleid! Diese Menschen, *chéri*, machen einem zu schaffen. Sie sind launisch wie das Meer, sehr hart, nichts rührt sie außer Geld (auch wenn ich noch so aufmerksam bin!). Du sagst etwas, aber sie antworten nicht. Ihr einziger Gedanke ist: *l'argent*! Findest du das nicht demütigend?«

Und aus einem letzten Brief:

»Ich stehe kurz vor der Abreise, und ich muß dir sagen, eins verblüfft mich: ich habe das Trinkgeld wiedergefunden, wo ich es hingelegt hatte, nämlich auf das Nachtschränkchen mit einem Zettel dabei. Ob sie nicht lesen können? Oder ob es zu knapp war? Versteh einer, was sie wollen! Wie soll man aus ihnen schlau werden? Entschuldige, Liebling, wenn ich dich gelangweilt habe, aber es ist wirklich unangenehm, dieses Ocaña mit seinem ständigen Meeresrauschen, den ewig ziehenden dunklen Wolken und diesen *mufles** um dich herum ... Wirklich zum Verzweifeln ... Bosio reist mit demselben Schiff ab wie ich, das um fünf aus Lissabon kommt und sofort weiterfährt (aber nur im Sommer, und tatsächlich wird es ab morgen nicht mehr kommen). Er macht auf mich, nach dem, was ich verstanden habe, den Eindruck eines müden Mannes, der sich nach einem zivilisierten Leben sehnt oder von irgend etwas enttäuscht ist, wovon ich nichts weiß. Daß Ocaña ihn jemals wiedersieht, halte ich für ebenso unwahrscheinlich wie die Aussicht, daß das »Kleine Hotel« einmal wieder neue Gäste bekommt ...«

Später:

»Ich bereue sehr, kann ich dir sagen, daß ich keine Pullover mitgenommen habe, wie du es mir geraten hast. Hier ist es

* Muffel, Grobian

schon kalt, und auf dem Meer wird es noch kälter sein ... ›fern ist der September ...‹. Zurück bleiben hier nur die beiden Guzmans und die Magd, an der sie sehr zu hängen scheinen ... arme Leute, letzten Endes! Doch jetzt kommt der kleine Dampfer ... Auf bald, *chéri* ...«

Es war der dritte Winter, der nach den Geschehnissen, die wir erzählt haben, auf Ocaña Einzug hielt, und als auch der letzte Pensionsgast zusammen mit dem seltsamen Bosio sich auf den Weg zurück in die Zivilisation gemacht hatte, gab es auf der Insel außer den wenigen finsteren Ortseinwohnern nur noch das Personal des »Kleinen Hotels«, Leute, die sehr viel weiser und besser waren, als der äußere Anschein erkennen ließ. Sie hatten jetzt nur noch wenig oder gar nichts mehr zu tun, und daher brachten sie, wenn sie gegen Abend heimgekehrt waren, die übrige Zeit (und oft, wenn es regnerisch war und der Wind pfiff, auch die Nacht) mit einer Beschäftigung zu, bei der sie niemand vermutet hätte, am wenigsten die lebhafte Frau Rubens, wenn sie sich an ihre stummen Gesichter und das blinde Schweigen erinnerte. Denn, lieber Leser, sie lernten lesen und schreiben, sehr mühsam zwar, aber indem sie sich gegenseitig sehr liebevoll halfen. Sie waren sicher, daß sie damit nicht nur dem fernen lieben Literaten Ehre machten, über dessen Größe sie immer noch Illusionen hegten, sondern vor allem, daß sie eines Tages imstande sein würden, eine Botschaft an den Grafen zu richten, von dessen Unsterblichkeit sie überzeugt waren. Dabei tat sich das kleine Mädchen, der es nie sehr gut ging und die stets zerstreut war, nicht besonders hervor, obwohl sie es mit der ganzen bescheidenen Kraft ihres Herzens wünschte, während die *Onkel*, wie sie schon lange die beiden anderen braven Diener nannte, bereits weit vorangekommen waren ... Und ihretwegen vor allem, um ihr ein Gefühl von Ruhe und Freude zu geben und ihr zu ermöglichen, sich mit ihrem Idol in Verbindung zu setzen, schrieben sie eines Nachts das folgende unbeholfene Gedicht. Hier ist es, und seine Plumpheit mußt du als gebildeter Mensch ihnen verzeihen.

EINLADUNG, GESCHRIEBEN VON DEN BRÜDERN GUZMAN AUS LIEBE ZUR IGUANA – AUF DASS DIE UNSTERBLICHE SEELE DES GRAFEN – VERLOCKT WERDE, SICH AN OCAÑA ZU ERINNERN:

Vorstellung des Ortes

Dies ist das Meer
Dies ist der Himmel
Grau und gelb
Regen und Eis.

Einladung im eigentlichen Sinn

I
Hilf mir.
Erkenn mich.
Grüß mich.
Mit meinem Namen ruf mich,
nicht mit dem der Schlange.
Ich will wieder leben.

II
Graf von Mailand
säume nicht
ich will nicht Smaragde
ich will sein
wie du
barmherzig und gerecht.

III
Herr, du lieber,
guter, barmherziger!
Großer Feldherr,
aus Liebe zum König,
zu Karl V.,
rette Spanien
und Portugal,
die besiegten Länder,
die schlafen
in den Algen
in den Steinen
im Gebirge
in der Meseta
und in Murcia,
in Estremadura.
Rette den Stier,
die Kuh und das Lamm.
Rette den Wanderer.
Bring Licht,
bring Sonne,
Wasser und Gärten.

IV
Graf Christi
sträube dich nicht.
Komm zum Brunnen,
kein Wasser ist da.
Keine Blumen.
Niemand.
Es herrscht Stille.
Die Schlange weint.
Der Frosch duckt sich.
Es herrscht Angst.
Bring Licht.

Bring Sonne.
Man hat uns verurteilt
ohne Urteilsspruch.
Schau in den Brunnen.
Wenn du uns rufst
antworten wir.

V
Wir sind nicht tot.
Es ist November.
Gelb und rot
von der Zisterne her
geht die Sonne auf.
Wir erzittern.

VI
Rette den Stier.
Schütze die Kuh
und das Lamm
und den Stern
der fällt.

Abschiedsgruß

In Estremadura
wirst du bleiben,
lieber Graf,
über die Berge
wirst du schauen
und uns rufen.

Verse waren dies, wenn man sie denn Verse nennen kann, über die eine gewisse kleine Person in Lachen ausbrach, da sie anders als auf diese Weise niemals auszudrücken vermochte, wie groß ihr Leid und die – um mit Frau Rubens zu sprechen – unmenschliche Abgründigkeit ihres Herzens war.

Und damit, liebenswürdiger Leser, verabschieden wir uns wie Bosio und andere Glücklichere von Ocaña und seinen einfachen Menschen. Und wenn du dich wunderst über das Meer, das sich so leicht über Leid und Lächeln und über der Gestalt eines grüblerischen Edelmanns geschlossen hat, wenn du erstaunt bist über die Zeit, die in Mailand wie auf den Inseln unaufhaltsam verstreicht und alles mit sich zieht in Richtung Ewigkeit, dann erinnere dich, bitte, an die drängenden, den deinen so ähnlichen Fragen Unamunos, und du wirst sehen, daß zumindest ein solches Erstaunen stets das gleiche bleibt.

Nachwort

Aus dem vorhandenen Material – Büchern, Zeitungsartikeln und Interviews – ergeben sich immer wieder andere Daten für das Leben von Anna Maria Ortese. Der Grund dafür mögen ihre zahlreichen Umzüge oder, anders gesagt, ihr unruhiges Leben sein, aber auch ihre Zurückgezogenheit und Bescheidenheit spielen dabei gewiß eine Rolle. Annähernd scheint es so gewesen zu sein: Geboren am 13. Juni 1914 in Rom, lebte sie als Kind mit ihren Eltern und fünf Geschwistern in Süditalien und in Libyen, von ihrem dreizehnten Lebensjahr an bis etwa 1938 in Neapel; dann zog sie allein nach Venedig, wo sie als Korrekturleserin für eine Tageszeitung arbeitete; nach einiger Zeit kehrte sie zu ihrer Familie nach Neapel zurück, verbrachte aber, nachdem deren Bleibe dort bei einem Bombenangriff völlig zerstört worden war, die Kriegszeit auf der Insel Burano; die ersten Nachkriegsjahre wieder in Neapel. Ungefähr von 1948 bis 1962 reiste sie im Auftrag von Zeitungen oder Zeitschriften und auch aus eigener Neugier kreuz und quer durch Italien, nach London, Paris und Moskau. In dieser Zeit ihrer journalistischen Tätigkeit versuchte bald die Linke bald die Rechte sie für sich zu gewinnen; was beiden mißlang, denn Ortese war zu keinem Kompromiß imstande. Nachdem sie, da politisch schwer einzuordnen, den Journalismus wieder aufgeben mußte, lebte sie als freie Schriftstellerin in Genua, Mailand, Rom und wieder in Mailand, bis sie sich 1975 in Rapallo niederließ, wo sie, abgesehen von einigen längeren Aufenthalten in Mailand, bis zu ihrem Tod (am 10. März 1998) blieb. Wie sie erzählt, wurde sie aus den möblierten Zimmern oder winzigen Wohnungen immer wieder von Sanierungsarbeiten und Baustellen vertrieben. Selbst in Rapallo mußte sie noch einige Male umziehen.

Anna Maria Ortese begann in sehr jungen Jahren, mit vierzehn / sechzehn, zu schreiben, zuerst Gedichte, dann Erzählungen. Und schon ihre ersten Werke wurden in einer Literaturzeitschrift veröffentlicht.

Als 1937 auf Anregung des Schriftstellers Massimo Bontempelli ihr erster Erzählungsband – *Angelici dolori* – erschien, war sie gerade dreiundzwanzig. Sehr früh waren ihr auch die Koordinaten ihres Lebens klar geworden. Leben und Schreiben hießen für sie »Überleben« und »Ausdrücken« und bedingten einander. Sie war ihr Leben lang arm, oft an der Grenze des Erträglichen, von Kindheit an. Schmerz und Empörung über die Welt und ihren Lauf sind immer wieder die Auslöser ihres Schreibens; aber nicht unbedingt dessen Inhalt. Die Unduldsamkeit gegenüber der Arroganz des Geldes, eine Art metaphysische Zuneigung zum Kleinen, Gequälten, Unscheinbaren bestimmen ihre Denkweise. Die Wirklichkeit empfand sie als Illusion, da sie alles nur deshalb hervorzubringen schien, um es durch das Vergehen der Zeit wieder auszulöschen, und Anna Maria Ortese fühlte sich herausgefordert, dieser Zerstörung etwas entgegenzusetzen. Als sie zum erstenmal E. A. Poe las, fiel es ihr wie Schuppen von den Augen: »Die Worte, mit Sparsamkeit und in ihrer Pracht verwendet, das Bizarre, das Angstvolle, das echte Phantastische. Und die äußerste Revolte, die im äußersten Phantastischen liegt. Auf einmal wußte ich, daß man beim Schreiben das Wirkliche wegwerfen und sich ein neues Wirkliches schaffen mußte«, sagt sie in einem Interview. Auf diesem Boden gedeihen ihre Werke.

Ihr instinktives, förmlich urwüchsiges Talent und zugleich die metaphysische Komponente ihres Denkens zeigen sich schon in den phantastischen Elementen und den eigenwilligen Formulierungen der frühen Erzählungen, die an keinen italienischen Schriftsteller der Vergangenheit erinnern. Im Geist war und fühlte sie sich dem Dichter Leopardi und seiner tragischen Weltsicht verwandt, aber ihre Lieblingsautoren fand sie in der amerikanischen und englischen Literatur: in ihrer frühen Jugend, wie gesagt, E. A. Poe, dann Katherine Mansfield, Carroll, Coleridge, Keats, Shelley, Blake, Defoe, Dickens, Stevenson, Brontë, Austen, Melville, Hawthorne, Dickinson und viele andere. Die zwei Denker, die sie noch im Alter begeistern, sind Montaigne und Pascal. Eine Schule besuchte sie nur bis zu ihrem dreizehnten Lebensjahr; so hat sie sich beinahe alles selbst beigebracht. Ihr Werk ist in jeder Hinsicht eine Anomalie innerhalb der italienischen Literatur: Ihre oft irritierende, üppige Phantasie paßt kaum in die italienische Erzähltradition. Trotzdem sehen einige ihrer Werke so aus, als gehörten sie in die Sphäre des Neorealismus, beispielsweise *Silenzio a Milano* oder *Poveri e semplici*, der Roman, für den sie 1967 den renommierten ›Premio Strega‹ bekam; es gibt aber einige Erzählungen, die zwar sehr realistisch geschildert sind, sich aber auch als Parabeln lesen lassen, wie etwa *Un paio di occhiali* (in: *Il mare non bagna Napoli*), wo ein armes, sehr kurzsichtiges Mädchen endlich die ersehnte Brille bekommt, aber beim Anblick der Welt fast zu Tode verstört ist.

Einige Bücher Orteses hatten Erfolg, und die Schriftstellerin wurde mit verschiedenen Preisen ausgezeichnet, aber immer wieder geriet sie in Vergessenheit oder wurde falsch eingeschätzt. Einen dauerhaften Ruhm und eine große Leserschaft brachten ihr erst die letzten zwölf Lebensjahre, als der Mailänder Verlag Adelphi ihre früheren und auch ihre neuen Werke verlegte, darunter zwei große neue Romane *Die Klage des Distelfinken* und *Alonso e i visionari*. Das erste Buch in dieser langen Reihe der Wiederentdeckungen war 1986 der Roman *Iguana*.

Bei seinem ersten Erscheinen in den sechziger Jahren kaum beachtet, wurde er jetzt als eines der bedeutendsten Werke des zwanzigsten Jahrhunderts gefeiert. Es ist die Geschichte eines rechtschaffenen reichen Mannes, der auf eine Insel fährt und dort ein Ungeheuer kennenlernt; er möchte das Ungeheuer in die menschliche, sprich bürgerliche Gesellschaft eingliedern, doch sein Vorhaben mißlingt, denn »das Ungeheuer ist ein wirkliches Ungeheuer, ein Ausdruck des reinen, tiefen Geistes des Weltalls, von dem der Herr keine Ahnung mehr hat, außer daß es eine Ware ist«, so resümiert die Autorin selbst ihren Roman. Alle ihre Fähigkeiten haben sich hier zu einem glücklichen Ganzen vereint. Ironische Anklänge an Manzonis Prosa verbinden sich mit Märchenton und Zauberspruch, der Leser wird auf beinahe jeanpaulsche Weise immer wieder einbezogen. Giorgio Manganelli schreibt 1986, nachdem er zugegeben hat, das Buch erst jetzt gelesen zu haben: »Man braucht nur drei, vier Seiten zu lesen, und schon sieht man Regale zeitgenössischer Literatur verschwinden. ... Diese Sprache bewegt sich mit der Behendigkeit eines Tiers, und ist zugleich vielschichtig im Klang und Widerhall, im Mißklang und Nachhall, … Das Buch hat etwas von einem Märchen, einer Ballade, einem Kinderreim, einem Alptraum, einem Traum, einem Delirium; es ist ein Zauber, der wirkt. Die Formel holt viele Bilder aus dem Nichts hervor, einige sind glaubwürdig, wie die via Manzoni in Mailand, andere leicht unwahrscheinlich, rasch geronnenes Nichts: die Iguana selbst, oder die Insel Ocaña, wo der Mailänder Graf Daddo landet; und daß auf dieser verwunschenen Insel ausgerechnet ein Mailänder aufkreuzt, ist ein ziemlich erheiterndes Spiel, wenn es nicht gleichzeitig von erlesener Düsterheit wäre.«

Ein Tier, eben das Leguanweibchen, geistert durch die Seiten des Buchs und ist gleichzeitig die Mitte, um die sich alles dreht. Man ist hier, wie bei dem Vogel in *Die Klage des Distelfinken* und dem Puma in *Alonso e i visionari*, versucht, das Tier und das ganze Buch als eine Allegorie zu lesen, ein vergebliches Bemühen, denn nichts bleibt starr an seinem Platz, und direkte Fäden zur Wirklichkeit lassen sich nicht knüpfen. Die Tiere spielen die Hauptrolle in Orteses großer Vision des Lebens, die sie der menschlichen Intelligenz entgegenstellt. In dem 1997 erschienenen Bändchen *Corpo celeste*, das Interviews und autobiographische Berichte enthält, sieht die Schriftstellerin in der menschlichen Intelligenz und deren unglaublicher Anmaßung das Grundübel, das die Erde unbewohnbar macht. Dagegen schwebt ihr eine utopische Erscheinung vor, an der sie festhält, obwohl ihr deren Vergeblichkeit bewußt ist: Sie wünscht sich die Erde als einen Himmelskörper unter den anderen, auf dem der Mensch nicht die Mitte usurpiert, sondern zum Leben gehört wie der Wind, die Wolken und alle anderen kleinen und winzigen Lebensformen.

Marianne Schneider

INHALT

DER INSELKÄUFER

DER STURM